カヘルの王

チエルノ・モネネムボ　石上健二訳

現代企画室

カヘルの王

チエルノ・モネネムボ　石上健二＝訳

これは伝記ではなく、オリヴィエ・ドゥ・サンデルヴァルの生涯から自由に着想を得た小説である。

ジャン・ルイ・ランジュロンへ
アルファ・イブライマ・ソウとサイドゥ・カヌの追悼に

好意的に私に資料を公開していただいたブリュノ・オリヴィエ・ドゥ・サンデルヴァル夫妻に感謝いたします。

おもてなしいただき、お世話いただいた、ロヴ・モルジェール、フィリップ・アブリオル両氏およびその他のカン県資料館の皆様に感謝いたします。

この本を書く考えを与えてくれた私のリセの校長、ジブリル・タムシル・ニアン、そして貴重な案内をいただいたイスマエル・バリイ教授に感謝いたします。

少なからぬ貴重な奨励金をいただいた国立書籍センターに感謝いたします。

目次

主な登場人物

エメ・オリヴィエ　主人公、後にポルトガルの王から子爵の号が与えられ、サンデルヴァル子爵となる。

ローズ　エメ・オリヴィエの妻。

シャルル・ルー　エメ・オリヴィエの友人。マルセイユ地理学会々長。

スーヴィニエ　船上で一緒だった理工学部出身の若者。

ボナール　オリヴィエ家のダカール、ゴレ島の在外商館の長。後にボケ、カヘルなどでエメ・オリヴィエに仕える。

マリイ　フタ・ジャロンに行くためにエメ・オリヴィエに雇われた通訳。

マ・ヤシン　同上。

ローレンス　在ダカールイギリス領事が紹介したナル族の王。

ドゥウ大尉　ボケのフランスの砦の指揮官。

アギブ　アルマミ、ソリイ・イリイの子。ラベの王。

タイブ王女　アギブの妻。

アルファ・ヤヤ　アルマミ、ソリイ・イリイの子。カデの王。ラベの王。ポレダカの戦い後、反フランス地下運動に入る。ダホメ（ベナン）、ポーテチエン（モーリタニア、ヌアディブ）に流刑。

パテ　アルマミ、ソリイ・イリイの甥。

ボカ・ビロ　アルマミ、ソリイ・イリイの甥。ポレダカの戦いでフランスに敗れた。実質的な最後のアルマミ。

ディオン・コイン　コインの王。

ダランダ　ディオン・コインの妻。

チエルノ　チムビ・トゥニの王。

ムスチエ　ボケでボナールがエメ・オリヴィエを待っていた家の主人。

フェルディナン・ドゥ・レセップス　地理学会会長。スエズ運河建設の父。

クルエ　海軍大将。植民地大臣。

バヨル　スーダン遠征の海軍医師。コナクリ植民地総督。

ガンベッタ　商工会議所会頭。

グラドストーン・ジュニア　英国の首相の息子。

アラビア　ダランダの召使いの伯母。

フラ博士　保護領条約のために遣わされた軍人。

プラ中尉　同上。

イエロ・バルデ　（マンゴネ・ニャン）リュフィスク出身のウオロフ族の強盗。

ガイヤー　クントゥに定住のフランス人。

フェデルブ将軍　サンルイの植民地総督。

バライ　コナクリ植民地総督バヨルの後任者。

ジョルジュ　エメ・オリヴィエの息子。

ベックマン　コナクリの行政担当官。バライによるチンボへの使者。

「神は打ち傷が目につかないように彼らを黒くした」

オリヴィエ・ドゥ・サンデルヴァル

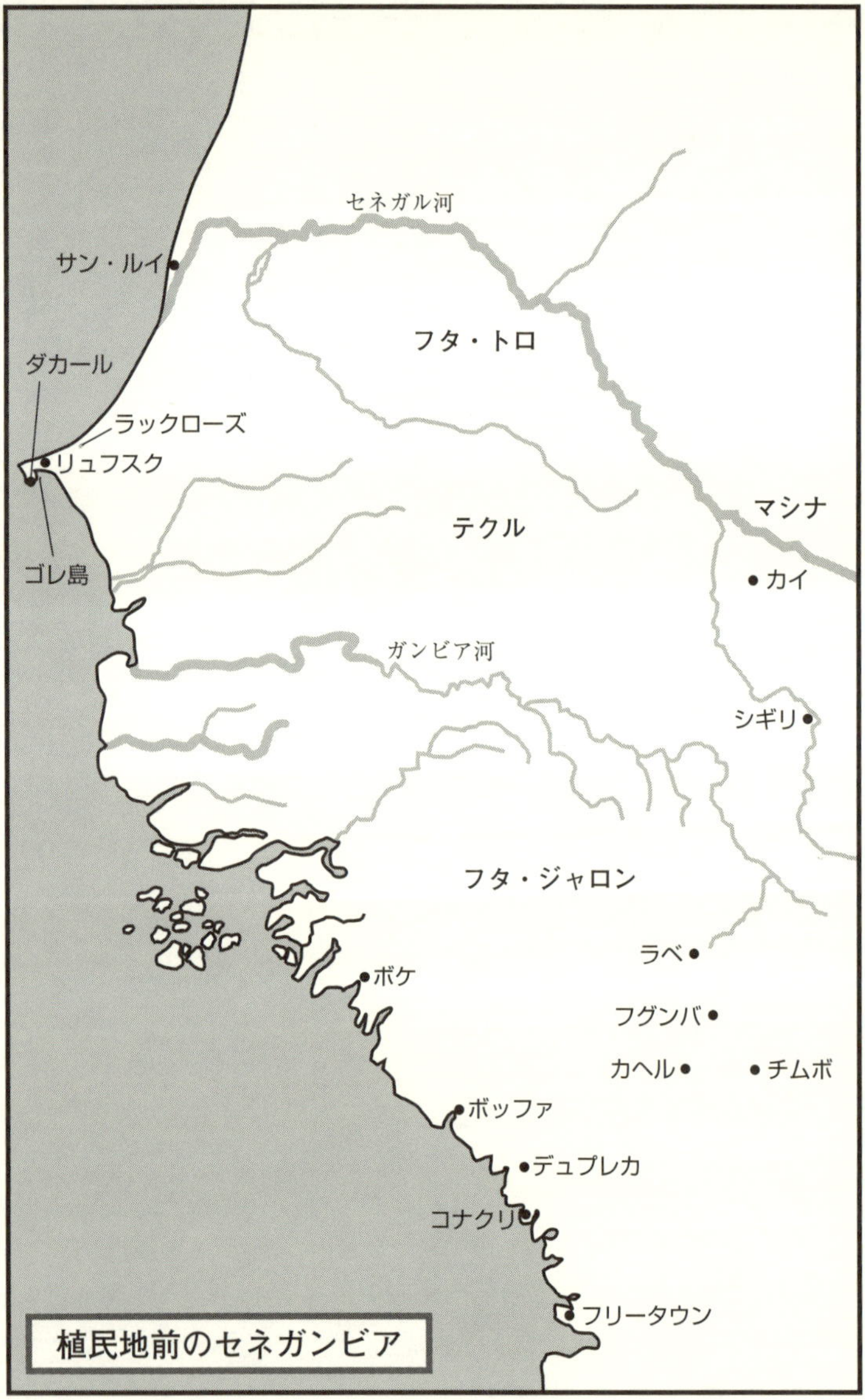

植民地前のセネガンビア

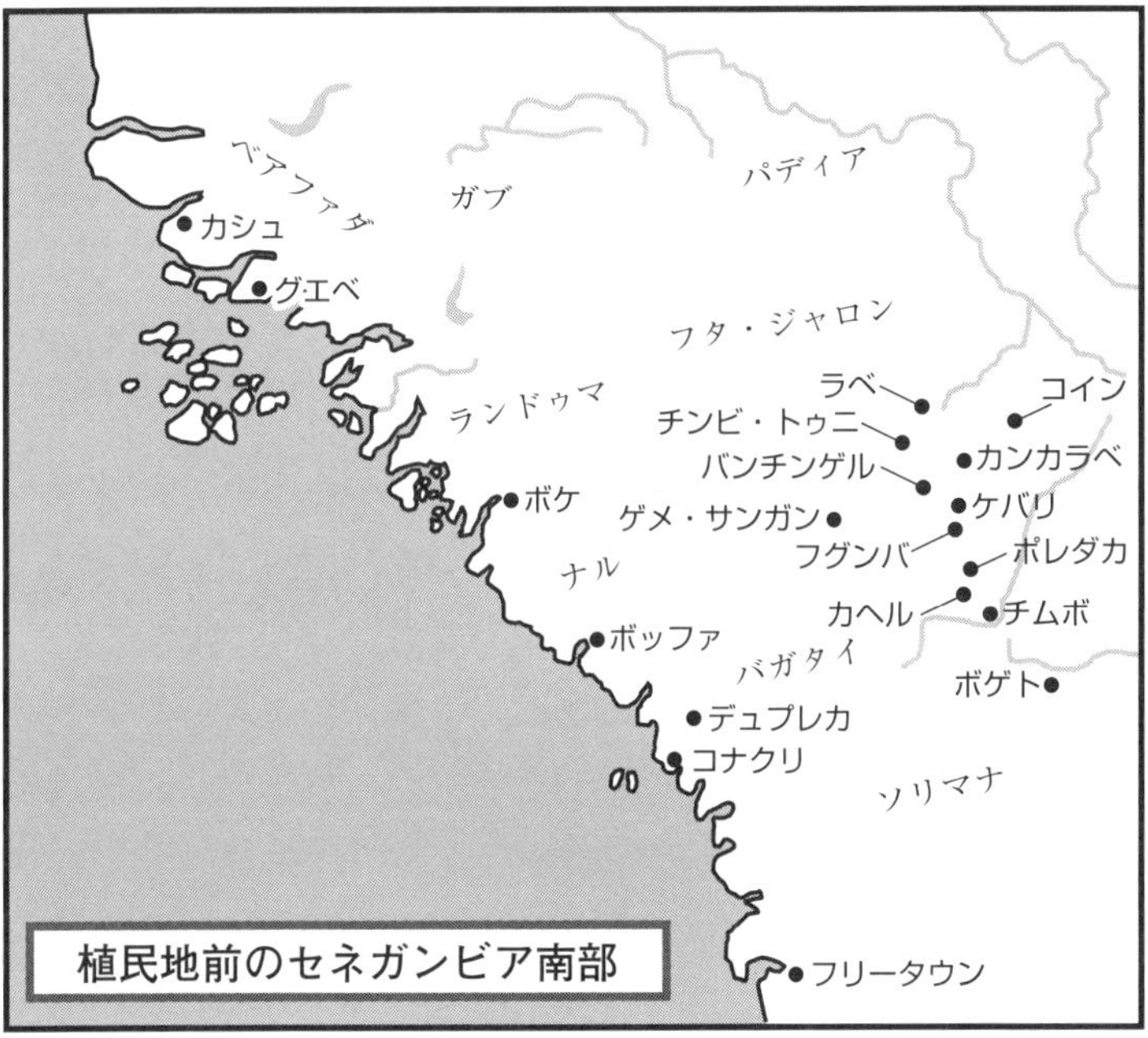
植民地前のセネガンビア南部
ベアファダ
ガブ
パディア
カシュ
グエベ
フタ・ジャロン
ランドゥマ
ラベ
コイン
チンビ・トゥニ
カンカラベ
バンチンゲル
ボケ
ゲメ・サンガン
ケバリ
フグンバ
ポレダカ
ナル
カヘル
チムボ
ボッファ
バガタイ
ボゲト
デュプレカ
コナクリ
ソリマナ
フリータウン

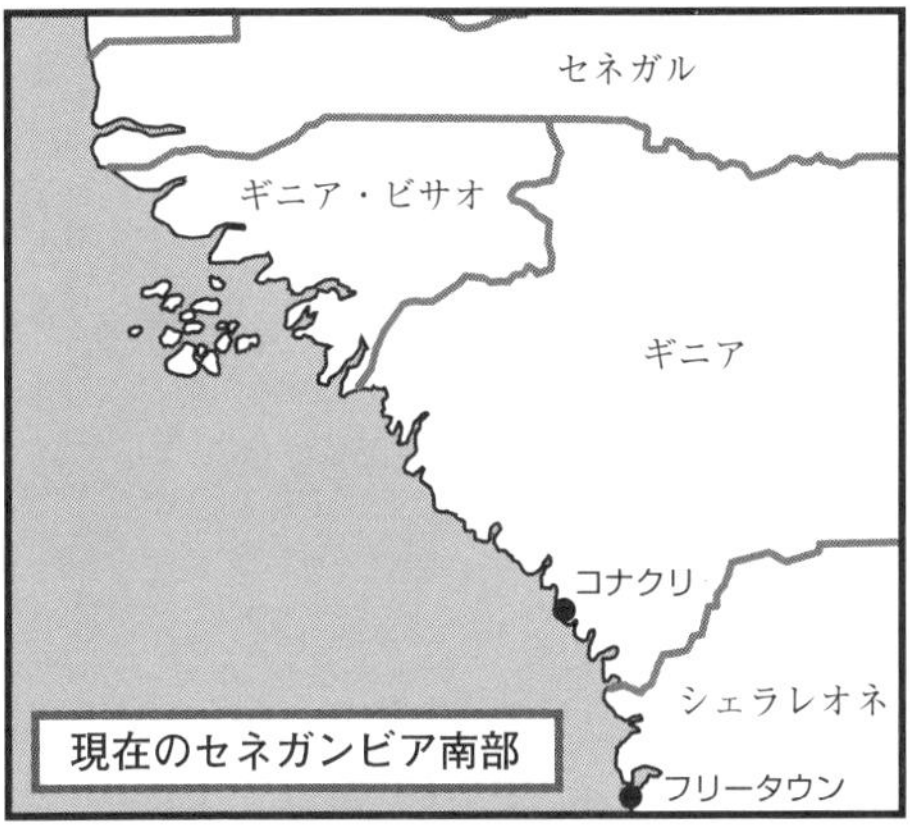
セネガル
ギニア・ビサオ
ギニア
コナクリ
シェラレオネ
現在のセネガンビア南部
フリータウン

第一章

船に乗るため家を出たところ、妻の激しい声が聞こえ、オリヴィエ・ドゥ・サンデルヴァル[1]は階段の中央で立ち止まった。

「エメ、忘れ物よ！」

熱くなった耳を触って、背中を震わせ、彼を苦しめたばかりのやさしい小さな怪物に哀願の視線を向けた。

「どうして、ローズ？　君自身、荷造りを手伝ってくれたんじゃないか」

「これ？」

背中に隠していたものを見せた。

「ああ、大切な君、冗談を言っている場合じゃないんだ。僕がアフリカに、チムボに行くところだってわかっているのかい」

「まさにそのためよ！」召使たちが行李を並べ終わって馬を繋いだ中庭に進みながら手荒く遮った。

「そのためだけに僕のかばんをまた開けるんじゃないだろうね」

「いいえ、そうするわ」

「でもくろんぼたちのところでどうしろって言うんだい？」

「彼らのところでオペラを演じるときにこれを使うのよ」

「別の状況でならいやだとは言わないよ、君！　そのためにも君と結婚したんだし。多彩色の君の洋服のために、髪のなかに挿す君の花のために、君の遠い国から来た首飾りのために、そして教会やティーサロンのなかで君が歌うことになるだろう即興混声合唱のヴォーカライズのために。くろんぼたちのところのメフィストフェレスを演じるはそこからさ！」

しかし彼の愛する拷問者はすでに行李を閉め終わった。彼は彼女にキッスしこう言いながら車に乗った。「そんなこっけいな物は捨ててしまうさ。港であるいは船の上で。そうだとも、船の上で、甲板から。僕は王様になるためにアフリカに行く。道化を演じるためではない」と。しかし、彼は旅行の間中、そのことをすっかり忘れてしまった。

この些細なやり取りが数ヵ月後プル族が彼の首を切ると脅かしたとき、彼を救うこととなるのである。

彼は最後に農家を一瞥し、ロバの荷鞍にあふれた品々を、黄土色の壁を、多くのオリーブ色のよろい戸を見つめた。ナポレオンがツーロン包囲の翌日にここに滞在した。そのとき、この家の長女、デジレ・クラリーとの結婚を夢見ていたなどとは想像もつかないことだった。オリヴィエ・ドゥ・サンデルヴァルはそっけない笑いを浮かべ、デジレ・クラリーが、スウェーデンの王、シャルル一四世となる前のベルナドットを好き

1　エメ・ヴィクトール・オリヴィエとして生まれ、サンデルヴァル子爵の称号を手に入れたのはずっと後のことであるが、私たちは今から彼をそう呼ぶ。

になるのではなくナポレオンの想いを受け入れていたなら、フランスはどうなっていたのかと独り考えた。そして第一共和国が崩壊し、第一帝政も崩壊し、偶然なことに、名高い船主であるパストレ家がこの農家を買い取り、さらに大きな偶然が起こって、オリヴィエ・ドゥ・サンデルヴァルがパストレ家の娘と結婚したのだった。

そして今、ベルナドットから八六年後、これも偶然だろうか。オリヴィエ・ドゥ・サンデルヴァルもまた王冠を熱望して同じ鉄柵を通過したのだ。何処でもというわけではない。フタ・ジャロンへ向かって!

その日、一八七九年一一月二九日、マルセイユは雪だった。グロテスクな白い覆いの下で見分けることができなくなったマドラグ港やプラド通りの単純な眺めは、彼を震えさせるのに十分だった。その日、ノルウェーこそ、この景色に相応しかっただろう。

《全く、こんな最良のときにアフリカに行くことになるとは!》両手をこすりながら港に着いた。

海運会社の係員が御者を埠頭のほうに案内した。コンスタンチノープルと極東の船のあいだに、ニジェール号が接岸していた。船室の準備が整う間、彼は船長と過ごした。大型客船の質の良さについての、マデイラ諸島やピシス島の景色についての船長の独り言をうわのそらで聞いた。いらいらした。オリヴィエは旅が好きだ。が、到着の喜びだけのために。列車と船はオリヴィエに嫌悪感を起こさせる。馬と自転車はめまいを起こさせる。残念ながら、遠い先、進歩が、一瞬のうちにアフリカに行く方法を見つけることが確かな日、彼は粉塵に過ぎなくなっているだろうと思った。

「朝食は七時です。緊張を解いてください。冒険は始まったばかりですので」
「あなたにとってはそうです、船長。私にとってそれはもう四十年にもなろうとしているのです」
四十年、それは一生を意味する。両足はフランスの地に、心は彼方に、熱帯の混沌のなかに失われた。彼のように一九世紀に生まれると、詩人か学者かあるいは探検家にしかなれなかった。問題はすぐに解決した。探検家になろう、同時に詩人で学者にも。その頃、休憩時間中に、植民地は、石蹴りやビー玉遊びほど頻繁に話題にのぼった。おとぎ話の鬼や妖精ではなく、新たにジャングルに現れた餌食、つまり白人の神父たちと入植者たちの後ろを投げ槍を持って走る魔術師や人食い人種が話題となった。

植民地のヴィールスにエメ・オリヴィエは大叔父、シモネの物語を聞いて感染した。毎晩、長くてつらい家族の夕食がひとたび終わると悪寒が走った。キリストの善意が、ズルー族やパプー族の煮え立つ大なべからぎりぎりのところで救った、人食い人種のなかで錯乱した文明の、パイオニアたちの味のある冒険物語。そして彼はその後で、傷跡がある者たちがぱりぱりのブロンドの少年を捜して公園の中をうろつくリヨンの雪で覆われた夜に、彼の部屋の壁が十分に厚く、屋根が頑強で、扉がしっかりと旋錠されていることを喜び、毛布のなかで縮こまることに快さを覚えた。

オリヴィエ家のボヘミヤン、最長老シモネは、リヨンの人たちが話すところの真のブリガン、全くの変人だった。彼はジャワやアナトリ方面を長い間彷徨った。彼は多くの奇談、隠語、新奇なものを持ち帰った。小話だが、婦人たちをエレガントにし、タラレに富を為さしめたムスリンと呼ばれたすばらしいものをフランスにもたらしたのは彼だ。皆は帽子をきちんと脱いで《ムスリンの大御所》と彼を呼んだ。オリヴィエ家の場合でも、子供を作る前に、それぞれが何かを発明しなくてはならなかったのは、くだらないことではなかった。

七歳の頃、植民地のヴィールスの感染源は、風変わりな大叔父に替って彼の家庭教師、ガルニエ神父となった。言葉を実行に移すときだった。幼年の一時期を過ごしたチェシーの部落を流れるアゼルグ河の河辺は、布製のアフリカのシシと想像上のココヤシをともない、太平洋のさんご礁に重ねられた。帽子をかぶり長靴を履いた少年エメは、地図製作者たちにも、またおそらく占い師たちにも未だ知られていないジャングルの地方、ザラトゥザニを発見するために地理学会が派遣した勇ましい民俗学者だった。前腕に刺青し顔の皮膚を乱切りしたガルニエ神父は、船が難破した後の白人を捕らえに来た恐ろしい野蛮人だった。かくれんぼをして一日過ごし、野獣たちを投げ飛ばし、大砲の上を飛び越えるふりをした。悪知恵と巧みな身のかわし方は野蛮人、ゲノルであることを納得させた。野蛮人は民俗学者の足元で降伏し、お守りと人間の生贄を放棄し、十字架に接吻し、良きキリスト教徒としての将来に自らを導くことを約束した。そしてそこから遠くないところでキャンプし、ラテン語の勉強の後でいわしの缶詰で夕食をとった。

八歳のとき、探検家になることにはもはや満足していないのは明らかで、すでに野蛮人の君主になろうと思っていた。沼を乾し、部族に礼儀作法を教えた後で植民地の線引きをする。彼の考えと法則においては生き生きとした、フランスの天才のもとで輝く王国を作る。だが、何処に。トンキンに、フタ・ジャロンに？

二つ目を選ぶまで、長く迷った。彼の少年の頭の中では「トンキン」は警鐘〔tocsin〕の雰囲気があった。それで、フタ・ジャロン！ それに、マルコ・ポーロのときからアジアはすでに真の発見ではなくなっていた。タクラ・マカンの奥地にしか彼らの都市を見出し彼らの法を執行することはできなかった。その当時、アフリカは未だ、不明瞭で、途方もない、まったく予知不可能な土地のままであった。

一〇歳で、開拓者の物語をむさぼるように読み、地理院に手紙を書いた。雑誌『イラストレイター』と案内書『ジョアンナとミュライ』を定期購読した。秘密裏に知識を深め、時の流れるままにした。ローヌ河の谷で、しかしスーダンの河と植物と部族と共に、生活は良好に展開した。

そして大学入試資格を、技師免状を取り、結婚し、そして子供たち。彼は外海に向かう前に社会への借りを支払った。その前に、モンブランの頂上で勝利する時を持ち、懸架核の車輪を発明し、最初の自転車の工場を建て、腕を磨いた歴史を持った。四〇歳で、ついに肝要なことに、アフリカに、達した。

アフリカは、いつでも現実であった、が、それは言葉にしか過ぎなかった。言葉の中に沈んだ素描、イメージ、地図に過ぎなかった。重大な何かが始まってから数ヵ月後、オーステリッツ駅から列車でリスボンに向かったとき、彼の少年っぽい脅迫観念が初めて空想と幻覚から目覚めた。

黒い大陸の海岸に行くためには、先ずタージュ河を越えるのが良いだろう。アフリカ発見のパイオニア、ポルトガル人はそこによく定着し、もっとも豊富な史料と最も確かな地図がある。それに加えて、多くの河の河口となっているブラムとビサオの海外支店はフタ・ジャロンの支脈を競った。

友人たちは海外総局長のフランシスコ・ダ・コスタ・エ・シルバと最も地位の高い貿易商たちを推薦し

た。査証、推薦状、最新の地図、気候の変転と土着民たちの風俗習慣に関する詳細な案内を得るのに困難はなかった。前日、シアン化物のカプセルをひとつ入手してから、友人のマルセイユの地理学会会長のジュル・シャルル・ルーに遺書を郵送した。おそらくそうすべきではなかっただろう。だが、一体どうしたら遺書を書かずにアフリカに行けるだろうか。おそらく、別れの挨拶をしながら、シアン化物のカプセルは彼に預けるべきだっただろう。だが、遺書を手渡すのは礼儀作法に適っていなかった。

アフリカに行くときは、戻るときとは違う。一方では夕食と舞踏会、カプリーヌ〈広いつばの付婦人帽〉とタルラタンの服の婦人たち、貿易商たちのカード遊び、海軍下士官たちの陽気な笑い。他方は、更迭された官吏たちの、消沈した冒険者たちの、夫がマラリアやくろんぼの毒矢によって倒れた、涙にぬれた寡婦たちの病的な雰囲気。

ニジェール号上の夕食はオーケストラのぷかぷかどんどんにもかかわらず退屈だった。誰もフタ・ジャロンの話を聞いたことはなく、会食者の一人のみ、チェスをほどほどに指せた。それはセネガルで大地の内部に向けて道路を引きに行く理工科大学生だった。名前をスーヴィニエといい、その二三歳の気違いじみた熱狂と怒るに怒れない純情さを丸出しにしていた。出発した晩にすでに、ティサロンで、離せなくなっているチョコバーを持って独りチェスを指して時間をつぶしていたオリヴィエ・ドゥ・サンデルヴァルのテーブルに近づき、いすを引いて座った。

「よろしいですか？」

「かまわないけど、私は名人としか指さないんだ」

「名人！　ええ、いいでしょう。やりましょう、おじいさん。チェスにしろほかのものにしろ、私ほどの名人は見つからないでしょう！　私を負かしたら、これをあげましょう。アフリカに何をしに行くのですか、おじいさん？」

「私は王国を手に入れに行くんだ」

「アフリカの王様、そうですか、すごいんですね。でもひとたびくろんぼになっても少なくとも私を食べはしないでしょうね、おじいさん？」

「君はうぬぼれという以上に味のないやつだな、お若いの。全部言ってしまうなら、まさにその食人の習慣をやめさせるために私はアフリカに行くんだ」

「何ですって、あなたは人食い人種を皆殺しにするんですか？」

「いいや、彼らを転身させる。物知りにするのだ！」

「すごい！　ゲイ・リュサックの競争相手のピグミー族。あなたは天才ですね、おじいさん。チェスで私を負かすだけでなく、私以上に奇抜だ、あまりすきじゃないけど」

「じゃあ君はどのように名を上げようと考えているんだい？」

「橋、港、記念建造物、おじいさん！　セネガルの総督の称号を私が受け入れるのを皆が私の足元にうずくまって願うなら全部！　アフリカは私の世代のチャンスです。私はそれをずっと前から判っていました。私は野心家です！」

「いいねえ、祈ってるよ、将来のフェデルブ将軍！」

マデイラ諸島、カナリア諸島、ブラン岬、そしてゴレ島。

航海の間の三十回ほどの試合で、ともあれ若き理工科大学生は一二回ほど勝った。オリヴィエ・ドゥ・サンデルヴァルは受け取るのをためらったが、スーヴィニエは、彼のイニシャルが彫られたきれいな金の時計をどうしても渡したいのだという。

「負けは負けです。人生はこんなものです、おじいさん！」

停泊地から数キロメートルのところに、すでにくろんぼたちが見えた。彼らのきゃしゃな小船が大型船の後流に現れては消えた。波の中央でほとんど裸で体をゆすっている彼ら、そのシルエットは白人たちに黒人彫刻の強烈で神秘的なフォルムを思い浮かばせた。叫びながら櫂で水をかいている者もいれば、頭からもぐり、波とでんぐり返しを競い合っている者もいた。

「きれいな、きれいなマダム、僕に銅貨を投げて！」

新たな入植者たちはこれを楽しんだ。今では皆甲板に集まって、煽りだされた雌羊たちのように興奮している。くろんぼたちは有頂天になった。きれいな小さな発射物に最初に着く早い者勝ちだった。最も幸運な者たちは長い間愛想笑いして、リズムをとった一節で感謝を示した。

「りっぱな、りっぱな帽子のムッシュー、僕に銅貨を投げて！」

皆は望遠鏡を取り出し、彼らの力こぶと非凡な柔軟さを思いつつ時を忘れた。

皆は甲板のあちらからこちらに移動し、くろんぼたちを、鳥を、植物を指差しては、驚き、騒ぎだした。オリヴィエ・ドゥ・サンデルヴァルには驚くことは何もなかった。それはまさに彼が期待していたものだった。すべてはあるべきところにあった。暗く暑い大陸、生育の悪い、幹頂の葉がばらばらに乱れたココ椰子、タムタムとかもめたちの止まない騒音。太陽がかくも白く、鳥たちがかくも多色であることにただ感嘆した。奴隷の要塞とアカシア、バラ、火炎樹に囲まれたバルコン付の荘園と共に、ゴレ島は今、手が届くところにある。

強度の震えが脊椎を走り、船の手すりにしがみつき、滑稽さを恐れずに言った。

「古きアフリカよ、私は今、ここにいる！」

それはただの土、砂、花、そして波だった。だが、アフリカの！

《最も普通なものがここでは、想像できない異国の意味と強度を為す》

押し合いへし合いのなかにもかかわらず、笑いながら手帳を出してノートすることができた。《ここはすべてが太陽で、すべてが美しい！》陳腐で月並みで全く滑稽だが、そのとき彼は正確にそう感じた。彼は帽子を被りなおし、フロックコートと手袋は脱がずに、暑さと違和感で二重に呆然となって額の汗をぬぐっている、駄獣のようにむくんだ不幸な同伴者たちに、あざけるような視線を投じた。

エメ・オリヴィエは生まれつき不眠症で引っ込み思案で、アフリカ向きだと皆からよく言われた。その意味では彼はこの沿岸地方で彼の家にいるようなものだった。すでに彼は、甘やかされた少年の家のほかにブラムの街を、実際に来る前から建設していた。多くの使用人は彼のもので、新しいきらびやかなヨット、ジャン・バティスト号が彼のアフリカの小旅行のために対岸に停泊していた。

彼は税関を通り、乞食たちの騒がしい雑踏をよそよそしく横切った。ボナールと彼のピスタチエ〈植民地の在外商館の職員〉たちが売り子たちの群集の前で待っていた。売り子たちはほこりっぽい歩道の上で、腐った果物、ロバの糞、それに蝿たちに覆われて、うごめいている。ほとんどは裸足で、パールで飾った髪で、ひざ上の丈のパーニュ。彼女たちは土でできた短いパイプでたばこを吸い、小さな胸像、パパイヤ、ココヤシの実を売るために白人たちの後を全くの無秩序で走る。彼女たちの横では、地べたにしゃがんで男たちがひげを剃ったり石でチェッカーをしたりしている。

ボナールは海に面した、広い庭が浜辺に続く邸宅を整えていた。翌日、海水浴をするか在外商館を巡回する代わりに、植民地総督に偽装して〈皮の長靴、ギャバジンのジャケット、帽子〉哀れなボナールをまいて、奴隷の要塞を訪ね、スパイスと果物のしみ入る臭いを胸いっぱいに吸い込むため、ひとりで街の路地に身をゆだねた。しかしその途上、子供たちの一群が彼に向かって突進して来て、彼は寸でのところで小さな家のなかに入るころができた。

「あなた、ここに入りなさい！　やつらは不良だ、不良！」

汗にまみれ手足を震わせて、後を追いかけてきた粗末な子供たち。それは、すぐに角を引っ掛ける激怒して気の狂った雄牛のようだった。「ここでは、すべてが普通ではない！　それは確かだ」気を取り戻そうと努めながら、つぶやいた。夕方、食事の後、神秘的な高揚感をおぼえながら、庭の片隅でひとりになって、見違えるほどの声をアフリカの夜の恐ろしいそれに混ぜ合わせた。

《私の古きアフリカよ、さっき、お前は私の命を救った。ありがとう！　今、お前に願う、フタ・ジャロンを私に与え、私が王国を築けることを》

ジャングルの猛獣の鋭い爪から抜け出すのが未だに困難なダカールを、ポーターたちに担がせた輿〔二本の平行な角棒の上にいすを固定したもの。チポイエ〕に乗って三回まわった。野ばらで縁取られた、風が吹き抜けれる崖っぷちの道、浜辺、港、駅、急増するマラリアと黄熱病のせいで窮屈になったゴレ島の病院を支えるため急いで開設された真新しい病院。それらが、ダカールを街としている数少ないアトラクションとなっているのは確かだ。それらの場所では、逆に明らかに抜け出すことができたと感じさせるものが多くある。金髪のぼさぼさ髪、ブラジャーのなかに支えるには重過ぎる良く日焼けしていない乳房、帽子、ゲートル、バスク地方のベレー帽、カタロニアとプロヴァンス地方のアクセント、これ見よがしにつけた香水、アニスの匂いがするはなもちならない口臭。

本質的な（真実で魅惑的な）アフリカは、運が良いことには、当時、まだ沿岸から後退していなかった。ビストロから、トランプのサロンから、あるいは隊商宿から数歩のところで、彼はそれを味わうことができた（その微笑みと切り傷、その方言と部族、その雑駁さと悪臭）。秘儀伝授の水浴の代わりに、市場の、土着民の地区の、そして猟師たちの村の底なしの異国情緒にくわえとられるままにした。そしてそれは、汗と塩の、生姜とコラの味、暴力と喜びのアマルガム。それに加えて、何度も鳴り響く雷鳴、暑さと風、絶え間ない爆燃のアフリカ。悦楽と死の興奮が、永遠の陶酔の幻覚が、彼の気持ちをたかぶらせた。

その生まれたばかりの世界が沸き立っているのを前に唯一残念なのは、そこに一番乗りでないことだった。いや、そんなことは関係ない。むこう、フタ・ジャロンには洞窟が、蟻塚が、丘陵が、そして白人がまだ足をつけていない下草が残っているはずだ。ずっと、ずっと昔、汗と樹液の、木の葉と虫けらの、この乱流の真ん中へと思いついたのはエミリーの両腕の中でだった。彼の初恋のエミリー、彼のジュリエット。アゼルグの河辺のロメオは、愛と誠実さのしるしに命を捧げようと橋から飛び込んだ三歳年上のいとこだった。一〇歳くらい、年いっていても一二歳だったが、すでにラバの意思、騎士の魂の持ち主であった。エミリーだけが彼の神秘の秘密を分かち合っていた。彼の前にひれ伏すために、彼の成長を、暗闇のアフリカの端の何処かで、処女地がしんぼう強く待っていることを、エミリーだけが知っていた。それを理解するにはあまりに冴えない兄弟たち、あまりに下品な友人たち！　夜に寝るとき、それらおろかな者たちは寝室に入り、彼は彼の世界に入った。それは同じことではない。

そして時間が過ぎ、エミリーはペストの流行で命を奪われ、そしてまた時が過ぎ、エミリーはローズの表情のもとによみがえった。

彼が待ったその奇跡については、こう書くだけにとどめた。《絶対は安定、不安定の、あるいは対称の最後の思想を要求する無関心の均整ではない。それ自身、絶対のアイデンティティのどこにでも対立するような、一対一である。それは同時存在性を有する》

簡単に一回りしたリュフィスク（らい病、昔の奴隷市場、失望した老いた王たち、死んだねずみたちの山、巨大なピーナッツの貯蔵庫）で確信した。この黒い大陸、ココ椰子と蔓植物の飾り服の下で肉感的で未開で非常に刺激的なこの魔女は、彼女以上の怪物にしか、つまり、野獣たちに、大災害に、悪党たちに、専制君主たちにしか捧げない！　それを支配しようと望むなら、後悔、祈り、呪術以外のものを見つけ出さなくてはならない。

セネガルの歩兵隊と一五人の男の乗務員からなる小さな隊を急ぎ組織した。そして通訳と料理人を雇った。用心してプル族ひとり（マリイ）、とプル族のいとこであるセレル族ひとり（マ・ヤシン）を選んだ。それはいかなること（婦人たち、牛たち、金、大地、憂鬱、あるいは神経過敏）にせよ、部族間に長い血まみれの死闘が起こる口実にさせないための最小限のことだった。

料理人と通訳、植民地で肝腎なふたりの男！　白人の命は彼らの芸しだいである。彼は料理人の鍋で、あるいは通訳の口で、生きるか死ぬ。一つまみの塩で、もちろん魔法使いのそれで、二日間の風邪の後で心臓が止まる！　くろんぼの王様たちの耳にきちんと訳されなかった言葉で、その辺のしきたりによれば、蛇の小屋か扼殺が適当である！　これらふたりは良く選ばなくてはならない。朝夕、挨拶し、なんでもないことにも報酬を与える。とりわけ通訳の言葉の毒は、これらの地方では、しばしば皿の中の毒より恐ろしい。

一二月七日、男たち、動物たち、ヨット、食料、すべてが整った。彼はブラムに向け乗船した。

彼はほんとうに地中海を渡ったのだろうか。ほんとうにヨーロッパから来たのだろうか？　そうではない印象だった。子供のころの雑踏のマングローブから、現実の光り輝く、現前に展開するそれに直接来た。アフリカ、侵入する前に婦人のなだらかな丘をしゃぶるやり方で、先ずゆっくりと沿って進みたかった。折りたたみいすに横たわって、リオ[2]の位置を、信じがたい鳥と植物の種を、ノートに記した。青い海と雑然としたジャングルとの間に海岸線を飾る泡立ちが転々と存在する様子は、超自然的で不思議な感じがした。彼はすべてを理解した。植物の厚い沈黙と鳥の終わりのないさえずりを。

この地方の神秘は彼の心にまっすぐ達した。

彼はロニエの木の奇妙なフォルムを見出して、彼の将来の王国の紋章を作ることを思い浮かべた。一日の最も暑い時間、鮫たちから守り、チムボの城壁を思いながら海水浴をするために、船の船体に仕切り板を固定した。

長い航海の間中、時は穏やかに過ぎた。男たちはそうでもなかった。乗務員たちは楽ではなかった。それは少年海兵たちとアフリカ種族の混ざったごたごただった。しかし彼は、同月一五日にブラムに下船したとき、すでに動物たちを飼いならしていた。海兵たちは笑顔と軽い肩たたきで、種族は鞭で、ときにはコラの

2　ここではギニアとギニア・ビサオの海岸にフタ・ジャロンから下った河が形作る、大地内部に深く入り込んだ広い河口のこと。

実やチョコレートで。

ブラム、フタ・ジャロンの入り口！　鍵を見つけることが残っているだけだ！

彼はイギリスの領事に招かれた。礼儀正しい若い閣下で、ヨララの陥落の際にはスタンリー〔Henry Morton Stanley：イギリス生まれのアメリカ人探険家。リヴィングストーン救助のためにアフリカ奥地を横断した〕に加わる準備をした。ジャン・バティスト号の船上で、上等なボルドーの瓶を囲んでしばらく話した。

「フタ・ジャロンに行きたいというのはほんとうにフランス人の考えでしょうか！　白人たちは四世紀の間海岸にいますが、チムボから生きて戻ったのは十人未満です！　しかし、まったく、あなたたちフランス人ときたら、歴史ではなく、英雄が必要なのですね！」

「その内容を豊かにしたのは私たちです、領事殿、それだけです！」

「英雄を演じるには、フタ・ジャロンはワテルローより困難ですよ。何が起こっても、世界はそれを知ることすらありません」

「少なくとも、どこかであなたたちに先んじたことに満足して死ぬでしょう。あなたたちはすでにどこにもいます。病気のように増殖して。私たちの官僚たちのうちにはびこった狭い精神を思えば簡単に説明できることだとあなたはおっしゃるでしょう。地方に唯一人だった領事館員は少し前に召還されました。私はポルトガルとイギリスの助力をお願いしなくてはなりませんでした」

「もしあなたがもう少し親切なら、手をお貸しするのですが。助けなしでフタ・ジャロンに侵入するのは困難です。出てくるのはさらに困難です」

「何ですって、あなたはだれかを知っているのですか？」

「あなたがルイ一四世の子孫ということで大変な屁理屈を言い出さないなら、その、私の知人の話を続けましょう」

イギリス人はグラスを空け、この辺の原野では習慣ではない真っ白なハンカチでそっと唇をぬぐった。

「結局、あなたを助けることにしましょう。あなたの良き性格のゆえではありません。それはフランス人に要求するには過ぎたことですので。この甘美なボルドーの瓶のせいです。ブラムでの休憩が終わって海岸を訪ねたら、カシニで、私の友人のローレンスに会いに行きなさい」

「何ですって、イギリス人がカシニにまで行っているのですか？」

「そういうことです！」

プル族の姻戚のナル族の王、ローレンスは黒と白の血を持つ。彼の名はアメリカ人の遠方の祖先の奴隷制擁護主義者に遡る。一八世紀の終わりにここに来た、それら似た者同士のほとんどは、自分たちの利得を守るためにくろんぼの弱小国の王の娘と結婚した。ブラムからシエラ・レオネまで、種族の長のほとんどがヨーロッパの協和音の名を持つに至るまでにこの現象は急速に広まった。台地の内部では植民地主義は征服によって続行したが、沿岸では、それはすでに強いられていた、ベッドで！　カリット家、マッコーレイ家、ハロルド家、ダ・シルバ家、ダ・コスタ家、ウィルキンソン家、そしてマッカラティ家。パンの木のようにその後はジャングルの中に花咲いた。

「フランス語の協和音の名が足りませんね、急ぎなさい！」領事が陰険に皮肉った。

オリヴィエ・ドゥ・サンデルヴァルの額に皺がより、視線が遠くへ失われた。

「それはある種の植民地開発の芽みたいなものでしょう。ヨーロッパの精神がアフリカの体内に浸透する。私の若き日の夢が実現し始めました。私はよいときにきました。フタ・ジャロンのプル族の狂信者たちが今、そこを抜け出します、今！」

「今、あなたが夢みるのを終えるなら、あなたが身を落ち着けるあなたの家に案内しましょう。あなたのガリア人としてのエゴを満足させられるでしょう。それはいちばん立派なコロニーです。ああ、フランス人、パプウ族のところに寄航するためにもヴェルサイユ宮殿が必要とは！　あなたのボナールが私に図面を見せたとき、私をばかにしているのだと思いました」

いや、それはヴェルサイユ宮殿ではなく、竹と蔓植物のなかにあって、趣があり、階段と欄干がいっぱいの、海の波打ち際までなだらかな傾斜となって続く広い庭付きの植民地の華麗な家であった。来るべき王様になる日のための、王様に値する大きさを具体化する何かを望んでいた。カラルの大理石を、フランスの最も評判なところから、花崗岩、ナラの木材、それにスレート石盤をとり寄せた。幻想家で、想像力が豊かで、自由奔放な独創性を見事に備えたローズは、紙の上で装飾に凝った色と線を直ちに決めた。

「サロンの入り口に螺旋階段と丸天井を？　庭にクチナシ、舞踏会を開くためのホールも忘れないで」

閨房と部屋々々を巡るのに三十分ほどかかった。領事は、半ば微笑みながら満足して瞳を輝かす相手をあざける目でうかがった。二階に着くとサンデルヴァルは欄干に身をかがめて何かを指差した。

「大きな木のそばのあれは何ですか？」

「小さな的山と十字架？　ベアヴェーのコロニー！　一三世紀、私の同郷人ベアヴェーはここに来て一五人のコロニーを建てました。十人は死に、他の五人は二十年後、傷に覆われ半ば気が狂って、このあたりで行方不明になった船でイギリスに戻ってきました。あなたは正しいです。私たちがあなたたちに先んじたすべてのところで、英雄気取りだけはしなかったです」

「あなたたちは多くを要求されていません。ただ自由活動を楽しまれただけでしょう！」

「チャットマン卿が言ったことをご存知ですか？『もしイギリスがフランスに対して良き信頼を置いていたなら、二五年間続かなかっただろう』でもあなたはフランスのためにではなく、あなたのためにここにいるのですよね、そうでしょう？　あなたは変わった人です。何があなたをアフリカにひきつけるのでしょう？」

「歴史の味、まさにそれです、イギリス人殿。ヨーロッパは傷ついています。歴史が再開するチャンスがあるのはここです。くろんぼたちを動物の状態から抜け出させるのを条件に！」

「そのためにあなたはここにいるのですか、くろんぼたちを動物の状態からぬけださせるために！」

「私たちがアテネとローマから受け取った明かりを彼らに伝達するときだと、確かに私は思います」

「あなたとお会いしてはたしてよかったのかと自問してしまいます、オリヴィエさん！　少なくとも、私をからかってるのではありませんよね？」

否、彼は目立とうともからかおうともしなかった。まじめに世界を語った。話を再開する前に、唾をのみ込み、長く息を吐いて態勢を立て直し、いらだった家庭教師の目をした哀れな領事をじっと見つめた。そして彼は、マルセイユのおえらがたたちに理解させようと十回も繰り返したことを、三十分ほどの間、イギリス人に繰り返した。つまり、二千年間続いた定型表現と教会によってヨーロッパの遺伝子は消耗し、今彼はアテネとローマから受け継いだ明かりを伝えるために来たと。地理学会のジュル・シャルル・ルーは友情から彼のいうことを聞いたが、より合理的な考えを導くことはあまりしなかった。商工会議所は、彼がオリヴィエ家の一員だったから受付け続けたに過ぎなかった。彼のやさしいローズただ一人だけが彼を支えたようだ。彼女は青い大きな目をかっと開いて言葉を飲み、プル族の、マンディング族の、ダカールの、トムブクトゥの魔法の効果に彼とともに感動を共有するため、カシの木の周りの蔦のように、がっしりした体に巻きついた。彼が言うとおり、進歩の法則は何にも、どこででも優先した。思考、風習、気候、アフリカにおいても。*Lex mea lux*〔光明は我が法なり〕ラポン族においてと同様にくろんぼたちのところでも暗闇は失われるべきだった。アフリカ、車輪と蒸気機関の後の精神の新たな反逆！　そしてその男は当然、人間性のその新たな世紀の施主である。

「え、誰にですって？　誰に？」

英国人はオリヴィエの話を聞き終えて、確かに冷静さを失い、混乱の極みにあって、強い声で繰り返し質問した。誰に？　もちろんくろんぼに！　ほかに誰がいるだろうか？　アジア人たちはヨーロッパ人以前にすでに疲れ切っていた！　インディオ、この哀れな者たちはコンキスタドール〔征服者〕たちの剣にも、スペイン風邪にも生き延びられなかった。さて、くろんぼたちは？

「それは不条理です！　それを聞き続けるべきか、考え物です！」

くろんぼは世界の実在性だ！　領事の悲嘆にかまうことなく、音節を区切ってはっきりと発音した。未だ使われていない精神、少なくとも二千年のエネルギー！　プラトンとミケランジェロの教えを伝達し実を結ぶようにするのは彼であり、他の誰でもない。彼らはそれを受ける準備が整っている。白人の男は、この地方では、もはやしゅろと蝋を集めることに満足せず、教育し、文明化しなくてはならない。開拓する、もちろん原野を、だが、とりわけ、とりわけ、とりわけ精神を！

「あなたがほんとうの気違いならそんなに心配しないのですが。あなたの理想主義は何かを隠していませんか？　皆どこでも、あなたは王国をさし出させに来たと話しています」

「どうして隠すのですか？　私の考えを明らかにするために私には大地が必要です！」

「私が理解したとするなら、あなたはプル族に自己紹介して彼らにこう言うのですね。『私はエメ・オリヴィエといいます。私の考えを実地に試すためにあなたの王国を私にください』と」

「正確ではありません。先ず取引きの許可を依頼して、鉄道を建設し、そして……」

「鉄道ですって！」

「ローマ人はヨーロッパの種族を水道橋で文明化しましたが、私はアフリカの種族を鉄道で文明化します！」

「そうですね、でもどうしてフタ・ジャロンで？」

「先ず名前から、そして地理的に！」

彼は空中に想像の地図を描き、西アフリカで一番高い山地の、すべての大河の源である、内陸の王国と海との距離が等しい戦略的利点を説明した。

「開拓者、ランベールのことを思うなら、それはこの地方で最も力がある、最も良く組織された王国でありましょう。私の基地を設置し、鉄道に沿って種族たちを並べます。先ずフタ、続いてディンギライエ、サコトゥ、トムブクトゥ……ウバンギ・シャリまで、リムポポまで！　私の夢は新しい国家の創設、黒人と白人の最初の国家、無限に広がるスーダン帝国です」

会談のこの段階で、領事は真剣に、席を立つことを考えた。しかしそうはいっても外交官である彼は、会話を詩やオペラのほうに迂回させ、もう一本のボルドーの瓶を注ぐ豊かな夜会を長く続けることとなった。

その後、彼のために饗宴を開き、ガイドたちを提供したポルトガルの総督を訪ねた。ヴィサゴ島を散歩し、その土地で遭難したオーストリアの海兵隊の皮を剥いで鍋に入れたことで有名になった、悪魔のようなウムパネが君臨すると言われているオランゴ島は注意深く避けた。逆にブバクを探索し、深部のアフリカに親しむ喜びを得た。そこでは街でとは逆に、白人は神秘な幽霊のような存在に留まっている。彼はそこで、長い原野の生活で数百回も繰り返されるであろうシーンの手ほどきを受けた。彼の視線から逃れようとする婦人たちと子供たち、長い話、魔法の裁判、くろんぼの王様との儀式とプレゼントの果てしない交換。彼は満足して、ジャングルの人たちもまた敵意を表さないと記した。――驚き、喜び、軽蔑し、脅えるが、決して敵意はない！　貝殻で楽しみ、編んだ藁のスカートを着た少し思い切ったおしゃれに感嘆し、皆、毛足の短い髪と組みひものバンドの頭の中央に髪のひと房を乗せた子供たちと遊んだ。珍しい昆虫と砂糖ひとかけらと交換した。《良好な始まりだ。自然もまた私が考えたように非凡で、人々は聡明で、気を配り、器用で、しばしばエレガントである》

ブバクの王とその百人ほどの妻たちは彼のため、一週間の祝典を行った。驚くべき！　ジャングルのくぼみの中で、貝殻で舗装した中庭付の二階建ての宮殿に住む王様。

ゴレ島の官吏たちが勧めたプレゼントに、彼はそこの領主が非常に気に入ったクリスタルのグラスを加えた。その見返りに、しきたりなのだが、牛一頭、豚二頭、にわとり四羽に加え、一二歳の彼の息子をプレゼントされた。郷に入っては郷に従い、彼は数日間感謝を続け、その間に場所ふさぎのプレゼントを片付ける方法を見つけようとした。通訳のマリイは彼のできる範囲で要点をまとめた。

「白人はその子を内地から戻るまで預かっていただけるよう望んでいます」

「どこに行くんだ、白人は？」

「フタ・ジャロンへ！」

どすん！　怒って、腰掛のうえの君主は立ち上がった。財産を押さえ、手足を折り、蛇の小屋に投げ込むと脅した。マリイはへまをやったと悟ったが、理由がわかるまで長い時間が掛かった。哀れな通訳はきちんと耳を貸したが、とどろきの一斉射撃が今では宮殿を震わせていることしか理解できなかった。

「フタ・ジャロン、いやはや！　絶対だめ、だめ、フタ・ジャロンはだめ！　フタ・ジャロン、良くない、良くない！　プル族、雑種野郎！」

口調は溶岩の流れのようで、翻訳は当然困難だ。

「プル族、曲がった投げ槍の裏切り者の子供！　夜、眠っている間も左手は眠らない。外観は立派でも、性格は最悪。雑種野郎のプル族！　雑種野郎のプル族、雑種野郎！　おまえ、プル族を知っているのか？　知らないいんだろう。謎めいた何かを捕らえ、猫の毛皮のなかに縫込み、それをボアに与え、ボアをワニに与える。その後そのワニを霧のかかった夜に灰の中に埋める。こうすることで生まれるのがプル族だ！」

君主はもはや止まらない。マリイはしまいに理解した。これらの島に避難し閉じこもるために先祖が大地を離れた。プル族の絶え間ない侵略のせいである。《そしてその怪物は、私たちがフタの敵が潜入させたスパイであると頭に叩き込んだ！　私たちは白いきれいなシーツに包まれていると。とてもきれいなシーツに、ワラーイ！》

長話は数日数夜に渡って続いた。エメ・オリヴィエは死を逃れるために蒸留酒の半分と、島に留められないために大きく見せる鏡をプレゼントしなくてはならなかった。しかし、長話と贈り物で気持ちが落ち着いた後でも、君主は彼のプレゼントを自由にはさせなかった。白人は子供を連れて行かなくてはならない。それは侮辱だ。さもなくば……。結局、さらに二晩の長話し。飲酒。パジャマの交換。そして白人はフタ・ジャロンには行かず、プレゼントをまとめに戻ってくる前に、海岸をぶらぶらすることで満足するという約束で譲った。

ブラムへの望まぬ帰還の後でオリヴィエ・ドゥ・サンデルヴァルがノートに記したのは以下である。

《ゴレ島の私の職員たちになにも不満はない。私はビサゴを冒険して良かった！　私は習熟した！　この後、

なにも恐れるものはない。フタ・ジャロンのプル族でさえ！》

翌週、彼の庭のまんなかで奇妙な儀式を行った。フランスから持ってきた手紙を火刑に付し、両手を空に上げ、新たにアフリカに告げた。《このフランスから来た灰をお前に！　私の灰はお前には残さぬ！》

そして一月一三日、小船で三日かけてカシニへ登った。彼は、部下たちに取り巻かれて王国の職務を検討中のローレンスに会った。宮殿は、全くありふれた雰囲気の、すでに傾いた木製の家だった。乱雑なことと、カビを忘れるなら、手すりと欄干から、バイアとルイジアナの古い住居を思い起こさせる。マルセイユではそれは単なるあばら家だろうが、掘っ立て小屋と東屋以外では、植物の気まぐれだけが建築となり得るこの地方では、このがらくたは敬意を強いる。

ローレンスは通訳を通さずに彼を従者たちに紹介し、彼と話した。ナル語、スス語、プル語に加え、英語を完璧に話し、フランス語とポルトガル語も良くこなした。イギリスの領事のメッセージをきちんと受けており、それはとても良いニュースだった。アルマミ[3]は彼が大地を踏むことを許可したばかりか、彼の鉄道のプロジェクトに敵対しているようでもなかった。

奇跡！　数分で彼はフタ・ジャロンのゲストになった。かくも閉ざされたフタ、非常に恐れられたフタ！アルマミその人の、慣例の様式に従えば、盗みをしていない、殺していない、イスラムを冒涜していないゲ

3　王たちの王、フタ・ジャロンの君主。

スト。ラベの王子アギブは、国境の街ブダーまで彼に会いに来て、パスポートを渡す。奇跡、全くの奇跡！　彼は拒否を予想していた。少なくとも長い手続きがあるだろうと。数週間あるいは数カ月掛かり、拒否で終わると。彼はある計画まで考えていた。首を刈られる危険を冒しても南の山地から眼をかすめて入ることを。

ありがとう、ローレンス、ありがとう、ナル族！　イギリスにさえも、最初で最後のありがとう！

「感謝するのはアルマミに対してです！　すごいエメ、プル族のゲストなんて、誰にでもなれるわけではありません」

「ええ、そうですね！　すぐにでも出発したいです」

「先ず、あなたに通訳たちを見つけなくてはなりません」

「すでにひとりいます」

「プル族を相手にするときは、どんな通訳も十分ということはありません」

彼は答えを控えた。否定することは侮辱を意味する。（加えて、君主たちが直情的で、刑罰がしばしば死刑であるこの地方で！）肯定することは、皆が言うところの、ならず者とスパイたちがすでに十分に詰め込まれた、近寄りがたい、神秘のフタ・ジャロンの入り口で危険を冒すことになる。

エメ・オリヴィエは、新たに沿岸を縦横に走ったり、急いで行こうと思っていた河上と数えきれない河口を捜索したりするための多くの令状を獲得した後、ありあまるほどのプレゼントを積み、勇士、ローレンスのところを出た。手帳は、図面、地面の性質、昆虫と猿の多様性に関する記述で埋めつくされた。ナル語とプル語を学び始め、用語集の作成に着手した。マングローブの中で足を取られて動けなくなり、木々のフォルムを意外に思い、百もの果実の未知の味を調べたりしながら、在外商館を開き、キャラバンを通過させるために地元の部族との間で合意の取り決めをした。

彼は地区の地図を作成した。それは沿岸の輪郭と河の流れに関する信憑性のあるはじめての記述となった。クシャラ河、カバスラ河、クバ河、コメディア河、そしてコムポニ河の後、ニュネズ河の蛇行の中まで押し進み、処刑に使われた恐ろしいヴィカリアの柱を訪ねた。有罪者の手足を切った後でそこに縛り、ワニがその間にむさぼり食わない場合でも、上げ潮が彼を溺死させるのだ。

そして、ボケに到着してすぐに、フランスの砦に出頭した。

「そんなふうにあなたはフタ・ジャロンに行くのですか!」そこを指揮していたドゥウ大尉はとがめるような調子で彼に言った。「そこで何かが起こってもあなたに何の助けも出せないことを知るべきです。だれもオーヴェルニュを散歩するようにはフタ・ジャロンに行きません。私たちの同郷人の一人がそこに行って捕えられてから間もなく一年になりますが、彼のニュースは何もありません」

「彼らはその人をむさぼり食ったとあなたは言いたいのですか？　それで、その同郷人はなんという名前ですか」

「モンテ、あるいはムテ、私にはもうわかりません！　ブドウ栽培をプル族に教えに行くなどということを考えている風変わりな人でした。マホメット教のくろんぼたちにブドウ栽培を教える！　私が遭遇し得る最悪の種だったと思いました。そして今、あなたです！」

ともあれ大尉は一部屋整え、豊かな夕食を提供してくれた。しかし、食事の間に、荒々しい叫びが外から聞こえた。外に出ると、哨兵たちが鎖に繋いだ男を殴りつけていた。

「これは二週間に一度起こります。これらの未開人たちは呪いをかけられたままにしようと試み、汚物を食べ、続いて私たちの倉庫に盗みに来て、霊のせいだと言い訳します……アルベール、この猿を地下牢に入れておけ。明日、村の長につきだそう」

「村長はどうするのですか？」オリヴィエ・ドゥ・サンデルヴァルは尋ねた。

「疑いなく、ヴィカリアの柱の刑でしょう。これら未開人の法律は海賊や宗教裁判以上に残忍です」

「その恐怖をここに着く前に見ました。このかわいそうな不幸者を助けるには私は何ができるでしょう？」

「何も！　彼らの慣習に鼻を突っ込むのは私たちの習慣ではありません」

「明朝、村長に会いに行きましょう。琥珀でも少し持って」

「オリヴィエさん、聞きなさい、私たち白人の生活はすでに十分複雑です。もしあなたが厄介事を創り出すなら、直ちに銃殺します！」

翌日彼は村長に嘆願しに行く必要はなかった。留置人がいるはずの地下室を開けたとき、そこには骨だけしかなかった。バグバグ蟻が全部むさぼってしまっていた。

このような恐怖を見るためにアフリカまで来なくてはならなかったとは！　彼は虚脱したまま一日中唾以外を飲み込むことができなかった。そして若い頃の読み物を思い出した。海賊と風からはきちんと守られた、カカンディと呼ばれた小さな港で、ルネ・カイエはトムブクトゥに向けての長旅に着手した。彼は小さな覚書を作成して、砦の分隊にラッパを吹かせ三色旗を揚げさせた。


ルネ・カイエは幼年期のエメ・オリヴィエを感嘆させた伝説のなかで、非常に良い場所を占めていた。今の年齢になって選び直すと、ユリシーズあるいはアッティラをも超えたのではないかと自問した。その名は、聖書の一大民族の長ほどの強烈さで、耳の中でさらに振動し、トムブクトゥは確かに、ジャワやサマルカンドと同じ魔術だった。もし彼が、心配にさいなまれほとんどマラリアにかかって、この不可侵の種族、プル族の門前で、このマングローブのなかをもたつくなら、何よりもルネ・カイエのせいだ。明日、彼らの名は、ロビンソン・クルソー以来、近代の夢幻境が展開された、輝く系統図上に連結される。一方は父、他方は息子！　それはユートピアの必要のため、もちろん現実はより過酷で、粘土とエメラルドほどに異なって創られた。

ルネ・カイエはドゥ・セヴルの小さな村で、貧乏に生まれた。パン屋の職人だった父は取るに足りないものを盗んで、一七八〇年にロッシュフォールの牢獄で亡くなった。ジャン・ヴァルジャンより五四年前である。エメ・ヴィクトール・オリヴィエ少年はリヨン生まれである。つまり金持ち、つまり美食家、つまり創意に富み、つまり冷たく、そして人知れず偏屈な人間である。

オリヴィエ家では、生まれても、翌日の心配は何事もなく、りっぱな植物群に連なる高い塀に囲まれた、静かで広い家の中で育った。街の工業の発展は多くを彼の家族の工学に負っていた。[4] オリヴィエの血統もピエールの血統も、エメ少年はエンジニアの長い一家系の生まれだ。父は科学者だった。伯父のテオドールはパリの技術工芸中央学校の創始者のひとりで、エメ自身がそこの優秀な生徒となった。硫酸工業は世界が彼の母方の祖父に負っている。そしてエメが今日あるのは化学のおかげである。先ずはその生誕から。ある日、リヨンの化学工業の父、クロード・マリウ・ピエールが自分ほどにきちんと職務を果たす若いエンジニアを雇い、娘をその嫁として与えた。夫婦には六人の子供ができた。オリヴィエ・ドゥ・サンデルヴァルはふたりめの子である。

「この子は心配だわ」心配性の母は彼の師でもある父によくこう言ったが、帰ってくる答えは楽天的なものだった。「ここにいないみたい、まわりのものでなく他のものを見ているみたい」いや、他の子たちと同じだ。少しばかりメランコリーなだけだ。皆と同じに彼は父の言うことを聞き、母を愛していた。激しい愛、とはいえ内気な、気づかないほどの、しかし激しい。すべての兄弟姉妹にもまして、遠くから、最も彼女に結びついていた。しかし、靴紐をむすんでやり、ステーキやマッシュポテトを飲み込ませたりしなくてはならない、なよなよした取り澄ました子供たちのひとりではなかった。早くから彼は聡明さと力強さと器用さを示した。その温和な夢想家はスポーツと危険な遊びを好んだ。

四歳ですでに大人の会話に加わり、誰も追っ払おうとは思わないほど彼の話は上出来だった。七歳で長兄を凌ぎ、弟たちに一目置かせた。奇妙なきつい子供だった。外は粗野で内は柔らか、要するにウニだ。筋骨たくましく、内臓と心臓はもろいこの少年は優しさと思いやりの中で胸を昂ぶらせた。ごくわずかなものが彼を溶かした。彼の母の声、花の破片、若い娘の笑み、ヴィヨンの詩、あるいはシュリ・プリュドムの韻文。そして両目は常に乾いて見え、心は絶えず泣いていた。夢想家だった。行動する夢想家、永遠に満たされぬ者。実際、彼は決して現実に満足しなかった。常により大きく、より強く、よりりっぱであることを望んだ。

彼は人をいらだたせる術を持っていた。また魅了する術をも。あらゆる状況で、厳かな何か、超越する何か、ローマ風の何かを発した。

彼の男性的なシルエット、まっすぐな鼻、柔らかな白い明かりの中に沈んだ灰色の目を、婦人たちは好んだ。刺すような視線、高い額——左側が少し薄くなって、右側は長い、メッシュにした髪の房が額を塞いでいる——いつも巧みに切り整えられた黒いあごひげは彼のライバルたちにさえ強い印象を与えた。道を行くとき、すべての視線は彼に振り向いた。そう、彼はその時代の顔をしていた。皆はジュール・ヴェルヌかヴィクトル・ユゴーだと思った。

4　サン・ゴベン市が富を為したのはオリヴィエとピエールが工場を買い取ったことからだった。

《私は平凡でない家族の出身です》彼はこれしか言わないだろうが、ラテン系だがカトリックの、スカンジナビアの家系でルター派の、控えめでへりくだった流儀のリヨンのブルジョア社会〔一七世紀にルター派教会がジュネーヴに建てられ、それ以降、リヨンにそのコミュニティがあった〕では、おそらくすでに言いすぎである。オリヴィエ家でもピエール家でも、生誕を大声で叫ぶような高慢な狂気と共には生まれて来なかったが、少なくとも父親以上でなくてはならないという過酷で、つらい義務があった。これら規律と努力の熱狂的な実践者たちの家の外では、科学の利用と工業の情熱に並んで、常軌を逸した快楽がいつもあった。例えば、クロード・マリウ・ピエール！　この尊ぶべき老人は、夏は犬ぞりで、冬はカブリオレ馬車で、安ブランデーで過度に興奮してベルクール広場に出た。知事は殺戮を止めさせるために条例を創らなくてはならなかった。しかし妻の死に際して、老きつねは新たにしきたりと法律にぶつける方法を見つけた。彼は遺体を非合法に腐敗処理をして、次に彼の番で死ぬまで、近くに保管した。ローマのカタコンベの再建のために五十年の生涯をささげ、最後に豪華なリトグラフを刷ってヴァチカンに寄贈した彼の伯父になんと言ったらよいのだろう。

先ず仕事、そして遊び、そして、それに値するときに休憩！　彼を生んだ両親の情熱盛んな頭脳から生まれた家訓は、《人は、楽しむためにではなく、なすべきことをするために生まれてきた》という試験室の標語同様に、彼を容赦しなかった。ある日、エメ・オリヴィエがおよそ九歳の頃、罰打ちのへらと耐えがたいポア・シシュのピュレから逃れるために、ウランの陰気な寄宿学校から姿をくらました。続いて、酸と鉱石の運搬のためにローヌ河を行き来していたオリヴィエ家所有の平底船のひとつにアヴィニオンに住んでいた両親のところに行くため違法に乗船した。しかし、家の入り口に着いたとき、父親とぶつかった。《この時間に君はここにいてはいけない、よくわかっているだろう、エメ!》父親はこれをしぐさなしで声を上げずに言い、子は、かれこれ一年も会っていなかった母親にキッスするために階段を上がることをあえてせずにふたたび船に乗った。

偶然にも、私たちの将来のアフリカの王様はバンツー族のことわざが言うところに一致する。《人は父親の子であるよりも時代の子である》彼はいかにも一九世紀の子であった。*Ordem et progresso!*〔規律と進歩〕、彼の教育、彼の気質、すべてが世紀の情熱を振動させるために、整えられていた。思想、科学、大旅行。彼はパイオニア時代のパイオニア精神のかたまりだった。彼の生涯はとても早くから、偉業に向けて架けられた急な階段のように、計画されていた。ヒーローたちは自らの伝説を持ち、探求が重要性を帯び、充実し、書物となる。彼のその書物は『絶対』と呼ばれ、彼の考えの総体であり、すべての平行線の融合点である。考えと生活、現実と空、存在と善き神。一二歳から始まったその近代の形而上学は今、第二十バージョンである。

ルネ・カイエは旅行手帳を残した。エメ・オリヴィエは道程の日誌のみならず、叙情詩であり百科事典でもある思考書を残した。そしてまた彼の高名なモデルとはっきり区別させるものがある。ルネ・カイエはトムブクトゥの旅行の代償として、グアドループまでの辛い仕事をした。彼をもてなしたのは蚊と不運だけだった。〔ルネ・カイエは一八一六年、船隊の見習い水夫として働いた。船隊の五船のうちのひとつがメデューズ号だった。一八二四年、モーリタニアでアラビア語とイスラム教を学んだ後、一八二七年にトムブクトゥに向かった。〕

エメ・オリヴィエのほうは、リュフィスクからジガンショーを通ってブラムまで、かつては伯父の、船主パストレのものだった在外商館の多くを相続していた。しかし確かに彼の配下はひとりもフタ・ジャロンに随行しなかった。彼はひとりで、彼のくろんぼたちとだけで、女中、召使は連れずに。そうでなければ偉業とはならなかった。

彼は村々を訪ね市場に手先を放ったが、ポーターを雇うのは難しかった。海岸の人々はフタ・ジャロンへの冒険をあまり好まなかった。《チムボからは生きて戻れない。あるいは生きて戻ったとしても自由ではない》皆は脅えて答えた。

随行する一縦隊を得るため、三日に及ぶ長話と多くのプレゼントが必要だった。

十の谷、三つの平地、五つの丘陵、六つの河！　ある晴れた朝、モーゼの興奮とともに、約束された大地を踏みながら、マリイは霧の中に失われた、樹木で覆われた高所を指差した。

「見えますか、あそこ？　蟻塚のすぐ後？　フタ・ジャロンはあそこです！　ついに、新鮮な水と果物の、純粋なミルクの、そして碩学の国！　欲望を満たす国！　気にしないで、白人。グリオ〔伝統的な口承詩人。王や権力者の庇護の下で生活し、行事においては口承伝達者あるいは音楽家として振舞う〕たちがそう言っているのです！」

距離は長すぎ、望遠鏡でも視界はぼやけていた。岩の多い絶壁を見ただけでそのほかは興奮して推察するだけにとどまった。草原、花崗岩の丘[5]、すずめの毛の色の牛たちのなかで着飾ったまばゆい牧童たち、モリエン、ルネ・カイエ、エカーあるいはランベールの物語から千一回送られたその他さまざまなイメージ。

彼は口笛を吹きながら歩みを再開した。しかしブバーでの出来事がすぐに彼の陶酔を打ちのめした。到着したその夜に、叛徒となった地区の領主、アルファ・ガウスが宿営地を襲って六十人ほどのポーターを奪い取った。

パスポートを渡しに来ることになっていたアギブは、私用で数日都合が悪くなった。その妻、タイブ王女が代わりに彼を迎えた。以下のように彼の覚え書に述べられている。《幅狭に編んだ髪を垂らし、卵の大きさほどの琥珀の玉を飾っていた。彼女の胸は、ちりんちりんという音がこどもじみた誇りを呼び起こす、五フラン硬貨で覆われていた。腕には親指ほどの厚さの銀のブレスレットをし、くるぶしには太い銀線を編んだ輪を付けていた》

彼は挨拶し、すぐにプレゼント、銀のラメ入りの白いメリノ羊毛の織物一反を差し出した。彼女は喜びに輝き、打ち解けた話し方で言った。

「あなたなのね、私の夫が話した白人は！　あなたはチムボまで歩きたいのね？」

「その通りです、プリンセス！」

5　フタ・ジャロン独特の草の多い高原と板状の花崗岩質の丘

「夫はそう言ったわ。それに、すでにほとんど忘れてしまっているほどに私にはとても奇妙に思える何かをも。あなたはあちらでおかしな機械を持っていて、それをここ、フタに持ってこさせるらしいけれど」

「鉄道です、プリンセス、ここからラベまで、食事を作っている間に行ける何かです」

「あちらではほんとのことでしょうけれど、ここフタでは違うわ」

「どこでもほんとうです、プリンセス」

「でも私、自分で見たとしても、信じられないわ」

彼女は穏やかで陽気だった。あちら、フランスでは、雨は塩のように粉状で白く、十字架の前で祈り、豚を食べ、男たちはだれも割礼しておらず、ひとりの婦人とだけしか結婚できないことを教わって楽しんだ。彼女は長い間彼を見て、新生児のような、青白い肌と滑らかな髪をからかった。そして突然、彼が何という名であるのかさえ知らないことに気づいて、表情を固くした。

「あなたは私のことを愚か者と思ったことでしょう。もう長く私たちは話しているというのに、私はあなたの名を尋ねることさえしませんでした。あちらでも、白人の国でも、あなたに名を付けていると思うけど」

「もちろんです、プリンセス！　私たちの街路でさえ、名前が付いています！　私はエメといいます！」

「イェメ？　悪い名前じゃないわ！　ただ、イェメ、その機械を私たちのところに持ってきたいなんて、あきれるわ。プル族がそれを望むと思うの？」

「私はアルマミを納得させるつもりです。私を助けてくれるでしょう、プリンセス？　あなたは将来のラベの王様の妻です。あなたの夫はアルマミに良く思われています。沿岸では皆そう言っています」

「ええ、今は。でも、アルファヤが君臨する番になったらわからないわ」

このソルヤとアルファヤの話を、一晩中かけてローレンスは彼に空しく説明した。不屈で優しい彼の声で、歴史を少し凝縮して講義することで、最後には理解させるのに成功した。ソルヤとアルファヤはアルマミの家系のふたつの枝を構成していると、エメ・オリヴィエは急ぎ記した。

それらは二年づつ交代で君臨する。ともかく紙の上では！　誰がそれを決めるのか？　毒、拳骨、内乱！将来それらの土地に君臨したいのならば、フタ・ジャロンは神権政治の連邦制王国で九つの地方を含むことを理解することは重要であった。それぞれの長に王がいて、アルマミはチムボに君臨し、すべての長である。より正確には、ふたりのアルマミは、ひとりがチムボに君臨し、従って、もうひとりは王冠を奪い返すまで、《休眠の》首府、フグンバでいらいらする。

凶暴で神経過敏で疑り深いプル族のところでは、均整のとれた巧妙な駆け引きが権力を分配していた。チムボは君臨統治し、宗教上の首府であるフグンバは、法律を議決し戦争を宣言するアルマミを戴冠させる。

「あなたたちはとても複雑なシステムをお持ちですね」

「私たちのところではすべてが複雑、イェメ。だからプル族なの！」

策を弄し、疑い深く、熱狂的で、陰険で、けっして真の友人とならない、常に警戒していることで有名な、その怒りっぽいプル種族に近づく千と一の方法を彼女は説明した。彼は三時間近くも聞いて、それらの助言に、また、縁取られた唇と野生の花のかおりに魅了された。そして、くつろいだ、親密な間柄でのような口調で暇を乞うた。

「私はあなたに身を委ねます、タイプ。道は遮られ、私は六十人の手下を失いました。私はここ、フタの入り口で行き詰ったままです。これから過ぎる毎日、エネルギーと人が掛かります。でもあなたに頼ることができることはわかっています、そうでしょう、私のプリンセス？」

「今日の朝から道は自由になっているわ、イェメ。夫はあなたが着く少し前に私に伝令を送った。彼はギダリで待っている。私自身数日後そこに行くわ。密使がひとり、あなたを彼のところに案内するために間もなく着く。あなたの部下たちを見つけるよう、あるいは捕虜たちをあなたに供給するよう、指示したわ。困ったことがあれば、ためらうことなくタイプを呼んで！　もう安心して行って、イェメ、あなたを祝福し、あなたのために祈るわ！」

テントに戻ってすぐに、彼は急いで手帳を取った。

《蜂蜜、花、泉、そして、残忍な人と皆は言うが、むしろ礼儀正しく、見ていて快いプリンセス。これがフタならば、さあ、そこに行こう！》

最初のフタ・ジャロンの塞はブバーとははっきりと違った。――そこの滝と花咲く小さな谷は美人の金の首飾り！　婦人たちにも自然と同じの奇跡的な華麗さが浮き出ている。そこは天使たちのためにあるようだった。《月桂樹が一五メートルの高さのその地方で、どうして一枝刈ることを夢見ないでいられようか？空しい一生のうちで、王国を獲得することよりもより現実的らしいのは、一国を組織することのほうではないだろうか？》散歩から戻った彼は、興奮しきってノートに記した。

ついに、使者が来て、アギブが来ることを知らせた。彼の隊列は、その高度であっても真昼は死ぬほど過酷な太陽を避けて、三月三日の夕方六時に動き出した。彼はブラム―ブバー間をならし運転の期間と見て、ポーターたちの負担を最良な状態になるよう推算し、歩行の速度を調整し、各段階の距離を決め、部下たちの態度を見て、盗人、大食漢、扱いにくい臆病者、スパイの便乗者などを見極める機会としていた。

今、肝心なことが始まった。山の方へ、つまり、心を開くのがかくも遅く、ナイフを出すのはかくも早い、凶暴で予見できないプル族の方へ行く。最初の急な坂はサムバフィル付近にあった。部下たちは、馬から降りてロバにまたがった。彼は馬から降りる必要はなかった。馬術はけっして、モン・ブランとアイスランドの火山の頂上に慣れたその頑強な好漢の得意なことではなかった。彼はぬかるみと末なし河を渡るためにしか馬を使わなかった。それ以外のときは手綱で引くか馬丁に渡した。そして始まった――最初の滝、最初の絶壁、最初の捻挫、最初の蛇の噛み傷。花も泉も多くあった。突然現れる鳥たちが、その多色さとその数で、そして多くの滑稽な猿たちが、陶酔させた。

ポーターたちのなかには、曲がり角を利用して荷物とともに逃げるのもいれば、自由の享楽を味わうために最初の大きな屈曲で荷物を捨てるものもいた。

予定通りアギブはブバーから三日のギダリで彼を迎えた。接待は、ベランダでは小ヤギたち、ニワトリたち、それにぼさぼさ頭ではなを垂らした子供たちが飛び回る、屋根がテラスになった大きな、いくつもの小屋で囲まれた、小砂利とシトロネル〔レモングラス〕で飾られた広い中庭で行われた。

「アルマミの土地にようこそ！　お元気ですか？　来るまでのあいだ、良くないことはありませんでしたか？」

プル族とナル族のなかでの数週間で慣習については十分に学んだと、彼は少なくともそう思っていた。

「ブバーから来ましたが、良くないことはありませんでした。良いことばかり。道中、悪いことなく、すばらしかったです」

「望むままにくつろいで、白人！　あなたの名は了解済みです。フタ・ジャロンはあなたの名は立派だと言っています。チムボはあなたを迎え、宮廷はあなたの望みを審査する準備が整っています。あなたはチムボまで蒸気機関車を通すための道が欲しいそうですね」

「その通りです！　アルマミと話したいと思っています。……」

エメ・オリヴィエが、ブバク島でのとんでもない災難よりもおそらくもっと恐ろしいへまをやってしまったことを理解するのに、通訳のマリイを必要とはしなかった。アギブの顔つきが突然敵意を帯びたものに変わり、腕が棍棒と刀を握ろうとする動きを見ただけで十分だった。アギブは、厳しい視線を保ったまま、大衆の熱情を鎮めるしぐさをした。そしてグリオに目で合図し、グリオはすぐに、唖然とするばかりの白人の頭上に怒りを爆発させた。

「おまえがアルマミと話をするだと。プル族たち、聞いたか？」

マ・ヤシンは、今の言葉がアルマミの威厳を侵害した許されぬ犯罪であることを説明するために、彼の耳のほうに身を傾けた。アルマミは、神、預言者に続く世界で第三番目の聖なる象徴である。彼は頼まず命令し、迎えず召集する。話すことはあるが、王子たちと王たちとだけである。

「おまえは王か王子か？　栄誉も教養も持たない忘恩の客、答えろ！」グリオはわめき、声々に、棒打ちの刑を、手下たちと財産の没収を、沿岸地方への追放を、ワニたちに向けて投げ捨てることを要求した。

出来事の最初からまつげをしきりにまばたきして思索にふけっていたマリイがそのとき、咳払いした。何事につけても平身低頭しながらひそひそと話し、暗示したり提案したりはするが、決して断定はしないプル族の世界では、それは、宮廷が許可するなら一言述べたいという意思表示であった。

「アギブ王子、その軽率な白人を許しましょう！　彼はその高貴な伯父の挨拶をフタに伝えることから始めるべきでした」

そして、侵しがたい雰囲気をたたえたその通訳は、外見を信用しないようにと、へりくだって要求した。

「下痢で醜くなった、山道で埃まみれの、棘で傷だらけのその不幸な白人は、フランスの王の甥以下ではなく、まさに甥そのものです。髪の毛には埃がつき、敷き皮の上の両足の親指も泥まみれではあるが、あちらのアルマミの弟の息子である。同じ母、同じ父の！　フランスの王座は四人に帰属する。王、その息子、その弟、そして彼、オリヴィエ・ドゥ・サンデルヴァル。フタは接待に値する彼を接待できることを誇りに思う、ワライ！　宮廷の人々、これが彼が、また私、マリイが言いたかったすべてである。発言を終える」

　当然にも白人はすぐにその恥ずべきうそを否定しようとした。しかしふたりの使用人はウインクとひじ押しで、エメ・オリヴィエが口を開くのを妨げた。

　長いひそかなざわめきが大衆の中から発せられ、グリオが外人のほうに向き直った。

「白人、尊い伯父の手紙を持っているのか？」

「フランスの習慣を知らないのか、愚かで閉ざされたプル族？」このように話したマ・ヤシンはセレル族で、祖先伝来の慣習の名の下に、冗談を言える親族としてプル族を侮蔑する権利があった。死刑執行人は刀を抜いた。すんでのところで、マリイが仲裁に入った。

「何ということをするんです、アギブ？　プル族の王子、あなたの屋根の下でセレル族の男の喉を切るのですか？　そうなんですか？」

　死刑執行人に対して厳しい非難の呟きが起こった。

「お前たちはどうしてそんなふうに私を見るのだ？　彼がセレル族とは知らなかったのだ、ワライ！　知らなかったのだ！」

　呼吸はなかなか元に戻らない、ブーブー〔アフリカ黒人のゆったりした長い衣〕の着付けを整え直している、首が助かって喜んでいるのが明らかなマ・ヤシンに、王子が話を向けた。

「おまえの勝ちだ、セレル族、悪いのは私のほうだ。私たちは罰金に値する。羊一匹でどうだ？」

「それっぽっちでは、あなたの地位としてはみっともないでしょう！　羊一匹ではセレル族ひとりに対し少なすぎます。雄牛一頭、そうでなければなにもなしでしょう！」

慣習はこうだ。セレル族はプル族を、王子だろうと王だろうと手荒に扱える。プル族がへたに反応すると罰金が科される。

「彼に縄を渡せ。囲いに行かせ、好きなように動物を繋いでこさせろ！」

「事件は終了ということだ。それでフランスの慣習は？」グリオが大声で荒々しく言った。

セレル族のマ・ヤシンは、フランスの王が手紙を書くのは従僕たちに対してだけで、同朋に話しかけるのは甥たちの口を通してだけだ、と大まじめな口調で説明した。フランスの王には、日に焼かれ、蚊に喰われた、この哀れな白人一人しか甥はいない。彼らの果樹園からも、彼らの宮殿からもかくも遠く離れた哀れなやつ。

「では、フランスの王の甥はその地位に基づいて処遇しよう。雄牛一頭をいけにえとし、村の最良の小屋を提供しよう」

哀れなフランスの王子は行李を開かなくてはならないと考えた。プル族の同等身分者にその寛大さに感謝するために、綿のマドラス織り八ヤード、ギニア織り二十クデ、肉きり包丁八本、スウェーデンの琥珀玉五個、銀ラメ入り白メリノ織り二反、シャスポ猟銃二丁、そして三千フラン。

失敗だった！

十倍もの詐欺師たちとおべっか使いたちが夜間、彼の邪魔をしに来た。ある者はアギブの従兄弟だと言って、王子の特別の計らいを保証するから琥珀が欲しいと言った。またある者はアルマミのマラブだと主張して、チムボでの保護を保証すると言って真珠を望んだ。その他、チムビの王子たちの税関吏と言って、道中の優遇のために猟銃を強要した。彼はすぐに学んだ。嫉妬深く、貪欲で、詐欺師のプル族のところでは、プレゼントは夜、星と善き神の視線を証人としてのみ配るのが好ましい。

これらわずらわしい者たちを片付け終わったとき、彼のふたりの部下と解決を図ることにした。

「私はフランスの王子じゃないよ、分かってる？　君たちには通訳と食料供給のために支払っているのであってばかげた話をするためではない」

「あなたはここ、プル族のところにいるんですよ、白人！　ここでは物事を容易にしたいならプリンスでなくてはなりません！」マ・ヤシンが言い返した。

「悪は為され、いずれにしろ、私たちはもう同じ綱で結ばれています。望もうとも否ともあなたはフランスの王子です！　否定するならフタをばかにしたことになり、私たちの首は飛びます」マリイが続けた。

「私たちの首が飛ばないにしろ、あなたをダカールに戻すために、皆はあなたに襲いかかるでしょう。分かりますか、頑固な白人？」マ・ヤシンが熱くなった。

彼は一晩中ふさぎ虫をつぶして過ごした。手帳を探るには疲れ過ぎ、眠りに至るには自然に傷つけられ過ぎていた。ダンボールの切れ端にこう書くだけに留めた。《この地方のおかしな慣習に遭遇するだろうことは予想していた。そして、お祭が盛んだった先祖の時代に遡る慣習、冗談の親族〔冗談が許される親族関係〕に出くわした！　おかしなアフリカ！　いたずらなマリイとマ・ヤシン！　ずるいプル族の王子たち！　では、フランスの王子でいよう、首を保つためにだけ。あちらではむしろ首を切られるだろうけれど！》

アギブはふたたび、今度は頭と頭をつきあわせて、つまり料理人と通訳だけをつけて、エメ・オリヴィエを招待した。彼は常に、その生誕が確かで王座が揺るがないネギュ〔エチオピア皇帝の称号〕のように気取っていた。しかしながら心配そうだった。どちらかというと、衛兵たちを気にして。

「たぶんあなたはフランスの王の甥でしょう。あるいはそうではないかもしれません。どんなご婦人があなたの母親なのかを知っているのは、ここの者ではありません。私に対してあなたは嘘をつけるでしょう。それはたいしたことではありませんが、チムボではそれは三倍も重大なことです。哀れな白人、チムボではすぐに首が飛ぶことを私は保証しましょう！」

「つまりプリンス、聞いてください、すべては……」

「発言をお許しください、アギブ王子！」マリイが遮った。「その男はあなたがラベでそうであるように、フランスの宮殿で同様に高貴です」

「よろしい、よろしい！　その話はもういい！」アギブがじれた。

「道の方はどうなっているのでしょう？」マリイが繋いだ。

「村長たちはあなたの安全を守り、ポーターたちと休息のための小屋を提供する義務があります。それ以外は各自が便宜を図ります。ようこそ私たちの大地に、外人！」

「ありがとう、プリンス、ありがとう！」

「これはプル族である私の義務です。礼には及びません、白人！　チムボにどれだけいるつもりですか？」

「一週間、あるいは二週間。その後、ディンギライエに行きます！」

王子の顔がふたたび険悪になったのだけが分かった。

「ディンギライエ？」

「そしてシギリ、サカト、カイ。あなたのすばらしいフタの後でスーダンをさすらいたいと思います」

「そういうことか、白人、親指を与えると腕全部を抜き取る！　ディンギライエ！　そしてさらに何だ、フタの王座、メッカかメダンか？　チムボで止まった方がいいぞ、その方が確かにいいぞ！」

彼は突然、会談を打ち切った。


翌日彼はタイブの訪問を受けた。彼女は、プル族のところでは高貴さとその身分を表す、入念に計算された、ゆっくりした動作で入ってきた。彼女は前のときより光り輝いていた、入念に編み込んだ髪とまばゆく輝く優雅な宝石！　蜂蜜色の乳輪を取り囲んだぽっちゃりとした締った乳房と、また乳房の上を叩いたばかりの、金の首輪と真珠でできた目のつまった網の首飾りとをおぼろげに見せたままにして、レース飾りのか細いショールで両肩を覆っていた。昇り始めた太陽の光のなかで、銅の反射光と共に、目鼻立ちの整った顔が輝いた。すらりとした背丈と丸い乳房にもかかわらず、横顔は少女のようだった。しかし、豆の鞘の形の美しい目で、叱り命令するために生まれてきた、鷲のような清廉な視線を向けていた。強くアラブ化したいくらかの家族を除いて、戸籍は知られていないこの離れた国で、彼女は二四歳位、いっていても二八歳だ。だがフタで最も力を持った女性である。皆が言うには、金持ちで、自立し、好戦的だ。彼女は、夫である王子ほどに金と大地を所有している。情夫を十人ほど、奴隷を数千人持つ。馬に乗って無敵で、彼女自身六千人の戦士たちの先頭を行く。途方もない伝説が流れている。彼女は気に入らなくなった奴隷たちを手足切断し、若者たちに首を切らせていると皆は話した。照準を当てられた不幸な者たちはいつの日か真のジレンマに落ち入る。アギブの剣か、彼女の毒か。

彼女は小屋の隅に斜めに座った。プル族のところでは、いつでも斜めに座り、斜めに食べ、斜めに話し、斜めに結びつき、斜めに戦争し、斜めに和解する。率直に示すことは繊細さに欠け、正面で見つめることは許しがたい無礼のしるしである。沿岸の人々のところでは率直さは人の第一の美点とされたが、フタでは気高くきざなしるしで、偽善とされた。

間もなくプル族のところに来てから一週間になろうとしていた。一個人の教養は、挨拶の長さと、感情を隠す能力で判断されることを知っていた。控えめに留まり、極端な状況は避けるべし。

彼女は斜めに座り、柔らかでかたくなな声で話し、ときどき、目の端で相手を短時間見つめた。彼はすべては理解できなかったが、このような状況で、通訳は必要なく、少しの笑み、少しのしぐさ、そしてすでに頭に詰め込んだプル語の二百の言葉で十分だった。

「イェメ、ほんとうに私たちのところが気に入った？　病気しなかった？　誰かに侮蔑されなかった？　水を拒否されなかった?」

すべてが順調に進み、フタに来て以来、今までそれほど快いことはなかったと、彼は答えた。ありがとう、ラベ。ありがとうチムボ。ありがとう、タイプ。ありがとう、アルマミ! たとえ棒でたたかれても、手足を切断されても、あるいは金品を奪われても、正しい礼儀は、このように答えることを命じていた。

彼女が話し終わったとき、顔をショールのすそで覆ってくっくっと笑った。

「どうしてイェメ、そのように私を見るの?」

「わかっているくせに」近づきながら白人は言った。

「あたりまえよ、わかっているわ。男と女がふたりだけでひとつの小屋のなかで……」彼女がため息をついた。

「一度しか会っていないのに、ずっと前から知っていたような。ほんとうにそうでしょう」

彼は手をつかもうとし、彼女は押し返した。

「あなたはすでに私が誰だか知っている。フタでは私のことを、他で雨のことを話すように話すわ。外人たちは国境を越えるとすぐに私の秘密を知る。皆は私が夫のことを愛しておらずプル族の女としてはむしろ特殊だとあなたに言ったに違いないわ」

白人は彼女の首から、唇から、乳房から目を離せなかった。彼女の燃え立った視線、緊張した腱、膨れて沸き立った血潮、胸の外に跳ねようとしている心臓を、彼は感じた。いつもは取り乱してしまうような精神状態であっても、肉欲に関しては落ち着きを保つことができた。だが今、この小娘の視線の前で、キリスト教徒の善き原則が蝋よりも柔らかく溶かされ、理性を衰退させ、感覚を失わせ、貞操の仕切り弁が次々に壊れた。

　これもまた確かにアフリカの魔術だ！

　彼は額を拭い、唾をやっと飲んだ。

「あなたが夫を愛していないなら、情夫たちの誰があなたのお気に入りなんですか？」

「それを言ってしまったら、フタのすべてが燃されてしまうわ」

「あなたのようなプル族の婦人が存在するなんて想像できない」

「私たちは今、クライと名づけられた樹の下にいる。その多くの実の中でひとつだけ、種のないのが必ずあるの」

「あなたが好きです。わかってますか」長い沈黙の後、彼が言った。

「わかってるわ。会う男だれもが、私を気に入るわ！」

　彼女は編んだ髪を整え直し、少しの間空想にふけってから言った。

「私も、あなたが好き」

　白人は思わずびくっとし、聴いたばかりの言葉で息が詰まったように、大きく口を開けた。

「いとしいあなた！　まだベッドでの白人の男は知らない。でも結局、あなたに私を捧げはしないわ」

「どうして？」

「すでにこんなに私の生が複雑なのに、さらに白人の情夫を加えるなんて」

「ああ、わかります。私を試したい、その時期はあなた自身で決めるということですね。でもあなたを拒否することだってできます。いたずら娘、そう思いませんか?」

彼女は返事をする前に、ショールを再度整え、ベランダに待たしていた捕虜に出発の合図をした。

「そうはできないわ。どんな男でも欲を抑えられないものが三つある。金、権力そして女。そして私は三つともよ。ふ、ふ、ふ!」

「あなたの体を私にくれなくとも、少なくともあなたの保護をください。あなたのフタは安心できません」

「すでにあなたに言ったわ。あなたの道を祝福するわ」

「ありがとう、プリンセス、ありがとう!」肩をつかまえながら短く息を吐いた。

しかし彼女は押し返し、暴君の顔つきを取り戻した。

「気をつけなさい、外人、私は将来のラベの王の妻です。離しなさい、さもないと叫びます」

扉を通りながら付け加えた。

「ダバラレの後で、私の代わりにカデの王子に挨拶するために回り道をして。りっぱな王子であることがわかるでしょう。フタでは皆が彼のことを話しているわ」

キャラバンをたたむ前にアギブに暇を乞うた。尊敬すべき夫の話はまるで反対で、恐怖で脅えさえして言った。

「ダバラレでは、回り道はしないように、白人! まっすぐにチムボに行きなさい。あなたにとってその方が良い」

越え難い原野、急流、峠、それに強情なポーターたちとの新たな戦いとなった。だが真の苦難は、旅の危険性の中よりも、生まれつき、自然が彼に与えた果てしない脆弱さにあった。熟睡することが困難であった。フランスにいたときから、彼の重要な武器となるのは、計略と忍耐であろうことはわかっていた。ここではすべてに策略をもちいなくてはならない。気候、自然、そしてとりわけ人々。

チムボで隊列を再集結させるときまで、五週間は必要であろうと計算していた。各行程二十キロメートル進み、各ポーター二十ないし二五キログラム持たせることは十分に可能だと考えた。この中にあらゆる不確定要素をみていた。住民の陰険な行為、王子たちの気まぐれ、食料供給の不確実性、ポーターたちの離脱（各行程で更新するのが望ましい）、下痢、そしてマラリアの発症。

起伏の多い土地は歩行を困難にした。急流が男たちを押し流したことも、馬たちが、砂利が転がり落ちるように深淵に消えうせたこともあった。高地なので、熱帯としてはむしろ涼しいくらいだが、最も困難な山頂に立ち向かうには正午の太陽が弱まるのを待たなくてはならなかった。そして原野のまんなかで待つことはキャラバンにとってそれ以上に過酷なことはないほどであった。ありとあらゆる不幸が起こるのはいつでもそのとき。盗み、反抗、喧嘩、意思の低下、そして足の麻痺。まむしやさそりによる噛み傷。だがこれらはすべては我慢できた。彼の気力は十分に以前から準備されていたし、物質的にもきちんと装備されていた。

オリヴィエ家では皆、竹の背丈で、馬の骨格で、機関車の力で、頑強に生まれ育った。皆、努力への関心は非常に早くから叩き込まれた。ウランの寄宿学校ではドミニコ修道僧が数学の正確さと、簡素と耐久生活の黄金の戒律を教えた。ガルニエ神父との長期のトレッキングでは、同年代の少年が学び得るすべての危険を学んだ。

今までずっと忘れないほどに、常に危機にぶつかり、顔に吹きかけられた死の吐息を感じていた。彼は成長しなかった、というより、ある年齢から次の年齢に移行する度によみがえらなくてはならなかった。そしてそれはほとんど揺りかごのときから始まった。まだ八歳のとき、その一八四八年の呪われた日、サン・ジャン橋の上を一緒に散歩していた父を、革命派はソーヌ河に投げ落とした。少年のその小さな目は、世界の基礎と存在の理由とともに、父を流れの下に見失った。それは永遠の間と思えるほど続き、親衛隊が去り、父は、少し平泳ぎした後、橋の反対側に現れた。一言も言わず、夕方家族の食事の折にも、出来事を話そうともしなかった。

この無声のレッスンで彼が留めたのは、《死ぬことは、特別なことではない。聖灰から再生することも！》ということだった。その日以降、スフィンクスを真似ることを決して止めなかった。二〇歳で、彼が発明したパラシュートを試みて大腿骨を骨折し、二二歳で、遭難した船からひとりだけ助かった。二五歳で、フランスのふたつの海をつなげるために運河を開拓すると言って山賊に首を切られそうになり、三〇歳で、砲列を指揮していたスダン市の戦場で、コミューン反乱員がバリケードを築く準備をしていたパリに着く前に、一週間のうちに四回死刑宣告され、四回、逃亡に成功した。三二歳で、工場建設のために父が彼を送ったマレンヌで、材料を解離させられることを証明しようとして、試験室ともに爆発させるところだった。

それにもかかわらず工場は稼動していた。家業の硫酸は皆が彼を市長に、市長はまだしもさらには議員、大臣にも、指名するほど、市民の富を為した。友人たち、ガンベッタとシャスロプ・ラバ侯爵の懇願にかかわらず、向こう見ずは止まらなかった。

空腹、疲労、下痢！　冒険を始める前に何も食べずに三日間過ごすようにした。この抗しがたいものへの反抗、恥ずべき病気として彼が引きずったのが不眠症であった。夜、普通の人には夢の時だが、彼にとっては責め苦の始まりであった。この拷問の悪徳のため、リュシフェール〔神への反逆の悪魔〕とそれを名付けるまでに、終いには残忍な憎悪をはぐくむことになった。

彼は多くの本は持ってこなかった。このような冒険ではなるべく軽くするべきだった。ラ・ブリュイエールの『人さまざま』、ボシュエの『葬式の演説』、シュリ・プリュドムの『試練』、それにプリュタルクの『魂の平穏』だけ。皆が起きるのを待つ間、これらの本以外には、『絶対』の手稿、彼の旅行手帳と終わりのないひとりチェスしかなかった。食器はセヴルのマニュファクチュアに特別注文した。姑まれないように黒くし、荷物を重くしないように細くした。ニッケル製の皿ひとつに蒸しご飯用の深鍋、ナイフ、フォーク、スプーン、金メッキの銀製コップ。なんでも飲み込むが、どんなふうにでもというわけではなかったのは確かだ！

少し変化をつけるためときどき外出し、その季節、乾季の空の明るさと、花火ほどのきらめきに感嘆した。北極星のいたずらな火、大熊座の炎。眠れるフタの忘れがたい物音が優しい音楽のように彼に届いた。詩篇朗唱の熱情にあふれた雰囲気、愛し合うカップルのうめき声、そして突然、悪夢に捉えられた子供の悲嘆にくれた叫び。《たすけて、お母さん！　ポルト、ポルト[6]、白人。食べられちゃうよ、白人に！》《まっすぐにチムボに行きなさい。あなたにとってその方が良い！》すでにチカムピルに来ていたが、アギブの声がまだ彼の心の中に漂っていた。脅しだったのか？　暗示だったのか？　これらプル族の王子たちが相手では、禁止なのか、そうではないのか、全然判らない。斬首に相当するのか単なる忠告か。枕の秘密が早かれ遅かれ王子たちの耳に入るように、すべての恋慕の情もそうであろうことを彼は考えていなかった。柔らかな、静かなフタ・ジャロン、なんということ。今、すべての壁に耳あり、それぞれの死刑執行人に役柄があることを知るとき。

危険なタイプの考え。刺激的な、ともかく非常に刺激的な！　カデは一見の価値あり。街は、河と種族の、キャラバンと珍しい食料品の、大合流点にあった。そこに在外商館を建てれば、沿岸と内部の強力な王国とを結ぶ盛んな物々交換を管理できるだろう。とりわけ、血の連盟が絶えず利権の敵対関係を際立たせている貴族階級の混沌の中ですべてが賭けられるフタ・ジャロンで、優秀で野心的な王子と親交を結ぶなら。《進め、カデに。なにが起ころうとかまわない！》チカムピルを出発しながらそう決めた。

翌日、なんでもない出来事が彼を疲れさせた。どこからともなく現れた棍棒を持ったひとりの男が激しくののしりながらポーターたちを叩いた。

「おまえたちは恥ずかしくないのか。疥癬持ちの犬ども、白人の重い荷物のかつぎ屋、邪教徒、キリスト教徒の犬！　おまえたち皆、地獄に行け、隷属的な被創造物、地獄に落ちた魂！」

オリヴィエ・ドゥ・サンデルヴァルはウオロフ族の衛兵の銃を取り、遠ざけるために空に向けて数発撃った。男は数歩下がったが棍棒で威嚇しながらすぐに戻ってきた。白人は男が逃げていくようにと足の間を撃った。男は撃つ度に飛び跳ねては戻り、武器が止むとふたたび断固として言葉を放った。

「白人、おれはおまえは怖くない。おまえの銃が怖い！」

彼はたゆまず繰り返しながらサアラまで隊列に付いて来た。

「白人、銃を捨てろ。男として戦え！」

戯れ言は、――キャバレーの踊り子たちよりも山賊や猛獣に出会う機会がより多いのが当然のこの原野の荒れた道ではむしろ歓迎されるものなのだが――サアラ到着まで続き、その後、深刻な事態に変化した。

原野の厳かな静けさが、咳と馬のいななきで突然破られた。街の上方に張り出した山の峠を越えたとき、隊列が騎兵隊に囲まれた。刀が鞘から抜かれ、銃が鳴り響いた。オリヴィエ・ドゥ・サンデルヴァルは一瞥して攻撃者たちを推算した。五百人、たぶん千人！《抵抗しても無駄だ。アギブが罠を仕掛けたのか、あるいはアルマミは彼の王国の秘密に私が侵入する前に抹消したいのか……もし運良く山賊であるならばディンギライエまで続けられるように琥珀を半分残すよう交渉しよう。その代わりに、沿岸で支払いを受けられ

6　プル族がヨーロッパ人を指した名。複数はポルトベ。

るように信用状を渡そう》
そして再び死の匂い。突然の、麻痺性の、もう慣れた、許容できない死。モントレドンで、ペラッシュで、モンマルトルで、残酷な、下劣な、嫌悪感を起こさせる、その他の不条理な場所での死の匂い。とりわけ彼のこの場合は、棘の、リュカオン〔おおかみ〕の、そしてプル族たちの真ん中の土地にただ一人の白人！
少し前からの彼の生存状況は、この包囲と共通するものが多かった。いたるところに罠、卑屈な人々、スパイたち、そして剣。困難と絶望。国の奥深く入り込むというよりは、迷路の中に滑り落ちる感覚。霧とひそかな影、聞こえない、あるいはひそひそ話の陰謀、巧みな言葉とナイフの一刺し。プル族のふわふわした不安な世界！　次第次第に濃くなる原野、険しくなる坂、男たちはずるがしこく捉えがたくなった。冷静な、神経過敏な、興味を引かれるが付き合いきれない、全くイギリス人（なぜかを自問することなく彼が常に嫌悪していた人種）のようなこれらプル族！　そしてまだ始まりに過ぎない。チムボではさらにひどいことが彼を待ち受けているであろう。ただ、彼はもう戻れない。戻る場所をもはや持たない。より正確には、彼の過去が、森が、洞窟が、谷が、世界が、すべてが、道端の藪のように、彼が進むにつれて後ろで閉じられた。いずれにしろ後退はしない。もう他のことはどうでもいい。こうなったら恐怖の先まで行ってやろう。熱烈な好奇心がエメ・オリヴィエに沸いた。彼は攻撃者たち、彼の二十人の歩兵、百人のポーターを見て、息が詰まらないようにフロックコートのボタンを外し、悲しげに頭を振った。「なるようにしかならない。とは言え、チムボを見る前にくたばるのは困るが！」
彼の悲壮な独り言に答えるように、山の頂からひとりの騎士の声が響きわたった。それは山彦となって、増幅して聞こえた。

「皆がイェメと呼ぶ白人はあなたか？」

「その通り。だがしかし、あなたが誰なのか、そして私に何をするつもりなのか。すぐに言って頂きたい！」

「私の部下にあなたのパスポートを示してください……結構です。ただ確認しておきたかっただけです」

ここの若者たちに多い、痩せて、そびえ立つように立派な、だが、船を降りて以来一度もあったことがないほどすばらしい若者だった。美しい青いブーブーを着て、刀と銃を負い革で吊るしていた。活発な挙動でまっすぐに彼に向かって降りて来て、馬をいななかせて一メートルもないところに止まった。

「カデの王子、アルファ・ヤヤです！　銃声で私たちは警戒しました。発砲したのはあなたですか？」

「そこの者が私の部下たちを叩いたので……」

「おお、アルファ・ガウスの山賊だと思いました。私の義理の姉のメッセンジャーが言うには、あなたが私を訪ねるころだ、と。だが同時に私の兄から、反乱者たちを押し返すのに加われとのメッセージも受け取りました」

新たに一度、馬をいななかせ、棍棒の男のほうに向き直った。

「おまえはどこの出だ？」

「レイエ・フェトです。ビュット・オ・シャカルの近くの！」

「レイエ・フェトに連れて行き、牝牛一頭と米穂五籠を支払わせる。アルマミの客に対して敬意を欠いたことと学ぶためだ」

「こんなささいなことに対して牝牛一頭と米穂五籠とはひどすぎます、王子!」

「それは、私の気に入りません、外人! 私は法を適用している。あなたは見ているだけにとどまるように。それで納得してもらえますか?」

当惑した白人は何かを口ごもった。

「では、よろしかったら、友好のミルクを分かち合うために河まで行きましょう」アルファ・ヤヤが続けた。

ふたりは河を渡り、和解、喪、そして戦争の準備のためにプル族が村の出口か道の先端に作る、杭で囲まれた砂利と砂の大きな円、ンゲル、のなかに入った。白人がくしゃみをし、枝々からヤマウズラの一群が飛び立った。

「さて白人! あなたがくしゃみしてヤマウズラたちが飛び立つ。これらすべて良いことの前兆に違いない。あなたの存在がフタに幸いしますよう!」

「私の存在がフタに幸いしますよう! フタのほうは私を妨げませんように!」

今度はアルファ・ヤヤがくしゃみをした。王権の杖を地面に刺したまま、客のほうに向き直った。

「アラーにかけて、今朝はまさに良き前兆! さあ、」彼は手を差し出した。「外人、友となってください!」

「タイブは私がカデを通るよう強く言いました」

「それでは、彼女の夫が反対のことを言ったのは当然でしょう」

「アギブの態度が攻撃的だったのは、なぜだかわかりませんでした!」

「私の兄はそうなのです。高潔ですが、すべての甘やかされた子供のように逆上しやすいのです。ときどき私たちの父は彼を愛しすぎたと感じます。王子にとって決して良いことでありません」

ふたりは前からの知り合いのように話しながら友好のミルクを飲んだ。白人は若い王子の優美さと精神の鮮明さに魅了された。《彼はチムボに生まれていたら、すでにアルマミだっただろう》ゆっくりとした、かすかに歌うような声の後ろに隠れた、明晰なで決然とした人格を感じた。彼のすべてが、視線、しぐさ、話し方、そして姿勢が、出生と趣味を、気品と卓越性を語っていた。このアフリカにいまでも存在する真のプリンス。プル族の父譲りの、繊細な目鼻立ち、巧みな知性、猫のような柔軟さ、それにすらっとした背丈。マンディング族の母譲りの、濃い肌色、輝く笑い、激情的な貫禄と性格。

《この人物が、フタのすべてのプリンセスが夫に、と夢見る人だ》サンデルヴァルがつぶやいた。

そして男は急に跳ね上がり、再度手を伸べた。

「私は行かなくてはなりません。こんなに速く話をしなくてはならなかったのは残念です。だがきっと再会するでしょう。神は私たちそれぞれに互いの道を置きました。神は私たちから離れることはないでしょう。もし不幸に触れるなら、アルファ・ヤヤを呼ぶのをためらわないよう！」

彼はしばし騎行し、白人に呼びかけた。

「チムボではボカ・ビロの保護下に入りなさい。アルマミの甥で、私の最良の友です」

「さようなら、プリンス！　いろいろありがとう！」

「平安に行きなさい、イェメ！　チムボの人々には気をつけて、とりわけディオゴ・モディ・マッカには。アルマミの首相で、皆のうち最も恐るべき人です」

チカムピルの断崖とサアラの奴隷市場の後には、断崖と岩場の間を、蔓植物とマンチニールがもつれたなかをおよその見当で自ら道を開いて行かなくてはならなかった。幸運にも、沿岸よりは太陽は熱くなく、空気は息苦しくはなかった。丘の上に、あるいは盆地の底に隠れるように、どこも同じに柑橘類と野ばらの高い生垣で囲われ、花に満ちあふれた村々が次々に現れた。パラワリではけんかがあり、カンタバニイ付近では豹に襲われた。アルファ・ヤヤから与えられたポーターたちはダバラレの入り口で離脱し穀物と動物を持ち去った。これらすべては途方もない無秩序をもたらした。ウオロフ族たちは銃を振りかざさなくてはならなくなり、マリイとマ・ヤシンは午後の間、交渉にかかり切りだった。彼は一握りのラード飯で夕食を摂り、小屋のなかに侵入したバグバグ蟻の大群に対し、貯えの樟脳を使って夜の間中、戦った。明け方、ウールのバンドと時計の紐は残っていなかった。パラソルはずたずたにされ、革のかばんには一インチの穴が開けられていた！

屋根が藁ではなくイグサで作られていたダバラレを離れ、正真正銘のフタに入った。そこでは人々の好奇心はより控えめであるように感じられた。嘲笑の叫びはあげられず、嫌悪して口をとがらしながらさわってくることもなかった。皆、目を閉じ恐怖に震えるか、布袋を捨てて悪魔だと叫びながら逃げた。自然と婦人たちを称賛することにおいては種が尽きることはなかった。三月九日の火曜日、オリヴィエ・ドゥ・サンデルヴァルは大喜びで慇懃に記した。《とても美しい娘を見た。神秘なきれいな目、細くて鉤型の整った鼻、かなり薄い唇。すべてが黒いのはなんと残念なことか！》

彼は夢の国から現実の国へ歩み出て、今は彼の視界の下に夢の国が展開されている印象を持った。彼が見たフタは、長い間図鑑と地図を調べながら想像したそれ同様に彼を魅了した。《いたるところに丘、果樹園、牧草地、そして花！　いたるところに泉、河、そして急流！》三月一一日、その谷間の傾斜の高低差を見積もり、流量を測り、散々手間取った末、そこの動植物に気を引かれつつ、トミネ河を渡った。

そのとき豊饒の季節は終わり、乾季が始まっていた。太陽の荒廃させる効果からいかにして生き延びるかを彼は理解した。夜明けから半日と午後の半ばから日暮れまでを歩かなくてはならない。真昼間は自らの汗の中に浸り、夜は深い穴に吸い込まれる。彼は原野が与えてくれるものを食べ、ボタヌの実で下痢を治療した。病気が彼を打ちのめしたときはウオロフ族たちが彼を運んだ。マリイとマ・ヤシンは、村長たちの陰謀やポーターたちの裏切りから逃れられるようにエメ・オリヴィエを助けた。

チムボは、フタの客が受けるべき名誉を与えて彼を受け入れるよう指示した。だがすべての村長たちが同じように振舞ったわけではなかった。彼に会いに来て最上の小屋を用意し、ときには何も要求することなく、ミルク、穀物、それに肉を供給した村長たちもいた。逆に、出迎えに捕虜を送り、にわとり小屋でなければ廃屋に泊めようとした村長もいた。そんなときは、めんどうを起こさないため、きれいな星空の下で寝なくてはならなかった。

快適だが、安全ではない地方だった。多くの豹とマムシ、多くの危険な起伏、非常に謎めいた人たち。昼も夜も、常に見張り、すべてを警戒しなくてはならなかった。一歩毎に断崖の深淵に落ちるか、蛇の噛み傷を負う危険があった。食事の毎に、毒を盛られる危険があった。起こり得る中毒に備えて体を洗うため、多量のミルクを飲む必要があった。男たちに関しては、とりわけ沿岸から来た者たちはグループになって、白人から遠くに離れることがないようにしなくてはならなかった。離れると、襲われ、棒で叩かれ、あるいは奴隷にされた。

運良く、原野は、ときに人間より寛大で、救済院や僧院のようだった。残忍で野蛮、だが宿泊と食事を与える美徳を持っていた！　村長たちの吝嗇から逃れるために、あるいはアゼルグ河の辺でガルニエ神父が彼に伝授した慣わしを再現するために、彼は原野のほうへ向かうのだった。洋ナシの形をした実が生るマンゴの木の類のドウキの木を見つけ、パンの木の酸っぱい果実を、ゴムの木の甘い果実を、ボージョレの最もおいしい葡萄の形と味を思い起こさせるチンガリの房を、マムパタのセイヨウカリンを、サンガラ、等々を味わった。彼は野生の鳥を撃ち、巧みにアルコール漬けされたその味がミラベルを思い起こさせる花々のリキュールになじんだ。

フタ全体が大地の内部に突き進む彼を見つめた。道端で、市場の広場で、彼の黒い髭と白い手袋を眺めるために、皆は集まった。彼の帽子、蹄鉄を打った長靴、決して手放すことのない雨傘を皆は指差した。テントの周りでは熱に浮かされたようにささやいた。「私たちのパーニュみたいに簡単に畳んでは開く、まるで本当の家のようなもの」小僧たちは、ビスケットやチョコレートが終いには彼らに投げられるのを期待してテーブルの周りにひしめき合った。いつでも最良のフランスワインとともに磁器の皿の上に給仕された、よく煮えていない芋と野生のしょう果のピュレを飲み込むのを皆は眺めた。ワラーイ、この男はおかしいぞ！皆と同じに手ではなく、金物の欠けらを使って食べているおかしなやつ。丁寧にアイロンが掛けられたきれいな布で鼻をかみ、その後、金、クーリ、それとも宝石のように鼻汁をポケットにしまうおかしなやつ。やれやれ、いやはや！　雨傘、手袋を決して離さないおかしなやつ。ぬかるみのなかでも完璧なおかしなやつ。帽子を被ったおかしなやつ。被らなくてもおかしなやつ。白人であるおかしなやつ、眠らない、ゲップをしないおかしなやつ。プル語が良くわからないおかしなやつ。太陽の下のおかしなやつ、原野のなかのおかしなやつ……

グエレの道では、その轟が二キロメートル離れても聞こえるディウルネイの滝を訪ね、長い絹のフィラメントを不必要に出した長い鱗茎のルクをいくつかフランスに持ち帰えろうと思案した。ワルトゥンデでは、稀なことが起こった。眠ることができた。その日の午後、ルガン（菜園）の周りを長い間回った後、彼のノート上に一仕事して、そしてチェスの勝負を数回した後、マンゴの木の下のピコット・ベッド〔雑切りした木で作ったベッド〕の上に横になり、原野の細かな騒音に耳を傾けた。それはおそらく五分間ほどだったが、彼には永遠にもひとしい優美な時間だった。残念なことに、パリ・コミューンの血まみれの時期においてもなかったほどの喧騒によってそれが中断された。十人ほどの村の住人が小屋から出て、恐怖の叫びをあげながら逃走したのだ。

「悪魔だ！　悪魔だ！　悪魔だ！」

彼は何のことか、誰かに聞こうとしたが回りには何人も残っていなかった。押し合いへし合いのなか、フロマジェの木の頂上で恐怖に震え切ったマ・ヤシンとマリイをようやく見つけた。そこから降りてくるよう説得することすら困難で、ましては逆上した目付きで短く呼吸しているのがなぜなのかを説明させることはできなかった。彼らは悪魔を見た！　皆が悪魔を見た。どこからともなく現われ、村を横切り、腐ったパパイヤを拾ってしばらく井戸の近くに留まった。

「悪魔は白い！」ふたりのうちでは明らかに明晰さに欠けるマ・ヤシンが結論した。「青い目で膝まで垂れたブロンドの髪」少し咎める口調で付け加えた。「どう思う？」

「悪魔がはだかで暮らしていたのは想像がついたが、」マリイが嘆いた。「ペニスを隠すだけの数枚の葉っぱしかなかった」

十、十五、二十人の他の証人がそれをはっきりと確認した。「悪魔は存在し、ワルトゥンデから来た！」皆の証言はオリヴィエ・ドゥ・サンデルヴァルが考えることに良く合致した。彼は心急くように質問した。

「それで、硫黄の匂いがするというのはほんとうか？」

「近づいたやつが言うには、そいつはむしろうんこだ」何食わぬ顔で答えた。

「それで今、どこにいるのだ？」

「悪魔がどこに隠れるか、どうしてわかるんだ？」他のひとりが熱くなった。

「塀を飛び越えて、森林回廊の中に消えた」

彼は示されたほうに行こうとした。

「何しに行くのですか？　困った人ですね、全く」震え声でマ・ヤシンが聞いた。

「悪魔と握手しに行くのさ！」

彼を追って、一群の者たちが続いた。戻って来るようにと願う者もいれば、何が起こるかを見たがる者もいた。

彼は棘の木立と竹の環を探り、岩の後ろを、斜面の裂け目のなかを見た。

《そいつはきのこを食べた》帰り道、神経質に捜しながら独り言を言った。そのとき、木の幹の上に視線が行き、気絶しそうになった。枝分かれのくぼみに跨って、悪魔は背を向けて熟れたパパイヤに歯を立てたところだった。

彼は目眩で倒れないように蔓に捉まった。そしてふと額に触り、精神にふたたび火が灯り、冷ややかな笑いが唇に浮かんだ。

「降りてきなさい、悪魔さん！」上官のような声で命じた。

「なんですって、あなたはフランス語を話すのですか？」急に振り向いて悪魔は叫んだ。

幹に沿って軽快に滑り下りて、近づいて来た。

「では私の悲しい話を聞いてください。私は悪魔ではありません。それらくろんぼたちの話を信じないでください！　私はフランス人そのものです。この地方を見たくてチムボまで冒険しましたが、プル族の残酷さを計算に入れませんでした。アルマミは私を六ヵ月拘留しました。着物と財産を剥ぎ取られ、海岸に戻るための期限を、五週間与えられました」

「ムテさん、もちろん、そうではないかと思っていました！」

「どうして私を知っているのですか？」

「いいえ、しかし、もう少しましな格好を想像していました。途中で、何らかの衣類を何とか見つけられたのではないのですか？」

「どうやって、ムッシュー？　そのマカク猿野郎は首を切ると脅し、その王国の臣下の皆が私の服を剥ぎ、紐一本にしました。視線から逃れるために水流のなかを歩き、野生の果実を食べました。でもあなたはここで何をしているのですか？」

「私はチムボに行きます」

「頭がおかしいのではありませんか！　サルディアの平原で終わることになりますよ。彼らが有罪者たちの首を切るのはそこです。なるべく早く沿岸にたどり着けるように私について来るほうが良いです」

「あなたになにをしてあげましょうか？」

「なにも結構です！」

「でもこのままにはできません」

「大丈夫です！　私と一緒に来て、逃げなさい！　少なくとも私たちのどちらかが優しいフランスを再度見ることができるように」

「待ってください！」

彼はポケットの底に沈んでいた幾枚かのルイ金貨といくつかの珊瑚の玉を集めた。ムテはそれらを見て嫌がり、河に捨てた。

「いったいどうしろというのです？　彼らは私がそれらを盗んだと言うでしょう。さあ、逃げなさい、逃げなさい」

プル族たちが、近くの藪で音をたてた。

「逃げるのはむしろあなたです！　一度はあなたを逃がしましたが、二度めはきっちりとあなたに石を投げます！」

「それで、悪魔を見つけましたか？」エメ・オリヴィエに追いついたマリイが尋ねた。

「いいえ、マリイ、会えませんでした。もう帰ろうと思って、村に戻る道を探してたところだ」

大網膜〔横行結腸と小腸の間を被う腹膜の一部〕のあたりの苦痛は次第に激しくなった。それを忘れるために体と魂のすべてを、薔薇、おしろいばな、カロ・カルンデ、そしてクチナシが競ってかもし出す甘い香水で満たされた野生の自然のなかに溶かした。

ミシデ・ググルで彼は記した。《かくも耕作地と水と太陽が豊かなこの土地に白人が住んでいたなら、なんとすばらしいことだろう》翌日、ミシデ・マランタの丘に上がって、自分をモーゼだと思った。《オレンジ、バナナ、新鮮な果物を得るであろう約束された土地を遠くに見、おそらく明日、私はそこに行く》夜、熱に焼かれ、アフリカの詩、『タージュ河のほうへ』などを思い起こさせるイスラムの祈りを聞きながら、キニーネをいっぱい飲み込んだ。
さらにふたたび、厳しい坂と階段状の道、丸木船、蔦の橋、そして急流の上に渡した縄！　さらにふたたび、狩り立ての猟、野焼き、移牧の牧童たち、蜥と奴隷の商隊。宝石箱のなかの宝石のように、丘の上に愛らしく点々と並ぶジャスミンが香る風が吹く、意外な名が付いた村々。ドゥンゲダビ、テリコネ、ディントゥ、ブルムバ、サムペティン。彼は疲れきっていたが、感嘆した。
サムペティンで、新たに手帳になぐり書きした。《いたるところに花咲く木々。ジャスミン、薔薇色の月桂樹、黄色いアカシア……》もう二十年前、あるいは三十年、白人がひとりここを通ったのを覚えていると言った老人がいた。間違いなくそれは、当時フタの王座を占めていたアルマミ、ウマルと通商関係を結ぼうとしてフランスが送った老ラムベールだろう。ミシデ・ダンレラではサラ河とカクリマ河の流れを調査するために数日、滞在を延ばした。《ヨーロッパの植民者たちがそこで、毎日数時間、辛苦とともに豊饒のなかで過ごすだろう。それは地上の天国、罪業の報いを受けるべきときの天国。鉄分を含む透きとおったきれいな水、果物、甘い香りの花々、数千の馬、牛、羊を養える無限の牧草》
ダンデイヤで、彼は記した。《今日の夕食、先ずマリイとキニーネ、それからピーナッツソースのご飯。フランス料理に取り入れるに良い一皿。そして最後に粟を添えた子ヤギ肉》ダラ・ラベでは、頂上の空気が腹痛と疲れをしばし忘れさせ、夢を見させた。彼は記した。《地方は魅了し続ける。丘と小さな谷の連続。今はまだより魅力的なヨーロッパに勝るためには、農園と邸宅と城がないだけだ。実の生ったオレンジの木、甘い香り、涼しい木陰、エイダの地方で夢見たすべて。中央アフリカとニジェール河の間の通商は、ヨーロッ

パ人が定住でき生活できるこの地方を制する者たちが得るだろう》

四月二日金曜日、景色に魅了され、僅か半日歩いたばかりなのに、そこでキャンプすることに決めた。ひとりの老牧童がサムペティンでの話と同じことを言った。

「ずっと前、白人がここの高地の台地を通りました。彼は銃を持ち、輿に乗って移動しました。あなたほど背が高くはなかったけれど、あなたと同じように帽子をかぶっていました」

「それで、何と言う名前でしたか?」

「どうしてそれがわかりましょう、もうずっと前のことです! それに、白人は空の鳥のようなもので、だれもその名を覚えようとはしません。白人、私のめまいを治すものを持っていませんか?」

「ヴィッシーのドロップがあります!」

「それをください。やぎ一匹と交換に」

「いやです!」

「ヴィッシーのドロップとやぎ一匹の交換、白人、何を渋っているんです?」

「この場所の名前を教えてくれたら、交換しましょう」

「この場所? たしか、カヘルと呼ばれています」

「カヘル、きれいな名前だ!」

彼は周りの小集落とはるか下に広がる金色の平原、テリとユーカリプスの森、北側を塞ぐ壮麗なクレタの積重なりを眺めた。めまいと陶然とさせる興奮が彼を捉えた。羽を伸ばす感覚がして、きらきら輝く幸福に捉えられ、空の鳥の軽さを感じた。断崖を満たす牛たちとそれらの響くうなり声。森のなかで祝っている鸚鵡と猿。アンチロープの群が平原を渡り、河の水銀色の蛇行のほうへ慌てふためいている。彼は一言もしゃべらずに立ち上がり、彼に同情を寄せる部下たちの視線の下で、潅木を掴みながら、平原を包囲している草木の帯に向かって坂を駆け下りた。顔、腕、足を激しく擦り剥きながらも、少年のような興奮に包まれて、下に着いた。森のなかに足を進め、杖で地面を叩きながら叫んだ。

「ここに、私の王国を建てる！」

彼の声の波動が枝々を震わせた。それは、消しようもなく空洞に響きわたり、断崖の壁にぶつかり、谷にこだました。

それはシナイ山の上のモーゼ、インダス河に行き着いたアレキサンダー大王、アレージアのくすぶった平原のなかで勝利をゆっくり味わうシーザーだった！

鳥たちの歌と動物たちの騒音が、あたかも彼に話をさせるためのように、ほんの一瞬止まり、その後原野は、彼の勝利の讃歌であるかのような、難解なシンフォニーに戻った。

彼の周りでは、頭だけが見える、おそらくふくろうと猿が、枝々を通して彼を見ていた。それらが彼に敬服しているのか、それともばかにしているのか彼にはわからなかった。

「これは猿には関係ない」しかめつらをまねして言った。「人間に、真の白人に関わることだ！」

この場所に着くとすぐに、予感のようなものが彼を捉えた。それはここであって、他のどこでもない！しかしそれは予感に過ぎなかった。そしてその男はカヘルという語を発し、神の啓示を受けたと感じた。だが、パーニュを脱いだ婦人のような不安が伴った。要塞、宮殿、庭、そして駐屯地を描き、世界の不滅の勝利に筆を加えることだけが彼に残った。

《インドのマハラジャ、中国の皇帝、ふたつのエジプトのマスター、カヘルの王》

しかし、まだ彼はそこまでは達していなかった。今はチムボまで道を続け、荒っぽいプル族の君主たちの信用を得て、獰猛な雌ライオンが子を守るようにガードされた、芳香を放つ谷の多いこの土地を多少なりとも委譲されることを勝ち取らなくてはならない。そして、騙すことも戦争することもなく、科学と技術、鉄道と通商が、自ずから、熱狂的で高慢な羊飼いたちの権威を失墜させるだろう。――打ち負かすのでも、凌駕するのでもなく、恐怖に陥れるのでも、嫌がらせをするのでもなく、ただ自然の法則にしたがって、秋風が枯葉を持ち去るように。ひとつの季節が過ぎ、新しい、より有望な、より有利な、力強い彼の季節が始まるだろう！

そして彼のカヘルの宮殿から、らいが体を侵食するのと同じ方法でゆっくりと、東屋から東屋に、部族から部族に、サヴァンナからサヴァンナに、森から森に、大陸全体に、彼の権力と勝利が広がるだろう。先ずプル族、次にバムバラ族、ソンガイ族、モシ族、ハウサ族、ベリベリ族、バンツー族、切り傷をつけているかいないかの、ターバンを巻いているかいないかの、鼻を貫く骨を付けているかいないかの、地球上のすべてのくろんぼたちに。彼らのジャングルを、彼らの闇の思考を剥ぎ取り、その野生は洗練され、避け得ない気候の変転の前に、ラップランドの氷河がラングドック地方を襲い、哀れな慌てた白人たちが体を温めようと赤道地帯付近に向かって移動する前に、代数学、建築、それにプラトンの論理を十分味わうだろう。そのときアフリカは世界の中心で、文明の心臓、すべて同時に、新テーベ、新アテネ、新ローマ、新フィレンツェとなる。そしてそれは彼が他に先駆けて予感した、彼自身の天才によって基礎が築かれた、人間性の新世紀である。

彼はケバリを見て書いた。《東南部が断崖の丘に沿う優雅な谷。色彩豊かな谷の多いきれいな野原の植物群。オレンジの木の、パパイヤの、マムパタ（セイヨウカリン）の、ネレの木立、それら新鮮な牧草地、日陰の多い森はヨーロッパの国で評判となるだろう》彼はテネ河を渡り、すべてが始まった沿岸地方から繰り返し言われていたフグムバの神秘の街を用心して避けた。彼らが地方を占領することを可能にした聖戦を始めたのはそこだ。以来、キリスト教徒たちに対して熱い敵意を抱いた王子たちを保護する、最も厳格な宗教上の首府となった。そこで冒険する前にチムボの承認を得る方が良いだろうと判断した。驚くほど見事な花盛りで頂上がブルーになったクル山を迂回した。ポレダカで、そのうちの何人かは馬に乗って、パラソルを持ち、色付きのブーブーを着た高官たちが続く王のポートレートを素描し、ページの下部に記した。《これら陽に輝く多くの随員は全く効果的》

ブリアでは、腹痛とできものと傷に加えて飢えで疲労困憊し、大した苦労はせずに寝入ったが、すぐに悪夢に捉えられた。彼の息子が死につつある夢を見た。
四月七日、腫れ物と発熱の三日後、ついにチムボに着いた。

村落は、シダとランタナの木の丘の頂上から盆地の底に向って並んでいた。籐の垣根とモスクの円錐形の屋根がヘッカーとラムベールのクロッキーに良く似ている。西は、その輪郭が水平線の色合いに混じりあった、木の多いすばらしいクレタの段差。南は、クデコの丘。西南は、ニアリの平原。東は、神秘なカラモコ・アルファが王国建立前に七年七ヵ月七日の黙想を行ったエラヤ山に違いない。燃えるように輝く森の回廊は、有罪者の刑の執行をしたサルディアの平原を横切るバディオ・ドリ河に違いない。

彼は双眼鏡をしまい、タイプの言葉を思い出しながら馬から花崗岩の上に降りた。「用心しなさい、外国人！　チムボでは半端はないわ。出世するか首を失うかよ」

今、彼はプル族の権力の真っ只中にいる。マムシの巣のなかに。すべては彼次第、その能力の使い方、活力を支配する能力次第である。彼の存在のうちで最もすさまじいチェスの試合であることを彼はわかっていた。王冠を手にするか、あるいは全く首を失って終わるかしかないことを彼はわかっていた。命拾いするためには傲慢にならずに高貴であることを、超えられないことを明らかにしない巧妙さを、臆病に思われない謙虚さを示す必要があった。プル族は、心を開き、家の扉を開く前に、先ずあなたを試すと、タイプは彼にくどいほど繰り返した。ひとりでやり遂げられる男のみが友人になる資格がある。これら老いた背徳的なプル族のところで男ひとり何をやり遂げられるというのか？　示されなくても見え、説明しなくても判るプル族。罠を張ることを知っていて、張られた罠に、相手をそこで負かすために結び目を作ることを知っているプル族。

タイプは彼に繰り返した。《見分けること。ひどい種族プル族、プラクの鍵はこれ!》

これを理解するのに彼はもうタイプを必要としなかった。歩き続けて五週間、目を開き、数えきれないプル族のマスクを通して少し見る時間があった。まるでフィレンツェの芸術のような、陰謀と巧みな反撃を彼は理解した。したたかさは彼らのところでは高貴なスポーツと化していることを彼は理解した。生きること、それは何よりも先に、他人をだますこと。最も巧妙な陰謀をたくらむものが宮廷で場所を得るに値し、グリオたちの賛辞に値する。平民と愚鈍な気質はいかなる同情も呼び起こさない。ここでは狡猾にか、あるいは呪われて生まれる。王、さもなければ全くの無。

彼の眼下のチムボは、悪魔と指すチェスのように、動揺することのない、侵入できない街のように見えた。慎重にプレイすれば勝てるだろう。そして、彼の国を得るだろう。金、動物の群れ、権力そして勝利。

だがちょっとした不手際をしでかしてしまったら、牢屋入りだろう。さらには斬首刑さえも。

彼は河を渡り、平原の真ん中にテントを張ってから、到着を知らせるためにふたりの忠実な下僕を宮廷に送った。苛立ちを鎮めるためにチョコレートを噛みながらチェスを指して一日中待った。チムボの扉での忍耐の長い一日は、ネロ皇帝の統治下での絞首台の控えの間に似ていた。ふたりの使者はどうなったのだろう? それら悪賢いプル族の王たちは彼らを捕らえて喉を切り、あるいは吊るしたか、奴隷として売ったのだろうか。この考えは朝、彼の頭をかすめ、午後の終わりには全くの強迫観念となった。チェス、チョコレート、毅然とした血筋、オリヴィエ家伝統の落ち着きを備えながらも、彼は、その心配を隠せなくなった。彼から数メートルのところで、飢えを癒すために芋とそらまめを焼いている部下たちはもはや歌わず、響き、いらだたせる笑いのこだまを発することもしない。今では悪しきまなざしで見、彼らの方言でつぶやくことだけで我慢している。もちろんこれらすべては彼のせいだ。世界のいかなる方言であろうとも聞き取りうる彼らの憤怒と望みを、彼は完全に理解していた。夜が暮れ次第、カトリックの飢えたこの白人をプル族のまんなかにひとり残して逃げよう。では彼はどうするだろうか？　先ず、ふたりの随伴者を解放しようと試み（名誉がそれをさせる）、そして貴重なシアン化物のカプセルのことを考える（無用な苦痛に対する嫌悪がそうさせる）。

五時頃、――自分の影が背丈より大きくなりはじめるまさにその時刻――祈祷時報係の遠くの声がアランサラの祈りを呼びかけ、死を想像していたエメ・オリヴィエを目覚ました。彼は河のほうに視線を上げ、つやのあるブーブーを着た数人の名士たちに囲まれたマリイとマ・ヤシンを見つけた。彼はひそかに銃を準備しつつ、彼らが近づいてくるのを待ち、ふたりのセネガル人の笑いがはっきり聞こえるようになるまで緊張を解かなかった。

まもなく、輝くバーヌースと多色の日傘によって最も偉いと判るひとりがグループから離れ、ミルクのひょうたん瓶とコラの実を差し出した。おっ、歓迎の印だ！

彼はサイドゥといい、接待のためにアルマミが急ぎ送った宮廷の秘書だ。長く待たせて心配させたが、大きな問題があるわけではない。ただアルマミの気まぐれとのろのろした儀礼のやり方によるものだとマ・ヤシンが安心させた。

街の入り口で頭にひょうたん瓶を乗せた婦人が彼を長い間見てから言った。

「白人を見るのは初めて。皆は邪教の者たちはすべて、焦げた匂いがすると言うけれど、本当じゃないわ！」

皆は彼を、ほんとうに家らしい雰囲気の小屋に通した。フタではどこにでもあるようなバンコの壁とわらの屋根だが、広いよろい戸と扉、そしていくつかの部屋がある。ごきぶりと蠅が横行しているが、風通しは良い。彼の部下たちは隣接の五つの東屋にすし詰めになった。大きなマンゴの木が中庭の中央にあり、籐製の扉がある竹の柵は蔦が周りを囲んでいる。

サイドゥは食事と、水浴のための水を運んできてからいなくなった。トイレと手洗いに使う、小屋の後ろのわらの小舎を出ると、先ほどの婦人が、輝く賢い目をしたすばらしいブロンズのからだの若い娘と一緒に彼を待っていた。オリヴィエ・ドゥ・サンデルヴァルはすぐに名前を思いついた。《目の安らぎ》

「私の娘、ファトゥです。あなたの家を掃除に来ます。あなたのために洗濯もします。私の家は柵の反対側、菜園の向こうです。かぼちゃの蔓が屋根を覆っているのでわかるでしょう」

翌日、足のしびれを取ろうと少し外出しようとしたところ、銃と刀で武装した男たちが、扉を通過しようとする彼を遮った。

誰も会いに来なくなり、挨拶もせず、食事も水も持って来なくなった。

三日目、たくわえが尽きた。男たちは常に扉の前で見張っていた。人数が倍になったばかりか、銃と刀をブーブーの中に隠していたのに今では手に持っている。

五日目、彼の部下たちのなかで、不安な推測がされ始めた。アルマミは不満なのにちがいない！　おこなうべきことを決めるために、宮廷の袖に幽閉されたと皆は想像した。白人を追放するか、あるいは首を切るか？　財産を押収するか、部下たちをシエラ・レオネに売り飛ばすか？

七日目、奥歯の中に隠したシアン化物のカプセルを飲み込むことを真剣に考えた。すべてを失い、ダホメの王が囚われの白人に科した運命を生きるだけであった。自らが斬首される前に随伴者たちを殺め、斬首しなくてはならなかった。

七日目、彼は飢えをまぎらわすためにキニーネと樟脳の水を飲み、手帳になぐり書きした。《私は理解した。このプル族のジャッカルたちは手を汚したくないのだ！　私が自ら消えていくのを望んでいる。マラリアか栄養失調で！　そしてもちろん、石で二度叩くことも考えただろう。その間、サン・ルイと多額の身代金の交渉も！　それはまさにプル族だ》そして鉛筆を置き、ふと、額を叩いた。《いや、イギリス人の犬野郎！　そうだ、友人、ローレンス……フタの客人……かくも短い時間で許可された国境の通過……くそ、ブラムからだった。罠だ！》彼は外に出て、番人たちに呼びかけた。《私の部下たちは何もしていない。彼らに食事を与えてくれ！》マンゴの木の枝にいた憲兵鳥だけが答えるようだった。彼は静かに小屋のほうに進んで言った。《それは今夜、一二回鐘が鳴る深夜だ》彼はすぐに彼の縁飾りベッドに横になって、彼の妻に長い手紙を書き、マリイとマ・ヤシンに、ふたりが生き延びたときのための忠告を指示した。彼は目覚ましをセットして両手を胸に当てて再び眠った。

すりこ木の音、牛を呼ぶ牧童たちの歌、祈祷時報係の呼びかけ……どなり声、中庭の足音……彼が頭を持ち上げると、マリイが彼の前にいた。

「ぐずぐずしないで、白人！　ベッドから出てプリンスに挨拶して！」

現れ始めの夜の中のブロンズ像のように、羊の皮の上に座った一五歳ほどのりっぱな若者がマンゴの木の下で待っていた。

「ディアイラといいます。父、アルマミが私を送りました。明日、夜明けの祈りの後であなたを迎えます。モディ・サイドゥがあなたを宮殿に連れに来ます」

ベッドから出てすぐだが、彼は、刀と銃で武装した大勢の衛兵で守られた宮殿の入り口の前にいた。許可証を持っていなくてはそこを通れない。違反すると死刑だ。宮殿のやぐら、城壁、屋根、すべては乾燥したわらと日干し煉瓦との一風変わった組み合わせにすぎない。とはいえ、オデッサでの化学工場建設を説得するためにある将官がエメ・オリヴィエを急ぎ使いに送った折に、ロシア全体のツァーの宮殿を知っていた彼は、そこにある種の荘厳さがみなぎっているのを感じた。笑わず、ひそひそ話さず！　咳とくしゃみだけが許される！

彼は到着後、そこでアルマミが公衆の謁見を承知する、中庭の真ん中に建てられた天幕、ムバチドゥのなかに通された。少しの時間が過ぎ、ブーブーもターバンも赤の、その日のグリオがかん高い声で、そのために捧げられる歌を歌って、到着を知らせた。アルマミが部屋に入り、席に着く間、誰も立ち上がらなかった。左側にサンデルヴァル、右側に大臣たちと兄弟たち、きちんと離れて高官たちがそれらの重要さに応じて数列に座っている。そしてサンデルヴァルと高官たちの間に通訳たち。

いかめしいバーヌースを着た、すごい髭で頸を飾った背の高い男が、獰猛さで赤く燃えた視線で列席者たちを震えあがらせながら立ち上がった。アルファ・ヤヤが話したディオゴ・モディ・マッカとは彼に違いない。彼は式次第を叫び、控え室で待っている訪問者たちをひとりひとり招き入れるようにセイドゥに命じた。

ほとんどは、沿岸に帰る権利を願い出るキャラバン隊や、地方の長の使い、あるいは告訴人たちだ。公衆に対して直接に話しかけることは決してしないアルマミは、口頭弁論を聞いて頭の動きで裁断を下す。ある者は権利を回復し、ある者は動物や金を支払う罰を受けた。追放刑、あるいは死刑でも即刻の執行であり、それらの判決が行われた朝の間中、白人は退屈のあまり、あくびを連発していた。

宮殿は路地の迷宮のようで、その中庭と小屋は住民のそれよりは堂々としていた。君主の周りに狭い間隔で集った宮廷人たちは驚くほど静かで厳かだ。彼は、姿勢の荘厳さと表現の高貴さに感心し、また居所がシンプルで家具が質素なことに感動した。彼にいすが運ばれてきた。

「くろんぼたちのところにいす。疑いなく、王国に唯一のいすだ！」彼が笑った。

すぐに、ディオゴ・モディ・マッカの、地中で生じたような声が列席者たちを震わせた。

「白人は何といったのだ？」

「あちらフランスでもいすはこんなに立派ではないと彼は言いました」とマリイは急ぎ修正した。

《長話、長話、長話。無駄にくろんぼたちのところにいるわけではない》後に、この長いうんざりする謁見を要約して、彼は記した。

グリオが大発声と手まねでマリイに白人を紹介するよう要求したのは午前の終り頃だった。

その後彼は、アギブが発行したパスポートを見せるよう要求された。アルマミはそれを手短に一瞥しモディ・サイドゥがそれを高い声で読んだ。その後グリオがサンデルヴァルに向かって言った。

「あなたはブラムを出発した。それはわかった。あなたはブバーを通過した。それはわかった。これはアギブがあなたに渡したパスポートである。それはわかった。私たちがわからないのは、白人、あなたがここを訪問した目的だ」

「そうだ、フランスからただひとり、なぜチムボまで？」大いなる混乱のなかで法廷が再開した。

「私たちが友人となり、通商の許可を願うためです！」声を強め、苦労して回答に努めた。

「何を私たちに与え、私たちの何を望むのか？」さらに騒々しく大衆が言った。

アルマミが喉をこすった。

「静かに！」グリオが叫んだ。

「通商、それは沿岸でだ！」誰かが言った。

「おまえは正しい。白人たちは決して良いものを持ってこない。彼は沿岸に留まるべきだ！」他の者が同意した。

「静かに！」グリオが繰り返した。

「先ず彼が誰なのかを言うべきだ！」

「静かに！」グリオはまた繰り返した。「では白人、わかったか？ 先ずおまえが誰であるのかを言いなさい」

「私の名はオリヴィエです。エメ・オリヴィエ！ 私はここに友人として来ました。平和しか望みません！あなたたちの土地を訪問し、通商の条約にサインし、鉄道を施設する許可を得たいだけです」

「何の道だって？」グリオが興奮した。

「そら、言ったとおりだろう！ そいつはフタを鉄で繋ぎたいのだ！」老人が涙声で言った。

アルマミは再度喉をさすり、グリオが手のしぐさで静かにするよう要求しながら訳した。

「鉄道とは何だ？」

「待ってください。すぐに戻ります！」

宮廷の皆は唖然とし、彼が小屋のほうに向かうのを目で追った。マリイは説明できないまま、後を追って走った。オリヴィエはトランクと行李のなかを急いで探した。少し後で彼は、大きな包みとともに宮廷に戻り、当然宮廷の皆が理解できない言葉でぶつぶつ言いながら、紐解いた。

「鉄道というのはこれです！」

そして、フタの呆然とした視線の元、線路の端と端を繋ぎ、まくら木を設置し、機関車を置き、ワゴンを繋いだ。

「音が足りないだけです。だが私がやってみせられます」笑わずに付け加えた。

そして彼はモーターのひどい騒音を、汽笛を、ワゴンの仕切りにぶつかる砂利のショックを、木の枝のこすれる音を、風の美しい調べを真似した。

「これであなたたちはブラムからチムボまで、日の出から日の入りの間に行くことができます」

そしてサンデルヴァルはそっとアルマミのほうに進み、機械を差し出した。

「陛下、これをあなたに差し上げます！　この素敵なものを少し眺めてください。プレゼントします」

すべてこれらは現実の出来事とは思えなかったようで、皆、頭を掻き、目をかっと開き、口を大きく開けた。顔の表情だけがかくもほんとうらしからぬ物に対して似つかわしかった。あるいは、プル族がかつて迎え入れた日食、地震、その他、良き神が奇跡を乱費した折と同様の沈黙と謙遜か。長い間を経て、ようやく口を開いた者がいた。

「この白人は嘘つきだ！」

それは左側の列の、今見たばかりのことで憤慨し疲労困憊した、額に汗した遠くの地方の名士だった。

「その通りだ！　どうして鉄が馬でさえ出せない速さで走れるのかわからない」

「そうだ、その白人は私たちをばかにしている。そいつの首を切るべきだ！」隣の者が同意した。

「そしてほんとうだとしても、人は皆それぞれ二本足を持ち、市場では馬がひしめき合っているのに、何で鉄道なのか？」

アルマミは頭を動かし、グリオのかん高い声が新たに上がった。

「白人、あなたは自分の手でそれらをするのか？」

「いいえ、私の手ではなく、私の知性で。手は、あなたたちが私に供給することになります」

不満のざわめきが大衆のなかで広がった。豪勢な掘削のために奴隷たちが穴を掘らなくてはならず、あるいは動物千頭をもブラムまで連れて行かなくてはならないなど高くつくのは明らかだ。すべて鉄でできた道を手で鍛錬するのだから！

「それでは、グリオ？」片目の男が遠慮がちに聞いた。

「それでは、何ですか？」

「やらせるのか、やつの首を切るのか？」

アルマミがつぶやき、グリオが訳した。

「我が高貴な者よ、気をつけなさい！　それはあなたの権限ではなく、アルマミの権限だ……今朝はこれでおしまい。太陽はすでに高く、私たちは別れなくてはならない。静かに退去しなさい、チムボの高貴な者たち。あなたたちの牧場と動物たちに従事しなさい！」

グリオはウインクし、マリイは白人に留まるよう説明した。アルマミは従者とグリオの賛辞を受けながら壁の後ろに消えた。続いて大衆が分散した。彼はひとり、マ・ヤシンとマリイと、衛兵が迎えに来るのを待った。

「おい、あなた。あなたがフランスの王の甥だというのはほんとうか？」

「ええ、ええ、ほんとうです」

「では来なさい。アルマミが面会する！」

少人数の従者に伴われたアルマミがそこにいる、王のサロンとして使われているトンネルのなかに通された。君主は彼のすぐ近くに座り、今度はグリオを通さずに話した。彼はミニチュアの列車を取り出し、長い間、システムを説明させた。白人はモーターとボイラーの位置を示し、車輪の駆動をシュミレーションし、レールの間にくぼみがあるのはなぜか説明した。彼は機械の優れた点を並べ、通商の利点を長い間話した。

「よろしい、白人、よろしい！　それが通商のためである限り、あなたは私の友人で、フタのゲストであるでしょう。あなたは在外商館を開き、望むものを輸入してよろしい」

「そして、鉄道は？」

「ああ、あなたの鉄道？　それを私は悪いものだとは思いませんが、高貴な者たちと相談しなくてはなりません」

「いつですか？」

「神が望むときに。ディアンゴ、ファビ、ディアンゴ、明日、明後日！……王の任期の更新を待ちなさい。その折、皆の意見を聞いてみましょう」

首の周りに琥珀の大きな数珠を掛けた、小さなやぎ髭の若い男が、彼がトンネルを出る前に引き止めた。

「私はアルマミの甥のパテです。あなたの列車は良い物です。それがフタに力を与えるのは確かでしょう。私はあなたに会いに行きましょう。話すことがたくさんあります」

話が終わらないうちに、顔に天然痘の跡があるがっしりした若者が彼に近づき、手を差し伸べた。

「私は、アルマミのもうひとりの甥で、同じくその軍事長であるボカ・ビロです」

パテ、ボカ・ビロ、アギブ、アルファ・ヤヤ！　これら四人のフタの王子をやがて見舞うことになる悲劇的運命を、そのとき彼は知る由もなかった。

彼はアルマミにカマルグの馬、鞍、馬ろく、ウォーカーの鋳鉄、武器、琥珀、珊瑚、真珠そしてりっぱな布のひと山を贈った。これら高級品の乱痴気騒ぎが、すぐに宮殿にくまなく広がった。それぞれの宮廷人が何か少しを要求した。彼の靴、置時計、そしてテントまで取られないためには、ゴール人のあらゆる策略が必要だった。

彼はさらに二日過ごし、奇跡的に、衛兵たちが扉の前からいなくなった。チムボを一回りするのに三十分で十分だった。家に戻ってから彼は記した。《したがって、フタのヴェルサイユだ！　私たちの雌鳥さえ、ここより良く暮らしている！》

彼は続く数日、家に留まり、『絶対』と日記に手を加えようと決心した。しかし、ごきぶりと蝿、そしてとりわけ好奇心を持った大衆がその時間を与えなかった。ある者は彼の髪の毛を触り、他の者は彼の匂いを嗅いだ。髪の毛の柔らかさを確かめ、フロックコートのボタンをつまんだ。皆はその色と生活様式に関し、疲れ果てるまで考えた。食べることはあるのか？　火に敏感か？　水を飲むのか、あるいは溶けた金属をのむのか？　狩に行くときに付いて行き、散歩には追跡し、生理的欲求で道を外れるときには見張った。動く隙間もなく、私生活は皆無だった！　最も大胆な者は、ベランダの下まで、ベッドの縁まで冒険に来た。彼は目覚まし時計を鳴らしてみたが、逃げてもすぐに戻って来た。続いて鏡で反射させたり、樟脳の匂い、銃の威嚇を試みたが、空しかった。それは何日も何日も続き、彼はやっとわかった。マリイとマ・ヤシンの下劣なやつら！　セネガル人たちは、見世物を楽しむために、にわとり、とうもろこし、あるいはミルクで支払わせていた。全く思いもよらないときをみはからって、彼は銃を取り、無作法なやつらが食料品の真ん中に座っていたマリイの小屋を不意に襲った。

「私の権利を要求に来た！　これからは半々だ。結局、動物園の動物は私だ！」

だが、戻ると、ファトゥが彼のベッドで生まれたばかりのように裸で彼を待っていた。

「ああ、ファトゥ、このベッドはふたりには小さすぎる。そいつは他の誰かとやってくれ！　出て行って、出て行って！」着物を着せながら言った。

彼は困難ながらファトゥを中庭に追い出すことができ、嗚咽を鎮めるために琥珀の玉をあげた。そのとき母親が菜園の藪から現れ、彼のほうにまっすぐに来た。

「結婚しなさい！　その子がどんなに美しいかわからないの？　急いで結婚しなさい！　愛情のない白人、従いなさい！　私の言うとおりにしなさい！」

無駄に契約しているわけではないマリイとマ・ヤシンは小屋から出てきて、雌鳥のようにヒステリックに叫ぶふたりを主人から遠ざけた。


約束したとおりパテは会いに来た。パリやマルセイユのりっぱなサロンで想像されたようなプル族の王子だった。背が高く痩せていて細い目鼻立ち、ブロンズ色の肌、ゆっくりしたしぐさ、燃える視線から噴き出る、謎の騎士道に勝る何か。ポケットの部分が青く刺繍された白色のバザン織のブーブーを着て、プル族がポウトと呼んでいるアラベスク模様で覆われた三角帽を被っていた。そして当然、エレガントなヤギ髭と決して首から外さないロザリオ。彼は本を一冊差し出し、誇り顔で言った。

「私の家族の歴史のすべてが記載されたイスタンブールから来たトルコ語の本です」

彼はイスラムとフタのことを長い間話した。白人は礼儀正しく聞き、そして唯一興味を持っているものの方に話を持っていくのに成功した。フタ、祖先のそれではなく、今のそれ。複雑で対立した地に彼が足を着けたブバーに着いて以来、のがれられなかったそれ。まるでバオバブの森のような。基礎は頑強だが枝と幹はもろい。多すぎる地方州、多すぎる管轄地！　多すぎる王朝と王子たち！　賢明なシステム、柔軟な体系であるが、良からぬ気運、嫉妬、野心に敏感すぎる。王子が教会の悪習とキリスト教徒たちの偽善の上に空疎な駄弁を完結するようにはさせないように、彼は単刀直入に聞いた。

「何歳ですか、アルマミは？」

「ここでは決して数えないものがふたつあります。アルマミ所有の牛の数とアルマミの年齢です。それは不幸を招きます」

「確かなのは、そんなに若くないということです」彼は若い王子の目の底を見て、細心に反応を探りながら付け加えた。「そして、間もなく交代させるべきです」

「フタはすべてを考えています、白人！　定期的に交代し、すぐ後に埋葬されます」

「幸せにも選ばれた人はすでにわかっているのですか？」

「それはあなたの眼前にいます。好奇心の強い外人！」

「継承者である王子！　あなたは以前、宮殿で、第一参事だと言いました」

「それはまさにプル族の欠点です、友人！　謙虚を気取るのは私たちの癖です。私は継承者である王子ですと言うべきでした。皆は鼻でせせら笑うでしょうがそれはほんとうです。私はフタを継承する王子です」

「そうですか、私の屋根の下にまさに、将来のフタのアルマミがいるのですね」彼はそう言って、チョコレートバーを差し出した。

「私にその雰囲気がありますか？」王子が冗談を言った。

「全くその雰囲気です、私の王子。どこに平民たちを置くのかを決めるだけですね！　王子、あなたが王座に着いたら、私の鉄道をどうしますか？」

「私は支持しましょう。若者は皆、それを望んでいます。望んでいないのは老人たちです」

「老人たちは決してそれを望まない。そしてここでは老人たちなしでは……私が良く理解できたとすれば、あのボカ・ビロはあなたの兄弟ですね」

「そうです。同じ父の」

「ふうむ、それは決して良いことではありません。同じ父の兄弟は、とりわけあなたたちプル族においては」

「それは私たちの場合は違います。私たちは良く理解し合っています」

「何も言わなかったことにしてください、王子。何も言わなかったことに！」

夜、かえるの歌を聞くのに疲れ、彼は『絶対』の新たなページを開いた。《相対か絶対かの無を定義することはできない。相対のすべてを理解するにははるかに遠く、絶対のすべては力を有し、将来に存在する生まれ出るものすべては……》

エメ・オリヴィエはある日、退屈をまぎらわすために行くのが習慣になっていた泉からの帰り、うっとりさせる情景に目を引かれて、足を止めた。グラジオラスとマムパタ（セイヨウカリン）の生垣の後で、歌を口ずさみながらフォニオを搗いている若い婦人がいた。彼がそこにいることにまったく気がついていなかった。《この黒人のプリンセスはすばらしい。フィディアスに夢を見させ、アナクレオンとその学派の詩人すべてに狂気の恍惚に投じるほどの、見事に形が描かれ、その中に深く埋没した大きな目、非の打ちどころがないと誰もが認める喉。何という背の高さ、何という手首足首！》文学的に陶酔して手帳に記した。見事な情景を継続させるためにならば彼はペルーもアポロンの宝のすべてをも与えただろう。だが十分ほどで、彼のすぐそばに腐ったマンゴが落ちた。彼を見つけ、被造物はすりこ木を捨てて悪魔と叫びながら逃げた。彼は塀を越え、逃げる者に投げかけた。《ダロ！　ダロ！　ヤンディ！　止まってくれ、悪気はないことを誓うから！》彼はありったけのプル語を総動員して叫んだが若い婦人は速度を倍にした。二人は一、二の菜園を横切り、いくらかの小屋をすり抜けていった。犬たちが吼え、ニワトリたちとヤギたちは二人がものすごい速さで通りすぎたので動転した。このすさまじい追跡競争が数分間程度続いた後、若い婦人は、石鹸の泡で覆われた婦人のグループがその後ろでお互いに背中をこすっていた、ほころびた垣根の扉を開きすぐに閉めた。数秒後、番人が刀と棒を持ってやって来た。

「そういうことか、慎みのない、教養のない白人！　フタには進入禁止にするべきだ。そうだ、そうすべきだ。この若い婦人に対して何を望んでいるのだ？　答えろ、卑劣なやつ！」

そいつは何をしているのだ？……エメ・オリヴィエ自身さえわからなかった。混乱の中で若い婦人がなくしたスカーフを彼は手に持っていたが、それをいじりまわすだけだった。

「地獄が存在するならこれに似ているだろう」今回は、死刑執行人の前に、あるいは少なくとも牢獄の守衛の前に出なくてはならないことを確信して、つぶやいた。

そこへ、誰かの声が響いた。

「ばかだな、おまえたち、わからないのか？　スカーフを返したかっただけじゃないか？」彼が振り向くと、馬に乗った先日の晩の若きプリンス、ディアイラがいた。彼は助かった。


出来事はすぐに忘れられ、可哀想なその人も同様にすぐに忘れられた。彼は外のニュースが全くないまま数日を過ごした。パテは約束通りには来なかったし、ボカ・ビロは行方不明のままだった。これらすべてはたいしたことではなかった。悲しく、神経が高ぶった、孤独で、頭がもうろうとしていたこの暗い時期に、嵩にかかるようにして病気が彼を襲った。今回は深刻だ！　マラリアの発作や、ドミニク修道院が彼にラテン語、豆のピューレと立派な原則をたっぷり仕込んだ、禁欲的なウーランの宿舎で七年間感染した慢性の腹痛とは全く比較にならない。普段、病気は、彼の頑丈な骨格を実際に衰弱させることはなく、困らせる程度だった。今回は違う！　彼は長い間気を失い、自分の墓を掘ることを真剣に考えた。だが何処に？　それにどの宗教様式で？　ああ神様！　一世紀前、改宗するために来たイギリスの冒険者ひとりを除き、白人は誰もチムボでは死んでいない。

彼は最も明るい時間帯は昏睡し、正気に戻るとすぐに嘔吐した。彼の動脈は骨と同様にはっきりと表皮すれすれに現れた。髪の毛は落ちそうで、皮膚はまっ黄色になった。オリヴィエは頭が混乱し、彼自身がすでに死体となって臭いを発しているように思った。キニーネを、ヴィッシーのキャンディを、樟脳水を、モルヒネをたっぷり飲んで、若い王子ディアイラを呼んで、最後の遺言をした。《私が死んだら、私の体を焼き、灰をサン・ルイに持っていくよう、部下たちに指示します。それを妨げるため、あなたの厳格なイスラムの原則を楯にとったりしないでください》精神錯乱の炎の下で付け加えた。《誰にも、決して私の財産には手を触れさせないで！　あなたには、五サンチウム、石鹸、拡大鏡を遺贈します》

迷信によれば、ひとは墓の縁に立つと、自分の人生で波乱万丈であった一コマ一コマを映画のように再見する。彼の場合はそれを観察するのに努力する必要もなく、驚くほどはっきりと、彼の過去が現れた。

ウーランの寄宿舎でのラコルデール神父のラテン語の授業。プラトンを論じるブルジェア神父。物理の公式を並べるメルメ神父！　映像はゆっくりとぼやけ、一八六三年、革命主義者たちの狂乱のなかで彼が最初の自転車工場を建てたミショーの金具製作所に、場所を譲った。パリコミューンの反乱者たちの激怒。そして、マルセイユ湾で遭難した帆船を救った後で受けた勲章。そして今度は三〇歳、髭があって、結婚し、フランスの歴史で最初に郵便配達人を自転車に乗せることになるマレンの市長だった。マレンの後は、試験室にいた数年、再度物質の解離を試み、飛ぶ機械を発明したマルセイユ。そして一世紀半後の今でも、ヴューポー〈旧港〉の辺で話されているヴェリエール山頂の昼食となった。ピレネから特別に連れてこられたロバで、あるいは輿に乗って岩の頂上に連れられた三百人の高名な会食者たち。そのためにセーヴルの工場に注文された、各招待者の名が刻まれた食器類。フィルハーモニーのオーケストラとその詩を吟じた詩人、ジャン・エカー！……

だが、この迷信は真実を言い当ててはいない。死に瀕しているエメ・オリヴィエの映像は、彼の家系を全体的に把握しようとするかのように、彼の生前まで遡ったのである。彼の幼年期の短ズボンとともに失われた往日の人物たちが、もうろうとした意識の中によみがえり、エメ・オリヴィエを嘲笑していた。そのチロルの帽子を被った老人はシモネに違いない。間違いなく、ムスリンの大御所、大叔父だ！　右はナポレオンのイタリア遠征のときに代官将軍だった二角帽の祖父。左はもう一人の祖父、珍妙なクロード・マリウス・ペレ！……

エメ・オリヴィエの精神錯乱が進む中で、たどたどしく話されたこれら切れ切れの長編物語を、チムボは全く理解しなかった。いずれにしろプル族にとっては、すべての白人は奇妙で、まがい物で説明不可能だ。増長しても、意識を失っても、震えもしないし熱も出ない。白人の生活は正気の沙汰ではない。

《だが全く、この白人は他とは違うぞ。この白人は私たちのひとりになった、ワラーイ、この白人は死ぬぞ！》

彼の状態はあまりにひどくなって、アルマミがアラーに彼の完治を願う祈りの夜を開くほどに、そして、謎めいた人物であるパテが、植物の樹脂と、プル族がナシと呼ぶコーランの唱句が能書された紙を噛んで得られた魔法の媚薬で満たされたやかんを持って現れるほどだった。

「これを飲みなさい！」

混合物は垢で光り公衆便所の匂いがしたけれど、飲むとすぐに、二口目の前に彼は、精神の回復を確信した。彼は、それができうる最良のことであっただろう死を待って、目を閉じた。しかし彼は三日間の深い眠りの後で、頭痛もめまいも無く目が覚め、リ・マフェ〔ソースご飯〕をひと皿、急ぎ注文した。彼は食欲旺盛に食べ、良く飲み良く食べた喜びを表わすために善きプル族がする大きなゲップをした。そして彼は介助なしで、彼と外界を隔てているところを数歩出た。中庭の真ん中に来ると、長く甘美な回復期を始めるために、折りたたみいすを持ってこさせて熱い太陽の下で横になった。これを知ってすぐにパテは彼の勝利をゆっくりと味わいに来た。

「私たちの聖者たちのほうがより強いことがわかっただろう！　改宗しなくてはならないよ、友人！　ワラーイ、卑しいキリスト教徒に留まるには君は善すぎる！」

「我がプル、君が私の命を救ったことを認めるよ。どうやってお礼をしたらいい？」

「ああ、ああ、それじゃ、砲弾をくれ！」

「砲弾？」

「だめならトルコ人の友人に頼むよ！」

オリヴィエがフタを狙うなら、パテのために急いでそれをしなくてはならないことを理解した。

翌日、それまで姿を見せなかったボカ・ビロが、獣肉、蜂蜜の小鉢、パイナップルの籠を持って現れた。

「君は約束したのに全然来なかったじゃないか」白人は文句を言った。

「戦争に行っていたんだ！」

「フタはいったい、どこの不幸な国に宣戦布告したんだい？」

シオラ・レオネに隣接したところに彼の軍を連れて行かなくてはならなかったことを、若いプリンスは説明した。その国と戦うためではなく、彼の父、今は亡き偉大なアルマミ、ウマルの君臨以来アルマミの王座を壊そうとしている熱烈な戦士たちである、回教徒のプル族の一派、ウブ族を減らすための百回目の試みだったと。

「私たちを消耗させる戦争だ。私に十分な銃があれば違ってくるのだが」

「銃？」白人は髭を伸ばしながらささやいた。

「君は手にいれられるかい？」

「不可能ではないけれど」

「白人、まじめな話だろうね？……それじゃ、友達になれるよ！」

ボカ・ビロは喜びに我を忘れ、すぐに暇を乞うために立ち上がったが、白人はブーブーの裾をつかんで喉をさすった。

「待って、ひとつ条件がある……アルマミに対して私を支持して！」

「君を支持するよ！　今度は私の条件だ。銃のことは内緒だ！」

「アルマミに？」

「いや、兄に！」

ボカ・ビロは出発した。そして、ファトゥがオレンジを持って戻ってきた。彼女を受け入れようとしないエメ・オリヴィエの心を覆そうとして、再び愛の言葉を繰り返した。

「結婚して。さもなくば井戸に身を投げるわ！」

それは午前中のほとんど続き、突然彼女は何か考えが浮かんだように頭をまっすぐに上げ、小屋に行き白人のベッドのなかに潜り込んだ。

彼女にははっきりとわかっていた。雨が降り始めた。マリイは折りたたみいすを片付けサンデルヴァルが小屋に避難するのを手伝った。だが若い娘は場所を空けるのを拒否した。……彼女をそこから引き出すのに、皆はセネガルの歩兵隊を呼ばなくてはならなかった。

「そういうことだったら、イェメ、プル族が言うように、歩いて地獄に連れて行くわ。アルマミに告発するわ。あなたはスパイで、アルマミを殺すために来た、祖先のフタを奪いに来たと！」

彼はこの小娘の駄弁に全く重要性を感じていなかった。ボカ・ビロがその日の晩に良いニュースを持って来た。

「地方の王たちが十日のうちに到着する。君は君の鉄道が手に入るよ！」

すぐその翌日、エメ・オリヴィエが蝶々採りから戻ると、彼の家で大混乱があった。衛兵たちが中庭を動き回っていた。捕虜たちが彼の小屋から一列になって出て来て、それぞれの頭には彼の荷物を乗せていた。マリイとマ・ヤシンは道を塞ごうとしたが空しかった。彼はオレンジの木の下で待っていたサイドゥと宮廷の者たちを見つけた。

「何が起こったのだ?」襟を掴んで、彼の怒りが爆発した。「これらろくでなしどもがやってるのを何も言わずに見ていたのか、あるいは、私をやっつけたいのはおまえか?」

「落ちつけよ、今は事を荒立てるときではない」サイドゥが手厳しく言った。

エメ・オリヴィエが銃を振りかざすしぐさをすると、衛兵たちは刀を抜いた。エメ・オリヴィエは四、五ののしり言葉を吐いたが、結局列の終りについた。そして激怒を鎮めようと大股で歩いた。ダヴィッド、マリイ、マ・ヤシンは息切れしつつ彼に説明した。

「ファトゥだ、あの思慮の足りない小娘が脅しを実行に移したのだ!」

「よりひどいことには、その気違い小娘を皆が信じたことだ!」マリイが泣き言を言った。「皆はあなたの首を切り、私たちを奴隷に落とすと脅した」

オリヴィエたちは街の反対側、織布職人たちの地区に、籐と蔦の高い垣根で囲まれた、惨めな東屋が集まった前に移された。とげのある藪が隣接地と隔て、ランタンの木と野ばらで縁取られた狭い小道が大通りに通じている。白人は周辺を悲し気に見回して言った。

「きちんと理解できたとするなら、私は捕虜だ!」

「捕虜？　違います！」サイドゥが抗議した。「どうしてフタのゲストが捕虜になり得ましょう。ああ、あなたたち白人。白人が口から出す言葉は、いつだって大げさだ！」

「これはあなたが決めたのか？　それともアルマミか？」

「私の権利外です。ゲストを何処に泊めるのかはアルマミが決めることです」

エメ・オリヴィエは部下たちの住居を決め、身の回りの品を片づけて、すぐに宮殿に向かって走り出した。随伴者たちはあわてて後を追った。彼は気違いじみた振る舞いで砂利を一掴み拾い上げ、君主の方に急いだ。

「イェメ！」世界のあらゆる苦悩を抱えこんだような声でマリイが呼んだ。

彼は速度をゆるめた。並外れた気力をふりしぼって正気を取り戻し、砂利をアルマミの足元に置こうとしてゆっくりとかがんだ。

「どんな意味だ、白人？」ディオゴ・モディ・マッカがかっとなった。

「それは……それは彼らのところの習慣です」恐怖に震えてマリイがどもった。「敬意のサインで……あちらでは誰かに敬意を示すとき、……砂利を足元に置きます。……その白人は敬意には不足しません、アルマミ、あなたの決定に謙虚に従っています……それは私のせいです。私たちのところでは敬意を示すのにそのようにはしないことを彼に言うのを思いつきませんでした……」

大衆は笑い、ダヴィッド、マリイ、そしてマ・ヤシンはやっと息をついた。

「それでは立ちなさい、勇者！」穏やかになったグリオが言った。

「敬意を持っているにしても、白人たちはともかく奇妙な習慣を持っているものだ！」宮廷のマラブが指摘した。

彼は捕虜か？　否、チムボの権威のすべての口が彼に保証した。そこに移したのは彼の安全のためだ。全く心配はいらない。常にアルマミのゲスト、プル族の友人である。

しかし翌日、蝶々の採集に出かけようと傘と網を持ったところ、宮廷のひとたちが囲いの扉を塞ぎ、彼を無視して、低い声で話していた。

エメ・オリヴィエは怒りに紅潮して、彼のあばら家の屋根に、ラテン語の勉強で覚えていたのを赤い太字体で書いた横断幕を掲げた。《*Constituenda est Timbo!*〔チムボの運命は決まった！〕》チムボは過激になった。あるものはそこでののしり、戦争の宣言をした者もいた。

白人は弾丸が飛ぶのを止め、憎悪の叫びを止めるためにパテの公職者たちに助けを求めなくてはならなかった。しかし、横断幕を降ろすのに同意し、皆の眼前で皆の承知の上で火を点けられた後でしか平和は戻らなかった。平和はつかの間だった。次の木曜日、彼は、洗濯物籠と木製の小さなトランクを持ったファトゥが到着したのを見た。

「ここに何しに来たの、思慮の足りない娘は？　こんなに十分に意地悪をしたというのにわかってないのかい？」

「彼女が何しに来たのですって？」マ・ヤシンが言った。「あなたのウオロフ族のひとりが彼女と結婚したばかりなのを知らないのですか？」

結局、フタの王たちと王子たちが集まった。

衛兵たちが来て、エメ・オリヴィエを宮廷に連れて行った。うんざりする儀礼にもはや彼は慣れた。アルマミが輝くブーブーを着て現れ、街全体が黙った。従者は前回より威厳があり、グリオの称賛もより雷鳴に近かった。前置きが一日の半分続いた。大衆の病的なまでの好奇心があらゆる角度から念入りに彼のあれこれを詮索していたが、コーランが読まれ、フタを祝福した。彼には宮廷のグリオとマラブはわかった。逆に、ボカ・ビロとパテを見分けるのに目をかっと開かなくてはならなかった。今回はほとんどアルマミに匹敵する存在になっている。そしてゆっくりと、丁重さと熱い親しみが唇から消えた。香水の一滴が空間を満たすように、沈黙が宮廷を支配した。ディオゴ・モディ・マッカが手を振り、グリオが立ち上がり、その日の用件を宣言した。

「ここに集まったフタの貴人たち、先ず始めにアルマミは、王国にとって重要になった事柄に関して検証するよう、私たちに要求した。数週間前から私たちの壁のなかに白人がひとりいることは皆、周知のことだ。その白人はブラムから来たと言った。裕福な家族の、フランスの王の子孫だと言った。ナイフは手に持たず、憎しみを心に持たずに来たと言った。蒸気を通すための道だけを望んでいると言った。アルマミの友人でフタの賛助者だと言った。友人としてアルマミは彼を受け入れ、賛助者としてフタはその門を開いた。そして疑問が皆の心に浮び始めた。多くの口が開かれ、あらゆることが聞こえた。彼の生誕は確かでないらしい。彼の道はまっすぐでないらしい。彼の意図は明らかでないらしい。これらすべては魂を乱し、アルマミの問題を複雑にしている」

わずかなざわめきと咳払いがあって、直ぐに聴衆は最初の質問をした。

「ディオゴ・モディ・マッカ、その男はフランスの王である伯父の紙を持って来たのか？」

おそろしい首相は大声で、その男がいつも身に付けている手袋を除いては手に何も持たずにチムボの土地を踏んだと説明した。彼は、白人の国ではすべてが反対でひねくれ、王たちが手紙を書く習慣はなく、彼らの甥の口を通じて話すことはすでにチムボのすべてが知っていると説明した。

「そんな釈明が通用するなら、どんな馬丁だってソコトからあるいはトムブクトゥからメッカの王の甥だと言って来れるじゃないか！」疑い深いある者が憤慨した。

「ではその質問を明らかにすることから始めよう」ディオゴ・モディ・マッカが白人のほうに振り向きながらぶつぶつ言った。「ウイかノンか、あなたはフランスの王の甥なのか？」

ギダリのアギブ王子の宮廷でのシーンと同じことが新たに演じられた。白人は信徳にかけて曖昧さを除くよう試みたが、マリイとマ・ヤシンは肘鉄とウインクで止めさせた。へつらった婉曲表現が説得力をもち、プル族のなかで最も疑り深い者たちにも、彼のきわどい聖人伝を信じ込ませるのに成功した。

グリオが静粛を促し、再び聴衆に言った。

「誰か他に発言したい者は？」

「ディンギライエのことに戻ろう！　ここにいる外人は富と武器を持って来ているが、それは私たち皆の敵、ディンギライエの王宛てだそうではないか。それはほんとうか？」

「白人に質問が出された」苛立ったグリオは簡潔に言った。

確かにディンギライエに行きたかった、とサンデルヴァルは言った。いや、決してディンギライエには彼は行かない、とマリイは皆に訳した。

これらの嘘にあたふたしていたマリイは、二列目に座っていた、次に話をしようとしたバーヌースを着た男に気づかなかった。

「白人は私をまっすぐに見て、決してディンギライエに行くと言わなかったと誓えるか？」

老いすぎたラベの王、彼の父と交代しなくてはならなかったアギブだった。マリイは驚きのあまりふらふらした。早口で口ごもった彼は、そうではないことを白状したも同然だった。

「わかるだろう、みんな……」誰かが言った。「ファトゥは嘘を言っていない！」

今度はグリオが皆を静粛にさせるのは困難だった。最後の列から悔し紛れな声が一斉にあがった。

「白人は少し前こう言い、後であぁ言う！」そのなかのひとりが言った。「首を切るべきだ」

ディオゴ・モディ・マッカはアルマミの耳元で何かつぶやいた。アルマミは喉をなで、新たにグリオの声が破裂した。

「あなたたち高貴な者のなかに誰か、この男の首切りに反対の者はいるか？」

ときどきつぶやく者もいるが、しじまを破るのは咳払いだけの時間が長く続いた。そしてようやく、カンカラベの王が弱い声で説得を試みた。

「同朋の皆よ、私たちはプル族で、私たちの倫理であるプラクは私たちがカメレオンのように押し進めることを要求している。私たちが二歩目の危険を犯す前に、一歩目では世界が崩壊することがないことを確認するよう、要求している。私たちは怒っている。その男は嘘をついた。だが注意深くしよう。彼を殺し、その後で彼がフランスの甥であることがわかるとすれば。これを考えたことがあるか?」

このことで戸惑う者もわずかにいたが、穏健中庸な者たちが同意した。先程までの過剰な興奮が止み、皆、彼の首を切るべきかどうか疑問に思い始めた。それはマリイの視線のなかに小さな希望の明かりを浮き出させた。不運続きの通訳は新たなチャンスを試みようと、頭を上げた。

「ワラーイ、その男はフランスの王の甥だ! どうして嘘をつく必要がある?」

「それでは、死刑執行人を呼ぶ前に、急いでそれを証明しなさい!」ディオゴ・モディ・マッカが赤くなった。

「彼がプリンスだって?」誰かが憤慨した。「ならどうして、さえない、布が足りないような窮屈な服なんだ?」

すばらしいひらめきが白人の頭に浮んだ。おそらく、苦しんだからこその、神秘的ともいえる効果だった。彼が崩れ去るのではなく笑いはじけたのを見て、フタは驚いた。

「少しの時間をください。私がフランスの王の甥であることを証明しましょう!」

グリオはアルマミのほうに向き直った。アルマミは頷いて同意した。

「承諾された」グリオが再開した。「白人に少し時間を与える。しかし彼が逃げようとすれば衛兵が彼を撃つだろう」

彼は彼の小屋に向い、ひとつの行李のなかを捜して、船の上から捨てるつもりだった例のメフィストフェレスのコスチュームをやっと見つけた。持って来たかどうかも彼には確かでなかった。行李から出して広げたときもほんとうにそれを着るべきどうかもわからなかった。だが、結局それを羽織る勇気を持った。皆が私をどう思うだろうか、フランスの第一王子か、道化たちの王様か？　その枢機卿の緋色、コルクのボタン、絹の紐、毛皮の房飾りで飾られた角の形のフードを見て、小屋のなかでただひとり、大笑いした。舞踏会の身支度をする王の気品とともに、彼はゆっくりとそれを着た。

「彼らは私が人間であることを受け入れなかったが、メフィストフェレスであることは受け入れるだろう」

彼は捕虜として宮廷を出て、帝王となって戻った。

「ルイ一六世もソーヌ・エ・ロワールの田舎者たちにおいては同じ効果を生んだだろう」彼の外観のうちでむしろ誇れる髭のもとで口ごもった。

尊敬と称賛はディオゴ・モディ・マッカの視線においてさえ輝いた。彼はまわりのささやきを聞いて、勝ったと思った。

「いつも白人は醜いのに、こいつは全くりっぱになった！」誰かが意見を述べた。

「おお、彼は今でも同じカメレオンの目で、粘つく髪なのに、その服だけは、たいしたものだ。ああ、全く」

「メッカの王たちだってこんなにたっぷりした輝く服は着ない！」

そしてグリオが声をあげて、皆を制した。

「少し静寂に、一族の皆々！　フグムバの王、イブライマが言いたいことがある」

「この男は王の息子である、としよう！」イブライマが始めた。「彼をフタの友人とするべきだろうか？

最初に来た者をプル族が信用するときなのだろうか？」

アルファヤたちにその不満を表わすためそれ以上の良いときはなかった。

「そうだ、アルマミ、どうしてあなたはその外国人に私たちの山地をうろつかせたのか？　なぜ友情をもって彼を迎えたのか？　白人は私たちの敵だ。彼らは私たちの休息を乱しに、私たちの婦人を盗みに、そしておそらく私たちを囚われ者の状態に落としに来る。私たちはそれを望まない」

「そしてディンギライエの件はまだ解決していない！　その白人の意図をはっきり引き出すべきだ！」最終列で皆が叫んだ。

プル族のすべての会議がそうであるように、暗示、ささやき、不満、口論、和解！　それらは夕方の祈りまで続いた。ついにアルマミはグリオの耳元で何かささやき、グリオはまた声を限りに叫んだ。

「ここにいる白人はアルマミの友人で、フタのゲストである！　アルマミは彼が要求するものを認可する。彼は蒸気を通過させる道を得るが、ディンギフイエのほうに歩くのは禁止する。それを助けるすべてのものは首を切られる」


エメ・オリヴィエが彼の家に戻ると、ふたたび衛兵たちが彼のトランクと行李を持って小屋から出て行くのを見つけた。

「何が起こったのだ、また」彼は叫んだ。「門まで連れて行くのか、街から追放か？」

「どちらでもありません！」後ろから来たサイドゥが保証した。「以前の家にあなたを連れて行きます。わかるでしょう、あなたはほんとうのフタのゲストです！」

世界が変わった。皆は再度の転居を手伝い、アルマミの家から直接持ってこられたピーナッツソース付き鶏肉ご飯の大皿を差し出した。

市場が新たに開かれた。視線は脅迫的でなくなり、衛兵たちはより謙虚になり、隣人たちはより協力的になった。小さな好奇心の波は彼のベランダと中庭にふたたび溢れ、周辺の王子すべてが彼の友情を求めた。権力があって金持ちで、その日の午後からは、誰よりもアルマミの真の友人となったと皆が言うこの外人を、皆それぞれが自分たちのキャンプに招きたがった。それぞれが彼に期待した。チムボの中央権威からの要求によって窒息状態の各地方は、状況の改善を願って。アルファヤたちはアルマミに交代を守るよう強制するために。ソルヤの王子たちは時期が来て異母兄弟たちを押しのけて王座に就くために。往々にして深夜のこれらの贈り物持参の訪問は、相手に対する悪意ある意図を伴っていた。

五月一〇日、エメ・オリヴィエはいつもの不眠症で眠れないまま、鉛筆を取り出してこの神託を記した。《この国はまさに、フランスの歴史のふたつの悲しいエピソードと同じシーンを、ふたたび演じようとしていることは、隠したってちゃんと私は知っている……一方はアルマニヤックで他方はブルギニオン！　一方はチムボで他方はラベ！　それぞれアンリ三世とギーズ公爵に保護された大食漢たち。ここではパテとボカ・ビロ、むこうではアギブとアルファ・ヤヤ！……奇妙なフタ！　これらプル族は悪賢い。たぶん、非常に悪賢い！　フタは簗に、矛盾の簗となった。ここで倒れることはプル族がここで転ぶことほどに易しい》

道に迷いながらも付近の洞窟と泉のリストを作成し、地質と植物の見本採集をし、象の狩をした。墜落、中毒、蛇の咬み傷から生き延びた。マラリアの発作の腹痛でしばしば昏睡しそうになった。そしてコインの王の訪問が告げられた。

「私はディオン・コインと呼ばれています。コインの師という意味なのはおわかりでしょう」笑いながらこう言った。「あなたのことを皆が話すのをずっと前から聞いていました。そして皆と同じように、先日は、あなたが宮殿へ申し出た商館と鉄道の建設に賛同しました。よろしかったら、私たちは友人になりましょう。したがって、あなたの家に戻る前に、コインに寄ってください。私たちのところには良い野獣の肉と地方で最も良いミルクがあります。──婦人たちに関しては……」

三回の執拗な咳払いが外から聞こえた。彼は身を低くして、神経質に手を振りながら話した。

「さあ、入りなさい！……入りなさい！……何をぐずぐずしているのだ？」

ためらいがちのシルエットが、中庭の砂利を通り、ベランダにしゃがんだ。

「私の妻です！……入りなさい。……さあ急いで……妻が入ってもよろしいでしょう？　拒否されたらとてもがっかりするでしょう。わかりますか？　妻は一度も白人を見たことがないのです」

若い婦人はまたためらい、一歩なかに入り、部屋全体が明るくなった。危うくリンチされそうになったかの日の若い婦人だった。白人は客が言っていることにもはや注意が行かなくなった。彼女は美しかった。かくも近くではさらに美しかった。逆上した目で、口は開きっぱなしで、短く呼吸して、オリヴィエは彼女をむさぼるように見た。彼はまるで痴呆性患者のようであった。当然、それまで治療を受けたことはなかったが。彼は彼女の頭から足まで注意深く観察した。欠点がまるで無い、うなじの湾曲に、耳たぶに、鼻の起伏に、口の端に、長い間、目を留めた。そのプルの肌色と、小屋の薄明かりで輝く宝石は、昼の光の下のシャルトルの最も美しいステンドグラスの輝きを思わせた。

ディオン・コインは心配し始めた。

「どうしてしまったのですか、白人？　アラーよ、何が起こったのでしょう？」

何が起こったのか、彼自身にもわからなかった。恋に落ちたのか、それとも気違いになったのか。

彼は立ち上がり、ディオン・コインの肩をつかまえてとてもはっきりと言った。

「あなたの妻をください！　お願いだから、私にください！」

ディオン・コインは冗談だと思い、笑いながら外に出て、中庭に留まっていた従者の方に急いだ。

「この白人は全くの気違いだ！　私の妻を欲しがっている。そんなことは聞いたことがない！　なんとおかしな話だ！　グリオ、こいつを歌うべきだろう！」

そして彼は目をこすって、小屋のほうに戻ったのだが、別れたばかりの白人はそこで、催眠術をかけられたこどものように同じ姿勢を保っていた。

「お願いだから、あなたの妻を私にください」オリヴィエ・ドゥ・サンデルヴァルは、一切皮肉を混ぜることなく同じことを繰り返した。

「でも、私の妻は差しあげられません。偉大な王の娘で、しかも王は私の友人なのです。あなたに差し上げられないことはわかるでしょう。どうしてケブーに行かないのです？　そこではもっと美人が見つかります」

「それでは、彼女の名前だけでも教えてください」

「ダランダといいます。あなたには複雑すぎる名前です。すぐに忘れてしまうでしょう。きっと」

彼は妻の手を取って出口の方に導いた。ベランダに着いて、振り向いて言った。

「忘れなさい。彼女のほうも。それが三人にとって、なにより良いことでしょう」

下痢、不眠よりさらに重く耐え難い、名前すらないすごい病気がエメ・オリヴィエに襲いかかった。際限のない痛みが体を熱くし血を汚染し精神を乱した。マリイは彼が気違いになったと思い、マ・ヤシンは新たに毒を盛られたと思い、セネガルの歩兵隊たちは恐ろしいプル族のマラブが数珠で呪いをかけたと思った。彼は孤独で怒りやすくなった。与えられるすべての食物を拒んだ。凝固ミルク、粟のクスクス、タロイモのピューレ、羊肉のだんごも。彼は一日中小屋の隅で打ちひしがれて過ごした。その後、彼の後ろで、目は珍しい鳥みたいだが、肌の色はまるで炭火だとか言って笑うひ弱な女たちや子供の一団を無視して、チムボの路地を彷徨った。彼は小屋から小屋に、ベランダと菜園の片隅まで捜した。フォニオを搗く、あるいは井戸からの帰りの婦人たちからあからさまにしげしげ見られる危険に彼はさらされた。彼女は何処にも見つからなかった。探し回るのは不用心だったが、彼はそんなことにかまっていられなかった。カシニで、ナル族が千回もことわざを繰り返したのに。《プル族のナイフを避けたいなら、王座、動物の群れ、そして婦人を避けよ》彼は、河の辺で、そこに悲しみを沈められぬまま、長い間ひとりごとを言ってからようやく、チムボと、隣接の小集落を回り、負けた老ライオンのように自分のあばら家に向って悲しくぶらついていくのだった。

そして、ある晴れた午後、ひとりの少女が彼を精神朦朧状態から抜け出させた。

「その小娘は何を望んでいるのだ？」彼はマリイに怒鳴った。

「あなたに、後について来るようにと言っています」

「でも一体どこに？」

「たぶんアルマミのところに」

苦悩と彷徨のこの期間中、一度もその道はとらなかった。少女は彼を小屋の裏から導き、未開墾の菜園を横切った。いつもそこをトイレに使っている竹小屋を通り、シダの生垣を超え、野菜の丘と小屋々の間を際限なくくねった草の生えた小道を通ってから、小川の近くに作られた小さなバナナ園に行き着いた。そこで少女は何もいわずにバナナ園を指差した。彼は、眠れない夜とマラリアで鈍った目をかろうじてかっと開いた。彼は見た。

彼女はそこに、短いパーニュと裸の胸で、バナナの木と小川の間にいた。珊瑚と真珠でいっぱいにした髪。金の大きな耳輪。いくつかは彼女の首よりも広く、いくつかは乳首まで垂れ下がった、網目が詰ったためのうの首飾り。木のスプーンとともに足元に置かれたひょうたん。

「ダランダ！」彼は身を震わせた。

彼女は笑うだけだった。そして時間が止まった。エラヤの断崖で見られる石の彫刻のように静かで非現実的に、ふたりは向かい合ったまま凝固した。今度は彼女が何かささやいたが彼は理解できなかった。彼は少女のほうに振り向いて助けを求めたが、わからないしるしに両手を下げただけだった。彼は、山の牧童が半日の徒歩の後で正午の蜂蜜を飲むときのように、彼女の言葉を飲み込みたかった。彼女は今度は手を使って話した。今度はわかった。

「きのう、あなたを宮廷の厩舎の近くで見たわ……そしておとといは大メデルサの横で……そんなに徘徊するなんて、めんどりでもなくしたの？」

彼は早口の流れのなかで長い間、気持ちを打ち明け、愛情の言葉をぶつけた。待ち続けて過ごした長い夜々。彼女がいないことで、彼はゆっくりと死に向かっていたことを。彼女は何も理解していなかった。彼女はくっくっと笑いながら少女のほうに向き直った。

「どうして神様、一言もプルの言葉を話さずに生まれてきたりできるのかしら？」

彼女はかがんで木のスプーンを取り、ひょうたんのなかみを汲んだ。

「飲んで、ミルクよ！」

彼は息切れしてそれを飲んだ。長く走り回った後、舌を鳴らして飲む子犬のようだった。彼は呼吸を取り戻し、彼女のほうに駆け寄った。だが彼女は、彼が彼女の足元にひざまづいたとき、小さく叫んで強く押し返した。彼女は少女に気づまりな視線を投じて、彼が理解するまで繰り返した。

「今夜、……祈祷時報係りの声が消えたら、あなたの家に会いに行くわ」

その晩エメ・オリヴィエは、手帳になぐり書きもせず、チェスにも触らずに早くベッドに入った。ごきぶりと蚊から身を守るため彼のプレードの毛布を掛け、詩情に満ちたチムボのかすかな音に注意を集中した。すりこ木の音、犬のほえ声、コーランの師のうなり声、こどもたちの甲高い泣き声が次々に消えていった。

グリオたちの語り手の声と単調な歌。街は眠りはじめ、彼は、こおろぎたちの鋭い鳴き声、かえるたちの鳴き声、リュカオンとハイエナたちの脅えさす唸り声に心を浮かせた。異教徒にとってもかくも超自然な、かくも感動的な真夜中の祈祷時報係りの高音の哀歌は、いつになっても来ないのではないかと彼には思われた。

ついに、かくも待った哀歌が！　彼は感覚を研ぎ澄まし、入り口に視線を固定したが、猫、彷徨える犬、それに汚いいつものドブネズミを除いて扉に触れるものはいなかった。結局はまどろんでしまった。多分強すぎる不安から！　何かが彼の手に触れて、芝居を見ているように感じたときまで、彼は目を覚まさなかった。彼はねずみだと思ってまどろみ続け、泥棒か人殺しかもしれないと思ったとき、毛布を乱暴に跳ね除けて銃のほうに急いだ。

「怖がらないで、私よ！」ろうそくの明かりの下の輝く裸体がささやいた。

ボカ・ビロが翌日、ディンギライエまで行く許可を得る望みを捨てないように、言いに来た。彼はアルマミに話し、アルマミはもうさほど不都合を感じておらず、結局のところ次のように答えた。

「ディオゴ・モディ・マッカと宮廷のその他の顧問たちとなんとかやりなさい」

「そしてディオゴ・モディ・マッカとその猛禽たちはそんなにややこしくはない。琥珀と珊瑚で満たさなくてはならないだけだ」ボカ・ビロが結論した。

少し後になって彼は、腸を激しく脱水させるひどい下痢が二日間続き、朦朧となった。幸運なことに、船に乗る前から大きなプラスチックの壷を持っており、部下たちが交代でそれを空けに行った。

翌週は、トイレに使っている竹小屋までひとりで行くだけの十分な力を感じた。彼がそこに入ったとき、大マンゴの木の後ろで人影が動いた。頭に食事らしいものを乗せたそれは、彼のほうに進んだ。驚きと怒りのあまり、彼は挨拶することも寛容にほほえみを浮かべることも忘れた。彼は彼女の手を乱暴につかんで彼の小屋のほうに走り、裏の扉から彼女を投げ入れた。

その後戻ってしばらく竹小屋に閉じこもった。それから疑いを遠ざけるために宮廷で部下たちと話して、しばし時間を過ごした。

「誰も私の邪魔をしないように。少し休んでくる！」彼女のところに戻る前に宣言した。

数分前、彼女を咎めようと思ったのにもかかわらず、彼は彼女を両腕で抱きしめた。彼女は蜂蜜のお菓子とフォレレ添えのフォニオを持って来ていた。プル族のところで道に迷ったみじめな白人の、単純に刀できちんと決着をつけるためにライバルを平原に誘うのをまだ決断できない不名誉な情夫の、病気の境遇を哀れむのを聞きながら、彼はご馳走を堪能した。

彼女は、その手で愛情深くこねられたおいしい小さな肉団子をたらふく食べさせ終わってから、彼の手足を優しく洗って、少女のように笑いながらベッドのほうに導いた。

「あなたは男じゃないわ、イェメ、ワラーイ！　ディオン・コインをすでに拳骨で殴ってダランダをさらっていると思っていたのに！」

今はふたりは地面に座り、白人は手帳に没頭し、若い婦人は彼の肩にもたれて、牧童の古い歌曲を歌いながらスムバラのシロップを彼に注いだ。

「ファトゥと私とでは、あなたはどっちが好き?」

「君だけを愛してるさ」

彼は彼女のほっぺたをたたいた。彼女はその指で彼の背中のへこみに優しくさわって答えた。

「私だけを愛するなんて、それは不可能だわ!」

「君だけ、君だけ、君だけ!」

同じほど愛している、当然白人の妻がフランスにいることを、彼女は彼に白状させた。彼女は彼がここ、フタにいる理由を尋ね、王国を獲得に来たことを聞いて感嘆した。

「アラーは偉大! そうやってあなたはふたりの王女を持つのね。白人と黒人の!」

「ああ、私たち白人には、ものごとはけっして単純ではない!」彼は悲しくため息をついた。

「なぜものごとがけっして……」

はげしい喧騒で質問が遮られた。彼は銃のほうに急ぎ、外に出てみた。刀と棒で武装した百人ほどが菜園を横切り、柵を超え、ヒステリックに叫びながら、道々から彼の小屋に駆け寄っていた。

「白人を殺せ! 白人を殺せ! 白人を殺せ!」

彼はダランダを守るために即座に小屋に戻った。

「何なの?」かわいいエンジェルの笑いで無邪気に質問した。「泥棒を追いかけているの?」

彼は彼女を飛んでつかみ、裏の扉に急いだ。そしてベッドを見て、考えを変えた。

「あそこの下で静かにしていて! 動くのも、咳もくしゃみも禁止だ!」

そして銃を中庭に向けて入り口の前を塞いで立った。最初に着いた者たちは銃を向けられたのを見て、不意に止まった。ディオン・コインがそのなかにいることに疑いの余地は無かった。そして、ディオン・コインが柵を超え、速度を緩めずに中庭のオレンジの木の下まで来て、刀を鞘から凶暴に抜くのを見た。どうすべきか、さまざまな思いが猛烈なスピードで頭の中をかけめぐった。多すぎる。弾が足りない。もうおしまいだ。リンチされる前に卑劣漢をやっつけるか、何もせずに首を切らせようか。彼は第三の方法を考えた。自殺。だがそれは彼の気質ではなかった。人はすべてに向って、すべてに対して命を守れ。ソーヌ河に投げ込んで溺れさせたと革命家たちに信じ込ませたその呪われた日に、彼の父が彼にそう学ばせた。そして彼はダランダのことを思った。もし彼が死んだら、誰が彼女を守るのか? 彼はその状態に留まるしかなかった。指はきちんと引き金に掛けて、戦闘行為を始めるイニシアティブは決して取らない。彼らがベランダを通ろうとする場合だけ撃つ。後は成り行きを見よう。

だが唖然とさせることが起こった。彼に対してではなく、他の者たちに対して、ディオン・コインが刀を振りかざした。彼は白人とその他の者の間に位置し、その巨大な体は実際のバリケードとなって、うなり声を上げた。

「さらに一歩進んだ最初の者は私が首を切る! 棒と刀を納めて、静かに家へ帰れ! さあ、さあ、急げ!」

ひとりひとり、しぶしぶ武器を片づけて柵のほうにだらだらと行った。

そして彼はベランダを通って白人を友好的に解放し小屋のなかに導いた。白人は彼の行李のひとつの端に崩れ、呼吸を取り戻すために手足を広げて、ベッドのほうを見ないように超人的な努力をした。

「運命とは実に奇妙だ、白人」もうひとつの行李に倒れこみながらディオン・コインが笑った。「あなたを殺すべき私があなたの命を助けるなんて！」

「ありがとう、ありがとう！」額を拭いながら言った。「でも、どういうことなのですか？」

「沿岸でポルトガル人たちがプル族をひとり殺しました。それでこれらばか者たちは仕返しをしようとしたのです」

男は彼の周りを一回り見て、鉄道の許可証は得たのかと白人に聞いた。いいえ、だが、アルマミの約束を疑い得るものは何もないと答えた。

「なぜぐずぐずと返事するのを引き延ばしているのか、私にはわかっています。彼の敵のディンギライエとあなたの関連がまだ確かでないからです。宮廷ではあなたがディンギライエのためにたくさんの富と銃を隠していると、皆が言っています」

「それで何処に私が隠しているというのでしょう？」

ディオン・コインは立ち上がってベッドのほうを見た。

「ベッドの下さ、もちろん！　私が調べるのが怖いでしょう？　どうです？」

「行って確認しなさい！」白人はパニックを抑えるために深呼吸した。「何にもないのがわかります。少し安酒があるだけです！」

突然に吐き気がし、快男児は後ずさりした。

「安酒！　プハー！」

彼は大きな音を立ててつばを吐き、外に出た。ベランダを通りながら後ろを見て言った。

「ほんとうに改宗したくないのですか？」


翌日、小川のバナナ園の近くで再会して、彼女の頭に新しいこぶができているのを確認した。

「誰がやったの？　彼かい？　何が起ころうともかまわない。今度は殺してやる」

「違うの！　彼じゃないの、イェメ！　それは……ファトゥよ。あなたのお気に入りの」

彼女は泣きじゃくってからバナナの木の後ろに走って逃げた。

彼はウオルフ族の小屋のなかに嵐が流れ込むように入った。ファトゥはそこにひとり暖炉の側でピーナッツを砕いていた。彼は急ぎ彼女の首を掴もうとしたが、お腹の状態を見て、手を下ろして後ずさりした。疑いなく、彼女は妊娠していた。そう、少なくとも妊娠三ヵ月！

「かわいそうなウオロフ族の夫！　その婦人が私に娘とそれほどまでに結婚させたかった理由が今、わかった」

彼はうんざりして出口に達し、後ろでは忘れられない憎しみのこもったファトゥの声が響いた。

「あんたのあばずれを殺してやる！　殺してやる！　殺してやる！　殺してやる！」

続く数日は何のニュースもなかった。

「これ以上だめだ。彼女を見つけ出さなくてはならない」いらいらして帽子を被り、靴を履き、手袋をして言った。「彼女の夫が私を殺そうとかまいやしない！」

垣根まできたら宮廷の使者と鼻と鼻を付き合せてしまい、道を塞がれた。

「準備は良いですか、白人！　アルマミが待っています」

「でも、どうして？」

どうして？　どうして？　出かけるため！……もちろんドンゴル・フェラへ、アルマミの保養地へ！　宮廷の皆が足に革ひも、重装備の馬で彼を待っている。準備できていないのは白人だけだ。

「ああ、わかった」白人はため息をついた。「アルマミは不在中に私がディンギライエに逃げることを恐れているのだ！」

ドンゴル・フェラでのつらい滞在は一週間にも及んだ。チムボに戻ると、ディオン・コインが街を離れたことを知り、深い悲壮な思いに囚われた。ディオン・コインは、武器、荷物、後宮の婦人たち、それに騎兵隊と共に自分の領土に戻った。その出発はオリヴィエの最後の気力を断った。彼は心が空っぽになって小屋に戻った。彼は下痢と頭痛の日々を数えるのに疲れ、彼の存在とチムボの邪悪な雑踏との間に、厚いギピュールのカーテンを引き、忘却のなかに沈んだ。彼の存在は、不眠症による束縛のなかで、彼女の思い出の、言葉では言い尽くせないまばゆさのなかで、身動きできなくなった。革命家たちが彼の父を水に落としたその呪われた日に彼は学んだ。苦境から逃れるには何かにしがみつくことを知るしかない。危機の真っ最中は、耐え、耐え、さらに耐えるべきことに彼は行き着いた。彼の後ろには、宮廷の陰謀と旅の苦しみ。墜落、昏睡、千と一回の毒殺の企て、残忍で魅惑的なこの国の驚くべき美。彼の前にはユートピアと空想の底なしの淵。僅かな間違いで確実に漂流する。

現実が下劣で息苦しくなったとき、気性の激しいエメ・オリヴィエが、気力を高めて意に介さなくできたのは彼女のおかげである。彼を落ち着かせるダランダの視線のなかに、彼女の野生の果物のかおりの中に逃げ込んで、外部の要求を執拗に拒否した。マ・ヤシンの皿を押し返し、生き延びるために、最後のチョコレートバーをちびちび齧るか、砂糖は最後のひとかけらしか残っていなかったので、味のないお茶を飲むだけにした。彼は新たに自殺を考えたが、今まで起こったことすべてに耐えられたのだからと、激しい空腹も、病気も、恋の苦痛も、死の威嚇も耐え忍んだ。

結果はどうでもいい。努力だけが存在に意味を与える。視線は離れたところにではなく足元に注がなくてはならない。その足元が確かになったらすぐに次を考える。父の不謬の声が弱々しい八歳の存在を揺さぶった。遠い昔ギリシャに、シーシュポスとかいう者がいた。神々の怒りを買い、大きな岩を山頂に押して運ぶという罰を受けた。山頂に運び終えた瞬間に岩は転がり落ちてしまうのだが、一度持ち上げたら、新たに落下するかどうかを心配したりせずに、自分の石を運んだ。

そのとき彼の石は、生き延びること、是が非でも生き延びることだった。明日すべてが不可能であろうとも、最低限の精神と体を保護することだ。いま生き延びれば、まだ不確かな彼の夢もよみがえるだろう。彼の鉄道、彼の在外商館とプランテーション計画、そして帝国と勝利の彼の夢が。そのためには、あたかも離れたばかりの腕のように、まだ香気を発している彼の体から発散する草のかおりの蒸気のなかで、まだ聞こえると思える彼の声のヴィロードのような音色に、エネルギーを汲み取らなくてはならない。その後は、それら貪欲で移り気のプル族の王子たちの陰謀は、隣人の疑わしげな視線は、野次馬たちの病的な好奇心は、宿を争う虫どものうごめきは、どうでもいい！

それがさらに一ヵ月続こうと、永久に追いかけられようと、同じことだ。

かの思慮の足りないファトゥは長くは彼から離れていなかった。外の折りたたみいすの近くで彼を待つのに疲れて、彼女は今では小屋のなかで行李を探って、帽子、手袋、鋲を打った靴を次々に試し、あるいは、昏睡状態から彼を抜け出させようと、無分別な言葉を口ごもりながら、彼のベッドの周りを徘徊した。彼女は幾夜もそこで過ごし、暖炉の近くで、常に低い声で話し続けながら、彼に巻きついて体を温めた。哀れな夫の命令で、マリイとマ・ヤシンが迎えに来てやっと、あきらめてその場を離れた。

心の底では、もはや彼は彼女を見てはいなかった。とりつかれていたのはダランダだった。ダランダとその絹の髪！　ダランダと柔らかく新鮮ですばらしい金褐色の食欲を誘うパパイヤの体！

せめて、彼をこんなにうるさがらせるのが彼女であったなら！

そして、現実が鳴らした警笛により、彼は正気を取り戻した。彼は折りたたみいすまで行ってこれを書き、マリイとマ・ヤシンに宮廷に持っていかせた。

《結局、何を望んでいるのか？　名も無い些細な者として死ぬことか、あるいは気違いになることか？　私が要求したものを今私に与えないなら、鉄道はサン・ルイから出発し、直接にあなたたちの敵、ディンギライエに行き、その後、セグーへ、バムバラ族のところに行くだろう！》

最初からこの策略を使うべきだった。なぜなら、モディ・パテがすぐに来たのだから。そしてボカ・ビロとおおぜいのマラブたち、顧問たち、王子たち、実力者たちが皆、彼に祈り、謝り、待つように言った。

「ディアンゴ、ファビ、ディアンゴ！　明日、明後日！……アルマミは承知した……顧問たちは好意的だ……すべてのマラブたちが集まっている……ディアンゴ、ファビ、ディアンゴ！」

ディアンゴ、ファビ、ディアンゴ……その金曜日、モディ・パテが柵をまたぐのを見たとき、しばらくぶりに、ようやく、彼の心が希望の光に僅かに輝いた。

「来てください、友人！……帽子、手袋を探すには及びません。アルマミの考えが変わってしまう前にすぐに行きましょう！　すぐに終わりますから！」

実際、長くはかからなかった。アルマミは宮廷の全員の前で許可書を読ませ、彼自身でそれを差し出した。

《ビスミライ！……アラーに感謝する！……アラーだけに、サラム！

ここに書かれていることは、マラブたちの長、アドゥブ・カディリの息子、ソリイと呼ばれる王によるものである。

この文書を見る者は知るべし。白人たちのところから来たその男はここに来てアルマミに言った。「私はあなたのゲストです……私が望むことは、私が指定する所まで蒸気を通させるための道を私に与えてくれることです」これが彼がアルマミに言ったことである。アルマミは彼に答えた。「あなたのことばは承知しました。蒸気を通すための道をあなたに与えましょう……アラーの加護があなたに及びますよう！……」一八八〇年、六月一日、アルマミ、ソリイより、そのマラブ、サイドゥ・ドゥカヤンケによって聞き取られ、書かれた。通訳、マリイと呼ばれる者》

宮廷で公開される必要性はないと思われるもうひとつの書類が一緒に渡された。希望通りの道を通って、食料品を買い、ポーターたちを更新し、ボケまで、フタを通過する許可証。

その後、グリオが彼に言った。

「あなたはもう、他の白人とは違います。私たちのひとりに、アルマミの兄弟に、フタ全体の友人になりました……皆はあなたが言ったすべてがほんとうで、あなたが戻ってくることを望みます……敵は、あなたたち白人のうち、二度と戻って来なかった人たちです。ランベールも戻って来ると言いましたがランベールはけっして戻りませんでした。あなたを常に良く待遇しなかったことを私たちは恥じます。お詫びのしるしに、アルマミは金、虎の皮、そして百人のポーターをあなたにお渡しします。明日、あなたは出発します。アルマミが決めました。行きなさい、私たちの白人の友、しあわせに、とくに、私たちのことを思ってください！」

そして、涙、接吻、祝意、尽きない謝罪のことばが続いた。家族のように見えた。ディオゴ・マディ・マッカを除いて。怪物は彼のところまで群衆の間をすり抜けて来て、接吻しているようにみせかけて耳元でささやいた。

「もちろん、虎の皮と金は私がもらう。あなたは鉄道だけで我慢しろ。イギリス人とポルトガル人はそれで十分嫉妬するだろう」

一八八〇年六月二日、オリヴィエ・ドゥ・サンデルヴァルは彼の従者たち、マリイとマ・ヤシン、二十人のセネガルの歩兵隊、それに百人のポーターと共にチムボを出発した。ベランダの下、垣根の後ろ、マンゴの木々の頂上で、街全体が興奮しきって、彼の出発を見送った。何人かはプレゼントを渡し、悲しみを押しつぶしていた者たちもいた。名士たちも寄り集まり、半日歩いて彼に随行した。その中にパテとボカ・ビロもいた。さらにサイドゥ、その秘書、アルマミはエスコートに多くの捕虜たち、グリオたち、それに宮廷のマラブを加えた。《王たちだってこれほどに待遇されない》彼のためだけに集まった馬に乗った立派な人たちすべてを見て、彼は喜んだ。《タルチュフ〔偽善者〕と霧のこの国に足を着けることに成功したと私は思う、フタ、私たちふたりに乾杯！》

運動不足は、激しい空腹と病気よりも彼を消耗させていた。水浴と長距離の歩行に慣れた頑強な快男児だった。彼は精神を保つために動く必要があった。ところがチムボでの二ヵ月間、ボートを漕ぐことも山によじ登ることもしなかった。いつも、素性の知れぬ者たちやスパイにすぐ後をつけられていたので、動くといっても小川の散歩か蝶々採りに限られていた。そして今、大きな自由の風。沿岸までの道とすばらしくも尽きることのないフタが彼のためにあった。

ここは、ゴンゴレの滝、ドゥベルの断崖、プクの猿の森！　風は心地良く太陽は快活。原野はジャスミンとどうがらしの強いかおりがする……彼はより良く呼吸できた……河と、芳香を放つ蔓植物……そしてまた滝、荒野、小さな谷、……彼の足元にはブリアの壮麗な平原と、風の下で踊る花咲く背の高い草。彼は街に入る前に、手帳を出して記した。《ここから見ると、チムボの谷と丘がとても快適に浮かび上がっている。それはパリからヴェルサイユへの道を思い出させる。目に優しい緑の草がすべてを覆う》

だが彼はそこであまり時間を過ごさなかった。そこの領主、チエルノ・シタの接待は侮蔑的だった。《それら親悪魔のくろんぼはみごとに傲慢だった》彼は急ぎ記した。傷んだ食事を給仕され、小屋は夜になると浸水した。彼は目覚めるとすぐに荷物をまとめた。

フグンバで、彼はアギブがいることを知った。チムボで起こったことを思えば、彼には決して会いたくはなかった。ブリアでそうであったように、翌日すぐに出発した。しかしその晩、フォニオ――ミルクの質素な小鉢の後でひとりの捕虜が、タイブ王女が訪問すると告げた。ブバで、それからギダリで彼が見たのと同じ、華麗な豹だった。ちゃめっけたっぷりなまつ毛の、大きな輝く同じ目。すらりとして高慢な、猫のような同じシルエット。選び、命じるために生まれた者の、誰によっても乱されることのない落ち着き。彼女は少なくとも、ダランダほどに美しかった。しかし、権力と権威の味に慣れて、冷えた、威嚇的な美だ。

彼女は土のベッドの上に座った。彼は行李の端のほうが良かった。

彼女は編んだ蔓、竹の輪、屋根のくもの巣を見て言った。

「もっと良い小屋を見つけられるはずだわ」

「それは私が決めることではないさ。プリンセスはわかってるくせに」

「ラベでは、私はあなたを宮殿に泊めるわ」

「私がラベを通らないつもりでいるからそう言うのでしょう！」

彼女は明るく冷たい笑いを見せ、より柔らかい声で続けた。

「あなたは痩せたわ、ワラーイ！　チムボでは食事を出さなかったの？」

「彼らの友人だった日はウイで、彼らの囚人だった日はノンだ」

「そう、そう、皆、全部知ってるわ。私を幻滅させるあなたの愛人たちのことさえ。ラベのキャラバン隊が、ふたりの婦人があなたのきれいな目のために渡り合った市場の殴り合いに立ち会ったの」

「私のほうではアルファ・ヤヤとあなたについて多くのことを聞いたよ。あなたたちの間に何があるの？」

「それを言ったら、フタのすべてが燃やされるわ。あなたの魔法使いの機械を、ほんとうに私たちに運んでくるの？」

「それを知るために私に会いに来たの？」

「間抜けなことは言わないで、白人」キャミソルを脱ぎながら彼女は言った。「夜を過ごしに来たのよ」

彼は夜が明けるのを待たなかった。彼は王女をベッドのぬくもりのなかに残して、星の明かりの下に出てキャラバンをせき立てた。雨季の真っ最中だった。一週間中竜巻が起こり続けることも特別なことではなかった。絶えず雷が鳴り雹が降った。一度だけの嵐で、オレンジの実は雨のように枝から落ちた。気候が快適に和らいだとしても、道は泥だらけで、河の土手には増水で興奮したおおぜいのワニがいる。

チムビ・トゥニでは、熱烈に歓迎された。王は戦争に行って不在で、チエルノとかいう弟が彼を最良の小屋に入れ、穀物をたくさん供給し、雄牛を一頭、喉を切って殺した。グリオたちにオリヴィエを称賛する歌を歌わせ、魔術や幻灯を見せ、河床が三倍になったコクロ河を渡らせ、五十人の従者にニンギランデまで送って行かせた。

しかしながら、苦しい状況がすぐに再開した。テリボファンで、——ボケまであと五日だけ——死ぬほどの疲労と空腹で、街の入り口で倒れた。彼はそこで二日間、吐しゃ物の真ん中に横たわって、死に瀕した。あまり安全な場所ではなかったので、結局、彼の歩兵隊は彼を交代で担ぎながら道を続けることにした。

ミシデ・テリコで、彼の脈がとても弱くなり、体温がとても高くなって、新たにもう一度、遺言を書き取らせた。《私の死体は火葬にし、灰はあなたの選択で、コゴン河、コンクレ河、あるいはカクリマ河に捨てなくてはなりません。私の富は、あなたのご随意に。しかし私の許可証類は、どうぞ、きちんとフランスに届くようにしてください》くろんぼたちの真ん中でただひとり、情愛も終油の秘跡もなしで、ボケにかくも近いところで死ぬことほど悔しいことはなかった。四ヵ月の我慢と災難によってフタから手に入れた、あふれんばかりのイメージと感動、それらは彼に委ねられ、文明化した魂となるはずだった。それに会えないことはさらに嘆かわしいことだった。

《さあ、最後の努力だ！　無よりも強くあれ！　ボケまで持ちこたえなくてはならない！　ボケまで行きさえすれば、どんなことが起ころうとも！　そこで手帳が守られるなら、もう死の間際だが、かくも有益なその時間に身を委ねることができるだろう。そして少し運がよければ、ルネ・カイエに捧げた小さな記念碑の近くに、ドゥウが埋葬するだろう。運がつかめない場合でも、とりわけ永遠の栄光に沿って進む価値はある》

タンギランタで、ニュネズ河を渡りボケまで案内させるためにガイドを雇った。しかし抜け目のないその男は森の真ん中で彼らを放り出して逃げた。一日間、その辺りを彷徨った後で、沿岸のほうに行く途中だったサラコレ族のキャラバンに偶然に出会った。

フランスはもう遠くなかった。僅か二十キロメートル。ボケはその藁の小屋々々、その港、そのきらめく三色旗がなびく白い小塔のある花崗岩の砦とともに、最初の夕日に浮かび上がった。彼は目をかっと開いて見た。足はふらついた。最初の家々まで数歩に過ぎなかったが、それは永遠に続いた。

ドゥウは、種族と交渉のために内地に出向いていて、不在だった。運よく街にボナールがいた。彼はムスチエという人物の家で彼を待っていた。

「まさか、あなたが！……神を称えましょう！……皆、あなたが亡くなったと思っていました、オリヴィエさん！」

ボナール、この立派な快男児は、彼を玄関前の階段に導きながら、涙を止められなかった。

「ああ、我が同胞！　ありがとう、我がボナール。私のところに来てくれて、ありがとう！」

二階に上がるため、あかんぼうにするように、あるいは綿の梱のように、ボナールはオリヴィエを一気に抱えた。――主人はボナールの腕の中に崩れ、心が高ぶった。ボナールは力を十倍にした――そして瞬時考えて言った。

「治療に掛かるまでの間、ベッドのなかで休んでください。そのほうが良いでしょう。でも先ず、気絶しないと誓ってください！」

オリヴィエ・ドゥ・サンデルヴァルは苦しく咳をし、やっと途切れ途切れに言った。

「ああ、いや、私は先ず最初、ほんとうの食物を食べるべきだ……その後に起こることはあまり重要ではない……私の手帳は八番の行李のなかにあり、すべてをマリイに言ってある……」カタル患者は、痛みのあまりに息が切れ、言葉を飲み込んだ。

ムスチエは一瓶の水を持って来て、十人の彼のボーイが風呂を準備し、炉に火を熾すよう、走り回って鞭で叩いて働かせた。

原野での長い滞在で思い描くことさえ不可能になっていたフランスのあらゆるおいしいもので食事した。フォアグラ、うさぎのテリーヌ、リヨンのサラミソーセージ、ブルターニュのピクルス、いんげん豆、アスパラガス、レンズ豆、あさつき添えの羊の腿肉、それに葡萄添えのうずら。ワイン、シャンパーニュ、それにアルマニヤックもあった。大宴会は十ほどのチーズとおいしいりんごのタルトで終った。苦い口と震えを起こす発熱とで、それぞれの皿をひとさじづつ味見しただけだが、後にムスチエの妻が聞いたとき、アフリカの苦しみから生き延びられたのはその食事のおかげだと、完璧な答えをした。テーブルの清潔さと食物の色は、食欲と味覚を取り戻すのに十分だった。

彼はベッドに沈む前に努力して手帳を出した。《パン、ワイン、調理された卵！……テーブルについた人間と家畜小屋の動物を区別するものの価値を知るために、地上で食べ、書き、生きなくてはならない》

翌日、生を取り戻して意外に思った。意外、だが同時に一片の驚き！　彼は窓を開き、パパイヤと野生の花の匂いを渇望して、かおりをかいだ。カラオたちの歌を聞き、元気を回復させる太陽光線の愛撫を感じた。すでにムスチエとボナールがいたサロンに彼はひとりでたどり着き、少しお茶を飲み、凱旋した気分で、他人に命令する気分にまで立ち戻った。

「ゴレに行く船が必要だ！」

昼、ブイヨンの数さじとキンキナの煎じ茶を飲んだ後で、ボナールとムスチエが暗黙の裡にも強く否定したにもかかわらず、ルネ・カイエに《挨拶》しにいくために立ち上がった。

「あの！」階段まで行ったとき、ボナールが言った。

「え、何だ、ボナール？」

「フタ・ジャロンは、ムッシュー、オリヴィエ？」

「皆は私がそこに戻るだろうことがわかるだろう、ボナール、きっとわかるだろう！」

そして彼は手すりの角に消えた。彼は中庭の薔薇の花壇まで行きつけずに崩れ落ちた。苦しみでオーと叫んだのをボナールが聞いた。ボナールは彼がふたたび上がるのを助けた。ボナールは嫌がるオリヴィエをベッドに寝かせて、始まった震えの激しさを見ながら石炭の炉に火を点けた。

今、七月八日。十日間、治療の時を過ごし、食欲を回復した。原野の巡回から戻ったドゥウがすぐに彼を訪ねた。

「皆が私に言った状況よりは元気ではないですか、オリヴィエさん」

一五日前、ドゥウは知らされた。サンデルヴァルが生きているばかりか、ボケに遠くないところにいることをキャラバン隊から聞いてどんなに安堵したことか。当時、とても興奮していた種族たちを少し鎮めるために、急ぎ河を上って行かなくてはならなかった。バラランデで、彼も部下たちも、命を落とすところだった。生き延びられたのは、唯一、その自信に満ちた態度のおかげだった。

「あなたはフランスの文明普及の闘士たちの前哨にいます、ドゥウ大佐！　ああ、海軍省の怠け者たちが居心地の良い彼らの事務所を少し離れて、あなたの活動を見に来さえするなら！」

彼の声にはアンヴァリッドの中庭で部下たちに勲章を授与する将軍たちの響きがあった。「それを考えてはいけません、オリヴィエさん！　彼らが、ここに、くろんぼたち、蚊、豹、蛇たちのなかに来るなんて！」

「しかし、それらが彼らにとって良いのです。アフリカは彼らにとって謙遜を学ぶ良い場所です」

「こうも言えるでしょう！　アフリカは触れるものすべてを謙虚にさせる。ライオンと象を除いて」

「ここで何がいちばん恐ろしいですか、大佐殿？」

「病気！」

「くろんぼたち以上に？」

「くろんぼたちは、やっつけられます。病気は、ぜったいだめです！……それでそれらプル族は？」

「アフリカのイギリス人です！　地上のあらゆる欠点とあらゆる美点を持つ。けちで、不実で、怒りっぽく、聡明で、洗練された、根っから気高い人たちです！」

「どんな風にあなたを待遇したのですか？」

「プル族風に。一流のゲストなのか、戦時捕虜なのかまったくわかりません」

「それで何を得ましたか？」

「私が望んだものすべて。在外商館を開き、かつ鉄道を布敷する許可を」

「それではあなたとしては、フタはフランスになり得ますね！」

「サン・ルイの愚か者たちなしで、すでにそうです」

「地方は、キャラバン隊が言うように美しいのですか？」

そうだと言ってから、アフリカのそのあたりの陶酔させるパノラマを、オーヴェルニュの火山、ノルマンディの田園地帯、ジュラ山脈の渓流、それにスイスの谷などと対等なものとして、大急ぎで説明した。

「アイダ〔古代エジプト、テーベの神〕の国です！　そこを征服しなくてはなりません！　しかも急いで！わかりますか、ドゥウ？」

「ほって置きましょう、オリヴィエ！　フタは十分に到達しがたく、プル族はとても複雑です」

「フタなくしてスーダンを得ることはできません」

「フェデルブ将軍のおかげで私たちの部署はスーダンにきちんと進んでいます」

「イギリス人がフタ・ジャロンを占領すればすぐにそれらは失われるでしょう。大いにあり得ます。プル族はマンチェスターのクレトンに夢中になってシリングを数え始めています」

「ありがとう、見事な地理の勉強を、オリヴィエさん。しかし今ではフランスにはアフリカの政策を決定するための人たちがいます」

「想像力に欠ける人たちが！」

「なんですって？」

「私たちが始めなくてはならないのはフタ・ジャロンからであることを知るのに、参謀本部の地図は必要ありません。でも私たちの省内の愚か者の多さを見るに……」

「フランス人将校の前でフランスをそのように話してはいけません！　それは侮辱です！」

「侮辱！　私はただ……」

「お黙りなさい！　先ず、あなたは誰ですか？　誰でもありません！　あなたはあなた自身の幻覚に押されてやってきました。そして皆はあなたが誰のために動いているのか知りません。あなたのためか、フランスのためか、あるいはある強力な敵のためか？」

彼は部屋のなかを百歩歩き、彼の長靴は床を荒れ狂って叩いた。そして座りなおして靴を脱ぎ、怒り狂ったののしり言葉を吐き、数杯続けて一気に飲んだ。彼ははげしくげっぷし、しばらくもぐもぐ言ってからやっと、彼の言葉が聞き取り可能になった。

「最初からあなたを銃で撃つべきでした……ええ、それが私がするべきことでした……あなたを撃って……冗談を言うために私たちはここにいる訳ではないのです。私たちは、ここ、戦争地帯にいるのです！……くろんぼたち、豹、蚊、……

私たちはここで聖母マリア研究をするためにいるのではありません。私たちは……」

事態の急変に驚いてオリヴィエ・ドゥ・サンデルヴァルは、彼の保護下に入るべきか、彼を哀れむべきかわからないまま、病的な独り言をひとつひとつ並べているドゥウを見つめた。

「あなたは出て行ったほうが良いでしょう！……ああ、私はあなたが嫌いです、オリヴィエさん……正直なところ、全く！」

ドゥウはその後一言も言わなかった。うなずくだけに、最後のペルノ〔マルセイユ製アニス酒〕の瓶が空になるまでげっぷするだけに留めた。そして帽子、銃、長靴を取った。

「あなたはあちらに留まっていたほうが良かったでしょう、オリヴィエさん！　あなたはアフリカを理解することはないでしょう。もしそうなったとしてもアフリカはあなたを決して理解しないでしょう！　さようなら、オリヴィエさん、永遠に、さようなら！」

そして彼は、雷鳴とハイエナたちの喧騒が原野を震わし始めるそのときに、夜の中に消えた。

八月三一日夕方八時、激しい嵐の後、エメ・オリヴィエはゴレに下船した。衛生課はすぐに彼を隔離病棟に放り込んだ。彼が荷解きを終わる前に、誰かが扉を叩いた。彼が扉を開くと、そこには、青白い肌でやせ細った体にもかかわらずスポーティで魅惑的な、すらっとした髭をそった若い男がいた。

「どうして、顔の乱切りをしてないのです、おじいさん？　王国をもらえなかったのですか？　どうして、私がわからないのですか、おじいさん？」

「スーヴィニエ！　なんということだ！　でも、ここで何をしているのだ、勇者？」

「あなたと同じ患者です、おじいさん！　ただあなたは検査ですが、私はすでに病気です。サナダムシ、黄熱病、あるいは目録にないそのほかの病気。両足で立てるうちは気にしません。もっと良くなると自分に言い聞かせています」

彼はよろい戸を通して見えるレモンの木のほうを指差した。小壁で隔てられた小さな三つの墓場が、板の十字架が紐で支えられた白い墓とともに、あった。左は、赤痢。右は、黄熱病。真ん中は、住血吸虫病！

「彼らは、私の番になった日、どこに入れようか自問するでしょう。たぶん三つとも」彼は笑った。「でも、あなたは私同様楽天家でしょうが、私はまだ若いし、ジャン・マリー・スーヴィニエを正すのはアフリカのちっぽけな病気なんかではないと言ってくれるでしょう、そうでしょう？　それじゃ、おじいさん、全くあなたの言うとおり……航海はとてもあわただしく、あなたの名前を尋ねるのさえ忘れていました」

「オリヴィエ！　エメ・オリヴィエ！」

「あなたはちゃんとフタ・ジャロンに着いたことを私に誓えますか、オリヴィエおじいさん？　どうですか！」

「おお、君の言いたいことはわかるよ、そこに足を着けたフランス人は四人いた。モリエン、ルネ・カイエ、エッカー、そしてランベール。これからは君たちはそこに五人目、私、エメ・オリヴィエを加える……笑ってはいけない、若者……反対に、君たちが私にメダルをくれるなら、拒否はしない」

「フタ・ジャロンから戻った人としては、あなたはそんなに悪くはありません。私はたったリュフィスクから戻っただけなのに、あなた以上にはっきりとわかるほどおかしくなってしまいました」

「それは私の腸を見ていないからだ」

「それで、王国は？」

「まだ得ていない。が、すでにその名前はつけた！」

「どんな？」

「ああ、だめ。それは私の第一の国家機密だ……私には私の大大臣を見つけることが残っているだけだ」

「すでに誰かを考えているんですか？」

「君だよ！」

「私？　ほんとですか？　ああ、すばらしい！」

「なんだって、君はほんとうに承知するのかい？」

「でも、どうやって！　もう私は原野に行くことはできないのに」

「君は私の宮殿を、道路を、大建造物を建てるんだ！」

「しかし、まるでもうすでにできているみたいですね、閣下！」

「気をつけなさい、私は容赦しませんよ、大大臣！」

「ただで従います、閣下！　でもおじいさんも気をつけて。私にも条件があります。大きな」

「どんな？」

「船に乗る前に、私の家族に宛てた手紙を取りに来てください。クリスマスには戻ることを知らせるために。そして、良いニュースを告げることができます。アフリカの大大臣に昇進したばかりの、息子たちのうちで最も立派な私！　ここはクリスマスを過ごすところではありませんよね、あなたも同意見でしょう！」

隔離病棟を出ると、ひとりの官吏が、ロバに引かせた三輪車に乗って、彼を待っていた。目指す船はしばらくなかった。彼は時間つぶしに歩き、少し釣りをし、リンネの論理では格付けできない貝を見つけたと言ったドイツの生物学者の夫婦と食事した。ついに、ポワント・ノワール―ボルドー間の定期船の出発が告げられ、彼は約束したように、スーヴィニエの手紙を受け取りに行った。しかし入り口で、係員が不思議に思って、彼に向かって言った。

「何ですって、スーヴィニエさん？　あなたは確かに、ジャン・マリー・スーヴィニエさんとおっしゃいましたね？……しかし、かわいそうなムッシュー、あちらにいるのが彼です」

そして彼女は、道の反対側で、くろんぼの小集団に担がれているカジュの木の粗雑な棺桶を示した。

墓堀人たちがスコップで土を投げる間、涙が彼の頬に流れた。彼はラ・マルセイエーズをハミングして、花咲いたアカシアの枝を投げた。震えた、いつもとまったく違う声が、ひとりでに出た。

「さようなら、我が、未来のフェデルブ将軍！」

そして係員のほうに戻って船の上でスーヴィニエが彼に譲ったかの金の時計を差し出した。

「彼の身の回り品を家族に届けますか？」

「規則ですので、ムッシュー」

「それでは、これを一緒に入れてください」

「でも、」

「私の言うとおりにしてください、お願いします、マダム」彼は哀願した。つらさから、むせび泣き、声が詰まった。

「わかりました。ムッシュー、わかりました!」彼が遠ざかっていくのを見ながら、唖然とした目を走らせ、婦人はあきらめて受け入れた。


ル・コンゴ号と呼ばれる船は、マルセイユのラ・クロヌの造船場から出るのがしばしば見られるような、貨物輸送会社のすばらしい定期船だった。

彼はアフリカが遠くなるのを眺め、ラプトットたち〈横縞セーターにポンポン付ベレー帽の黒人たち〉と木々が後退して行く風景に向かって、神秘的な口調で言った。《我がアフリカ、おまえはもう見知らぬひとではない!》

彼はボルドーに一八八〇年、一〇月一一日に下船した。フランスを離れたのは、正確に十ヵ月と十九日前だった。

第二章

列車を降りると彼の御者が待っていた。電報はきちんと機能していた。だが、客車から出たのか、あるいは無の底なしの穴からでたのか？　マルセイユは、すばらしいインドの夏の火の下のように輝いていた。しかし彼は何も感じなかった。太陽の愛撫も、街の肌も。かくも長い間欲していたというのに。

このもろい体は、この揺れ動く歩調は、アフリカが彼の体を引き留め、霊だけを解放したということなのか？

彼は外の鋭い光線から保護するために手を庇としてかざした。彼はぐらぐらしながら御者のあいさつに答え、めまいから抜け出すため、無蓋馬車のドアに長い間しがみつき、そして視界を取り戻した。黒ニスの車体側面とスポークに珊瑚がはめ込まれた輝く車輪に感嘆した。

「旧港を通って行ってくれ、マルセル！」席に付きながら口ごもった。

少し開いたドアに肘を突いて、眠気で曇った目の下で、木々と通行人のシルエットが流れ去るままにした。アテネ通りとカヌビエールをすぐに過ぎた。ベルジュ岸に着くと彼はマルセルにゆっくり走るように合図した。沖からの空気に冷まされ、頭を上げて、旧港のほうの、岸の雑踏と趣き豊かに入り混じったマストを眺めた。彼が街の存在を実感したのはそのときからだった。

マルセイユは広げた大絵巻のように速く流れた。丘と入り江の広い扇状地、原野で、心から離れなかった邸宅と小さな庭。市場、海軍工廠、製油工場、そして石鹸工場とともに彼は生き返った。ラベンダーと海のかおり、硫黄、そして焦げたグリースをむさぼるように吸い込んだ。彼は目を閉じ、それぞれの場所の音楽と、馬たちの速歩による揺れに身を任せた。リヴ・ヌーヴ〔新河岸〕埠頭、カルナージュ〔陸揚げ保全〕のドック、コルニシュ〔崖淵〕遊歩道、プラド大通り、ポワント・ルージュ大通り、マドラグ・ドゥ・モントレドン大通り。

馬車はトラヴェルス・ドゥ・カルタージュ〔カルタゴの抜け道〕を早足で抜け、公園に流れ入り、厩舎とクラリイ家の農家に沿って進み、斜面に隣接する城の前で止まった。彼の伯父の死後に住むことになった、図書室と試験室だけが雨風を凌げる伝統的様式の旧農家である。彼は馬車から降り、慣れた風呂に浸かって、チムボでマラリアにかかって熱くなったときと同様な興奮を和らげてから、ベッドに沈んだ。

ローズ、繊細な、残していったときと同じかおりの彼の愛するローズは、二、三日、涙に咽び彼を抱擁してから、医者たち、料理人たちに任せた。彼を覚えていない子供たちが震えずに思い切って彼に近づくようになるまで我慢して待ってから、彼の出発以来聞きたくてたまらなくなっていた質問をした。

「それでエメ、くろんぼたちはあなたに彼らのメフィストフェレスの役を承知したの？」

「そういうことだと思っていいよ、最愛の君。まだ僕が生きているのは、まさにそのおかげなんだ」

一ヵ月後、震えと嘔吐が止まっただけでなく、服がだぶだぶでなくなった。原野の動物となっていた彼は、家族生活と街の騒音に再び慣れた。しかしフタ・ジャロンは彼から離れなかった。鉛筆を持つための十分な力を得るとすぐに、彼は手帳を行李から取り出して、嘲笑的で預言的な調子で記した。《ヨーロッパは、この旅を確かなものに整えるだろう。そして文明も。三年後、チムボの王はモンモランシーのさくらんぼを食べるだろう。かつてローマ人たちがカルタゴのいちじくを食べたように》そしてそこに行き着くために打ち負かさなくてはならない大きな仕事のことを考えた。原野の危難の後にもうひとつの戦いが彼を待っていた。彼のすばらしい思いつきを売りつけるためにパリの官僚のジャングルに立ち向かうことが。

パリに上る前、当然のこととして、彼の共犯者、ジュル・シャルル・ルーに挨拶に行った。

化学者の息子で彼ら自身化学者であるふたりは、同じ年に世に知られた。シャルル・ルーはマルセイユの石鹸で、エメ・オリヴィエはリヨンの硫酸で。ふたりともダーウィンに夢中になり、植民地の冒険に情熱を抱き、科学と進歩の無限の資源に神以上の威光を信じた。ふたりは、時間的な余裕がない、とりわけその時代自身を疑うことができなかった熱い時代の、征服欲の強い創意に富んだ双子の息子だった。

ジュルは、当時とてもはやった旅行と開拓の誘惑には身をまかせず、ガリエニに近しく、チュニジア、ダホメ、それにマダガスカルのフランス植民地のプランテーションをしっかりと支えた。ふたりの気質の違いははっきりしていたけれども、ふたりとも、今後、アフリカはフランスの天才が従事し、そこから、インダス河、あるいは地中海だけでなく、南方のすべてに、極のすべてに、宇宙の奥底に広がると考えた。ふたりが再会を喜んだのは当然であった。

「フタ・ジャロンからまっすぐ出てきて握手するというようなことですか！……今朝の、あるいは昨晩の船でしたか？」

「はあ……正確ではありません！」オリヴィエ・ドゥ・サンデルヴァルは口ごもった。「私が戻ってきたときの顔つきはお見せしないほうが良いと思いました。慎ましく言うところの四十日検疫期間を置きました。街は、もしそこに私がすぐに乗っかっていたなら逃げ出していたでしょう」

頻繁にため息を吐きながらの長い話の後でふたりはサロンに座った。給仕頭が遠慮がちにふたりのところに入り込んだ。訪問者はオランダジンを、家主はカシス酒を選んだ。オリヴィエ・ドゥ・サンデルヴァルは目を閉じて甘美なリキュールをじっくり味わい、ため息をついた。

「神よ、現実だろうか？　私がフランスで、ほんものの家の中で、ほんものの食物を食べ、ほんもののコップで飲み、ほんとうの人間存在と話しているのは！」

ジュルは彼を見るだけに留めた。それは敬意のしるしだったが、同時に燃えるほどの聞きたい欲求のしるしでもあった。ひとこと言っただけで、その物語のヒーローの深みある荘厳な時を奪っていただろう。沈黙は彼の話を促し、公園の鳥たちのさえずりとかなたの家から漏れ出たピアノの数節でときどき区切られながら、話はさらに長く続けられた。

「ただ、何から始めたらよいでしょう？」とジュルに尋ねて、オリヴィエ・ドゥ・サンデルヴァルは話を区切った。

そして、ここまでの話の後で痛みが和らぎ、かくも長い間、痛ましく沈黙して、あえてローズに明かさなかったすべてを、彼は話した。ゴレの乞食たち、ブバクの王、イギリスの領事、深淵、蛇、豹、さそり、チンパンジー、昏睡、下痢、死の威嚇、中毒、幻覚を起こさす地方の美、そして、結局はその欠点の代償を払うだけの、陰険で、ゆがんだ、高貴で、勇敢で、魅惑的な、神秘のプル族の世界を。

「あなたに以前告げたように、親愛なるジュル、私はスーダンまで冒険するつもりでした。しかし、プル族の王たちは納得しませんでした。私がそこに行くのは禁止され、彼らのところに私が来れたことに感謝するため、丸二ヵ月、拘束されました」

「くろんぼたちの囚人で二ヵ月、そして……」

「安心してください、親愛なるジュル、そこのくろんぼたちは白人たちを食べません。もっとひどいですが、魂をぱくつきます！」

ジュル・シャルル・ルーは数秒夢想にふけ、そして陽気にグラスを掲げた。

「私たちの偉大な開拓者に乾杯！　ルネ・カイエ、トムブクトゥ。デュピュイ、トンキン。そしてあなた、フタ・ジャロン！」

「開拓者、以前は私はそうであろうと欲していました。だが、開拓者たちの時代は過ぎました、ジュル！今、植民地の時代が来たのです！」

「それらくろんぼたちを近くで見てきたあなたは、遺伝学が彼らをそこに閉じ込めているジャングルから抜け出させることが可能だと思いますか？」

「原始的な種族で、私たちより猿に近いとは言え、若い種族であると私は認めます。心が生まれ始めていて、精神はそれに続きます。進化です、親愛なるジュル、進化です！」

「それらすべてを詳述するための会議を私たちの街で開き、フタ・ジャロンのすばらしき人たちに夢を見させるというのはどうです？」

「ええ、喜んで、賛成です！　それは私にとってあなたの地理学会に、この上なく貴重な支援に対しお礼する機会となるでしょう」

「しばらくは私たちの街にいますか？」

「海軍省の人たちに通知するためにパリに上がる準備をします。トカゲ類たちとはまだ終っていません。アフリカのココダイルたちのあとは私たちの各省のカイマンたちです！」

「何を彼らに望むのですか？」

「プル族と結んだ条約を支持してもらうことです！」

「あなたのため、それともフランスのため？」

「私の精神のなかでは同じことです！　チムボは私で、フランスです！」

「いいでしょう、いいでしょう、いいでしょう！　地理学会の新会長に推薦状を書きましょう。フェルディナン・ドゥ・レセップス〔Ferdinand Marie Vicomte de Lesseps, 1805–1894　外交官、実業家、スエズ運河を建設〕といいます。あなたはクルエ元帥をご存知ですか？」

「生前、シャスルプ・ラバが彼のことを長い間私に話してくれたことがあります」

「私の知人として、彼に会ってください。海軍省の新しい大臣です」

エメ・オリヴィエはオランダジンを飲み干し、立ち上がって外套を頼んだ。

パリでは、サン・ラザール終着駅に拠点を取り、最も快いことから始めた。まだ勝利の絶頂だったスエズ運河の父とグラン・ヴェフールでの長い夕食。パレ・ロワイヤルのアーケードのなかに隠れた豪華な一八世紀の装飾の下に、パリのお歴々が集まる習慣になっていた。そこでよくグレヴィイ〔Jules Grévy, 1807–1891　第三共和制下、四人目の大統領、共和主義者〕やガムベッタ〔Léon Gambetta, 1838–1882　グレヴィイ大統領の下、一八八一年一一月から一八八二年一月まで首相〕のシルエットが見られた。耳を傾ければ、エドモンド・ゴンクールや小アレクサンドル・デュマが最新の作品の話をしているのが聞こえた。マレンゴのにわとりのフリカセは自然に舌に溶け、とり肉のマヨネーズ和えは、美食家たちがコメディ・フランセーズのホールやオペラ座のボックス席でうわさするほど、さらに勝っていた。フェルディナン・ドゥ・レセップスは陽気で、機知に富んだ、すばらしい会食者だった。皆が「偉大なフランス人」と呼ぶ彼は、むしろ背が低く、白髪まじりだが豊かな頬ひげで、暗い色の服を着ていた。七五歳であるにもかかわらず、率直に、見事なエネルギーで話した。パナマ運河は、鉄の硬さほど、スエズ以上に厳しいだろうと彼は考えていた。確かに、プロジェクトは予定した以上に金がかかることが明らかになっていた。それは彼の意気をくじくことはなかった。逆に、スエズ以上に興味を抱かせた。今のところは投資家は足踏み状態であるにしろ、お金は結局はちゃんと見つかる。開始したばかりの大がかりな債権公募はむしろ良好であった。

「それはスエズでは機能しました。パナマでもきちんと機能するでしょう！　でも我が若き友人、私たちはパナマのことを話すためにいるのではなく、あなたの工学がフランスの射程範囲内に置いた新しい国のことをです。その名をもう一度言ってください？」

「フタ・ジャロン！」

「そのように思っていましたが、フチタ・ジャロン！　幻の宝の国のようですが？」

「残念ながら、あなたのための国ではありません。削るべき運河はぜんぜんありません」

「いえ、違います！　シャルル・ルーがあなたの鉄道の考えを私に言いました。私は次の科学アカデミーの会議で発表するつもりです。鉄道、それは新時代の運河です！」

「幹線路はアフリカの鈍った体を新たに活性化するのを助けるでしょう！」

「あなたはデュマみたいに話しますね……彼は私たちの終身事務局長です……彼にお会いになると良いでしょう。皆と同じです。デュマは名誉が嫌いなふりをしていますが、他人が彼は重要な人物であることを示すのを見ることほど好きなことはないのです。すでにあなたにしてあげたこと（まだあなたに何もしていないとしても）すべてに礼を言うために、会いに行ってください。会いに行けば、結局は何かをもたらすことでしょう。たとえば、私の発表の日をより早く計画するとか。ガンチオにも会いに行ってください。パリの通商地理学会の終身事務局長です。あなたは大規模な仕事を終えました、若者。今はそれを有効にすることが残っています。私たちはパリにいます、若者。ここには、惑星でも新たな病気でも、学界の承認を得ていない物は存在しません」

「名声は私にはどうでもいいです、断言します」

「スエズに最初のつるはしを打ち込みながら私が自分に言ったのもそれでした。でも皆が私を『偉大なフランス人』と呼び始めたとき、それをむしろ気に入りました。それらのくろんぼたちは？」

「動物たちです、今は！　彼らのところにも進化は確かに来ます」

「あなたは私に進化の魔法に関して保証する！　数年後のくろんぼたち！　猿はどれだけ先ですか？」

パリの社交界の食事は政治やオペラの余談なくしては終らず、ふたりはオペラ・コミック劇場に掛かったばかりのF・ポワズの「愛する医者」と当時のふたりのジュル、フェリー〔Jules Férry, 1832-1893　在アテネ大使、パリ市長、第三共和制下で首相。トンキン植民地拡張論者〕とゲドゥ〔Jules Guesde, 1845-1922　国民議会議員。仏社会党の前身、仏労働者党POFの創立者。カール・マルクスの労働者国際組合（第一インター）と接触〕に関して話した。

そしてスエズの男は立ち上がり、シルクハットをかぶり袖なしマントを着た。

「デュマに会いに行くことを約束してください！……そしてガンチオにも！」

オリヴィエ・ドゥ・サンデルヴァルは馬車まで見送り、敬意をこめて不動の姿勢を保った。フランスの生きた栄光ともいうべきその人は、馬車に身を投じ、遠ざかった。

『フランスアカデミーの会議報告』が、レセップスの発表のかなりな量の抜粋を刊行した。流行のサロンとキャフェはそのときから、その大胆不敵なリヨン人に夢中になった。——懸垂核車輪の発明、スーダンの前線での快挙、そして、そのまばゆい孤独のなかで、牧草地を、蜂蜜を、すでに小学校のこどもたちとキャバレー、シャンソニエで楽しまれていた異国趣味の名前を、フランスに贈ることを提案したことですでに知られていた。さらに加えて、『プチ・マルセイエ』、『フィガロ』、『ジャーナル・デ・デバ』、『ラ・ルヴュ・デ・ドゥウ・モンド』、『地理学会報告』、『植民地公用文書』、その他の機関紙が彼の旅を大きく扱った。彼の名声はすぐに国境を越えた。ロンドンの地理学会は彼の快挙を報告し、ドイツの新聞社も遅れず賛辞を述べた。開拓者たちが今の時代の宇宙飛行士と同じオーラを享受したその時代、スタンリー、レーイング少佐、マンゴ・パークそしてルネ・カイエたちの名の横に書かれた彼の名を見ることで、彼の評価は高まった。

彼は不満ではなかった。数週間で知識人、財界人、アカデミー会員たちを誘惑することに成功した。今、彼にはパリの最も残忍な野獣に挑むことが残っているだけだ。政治家たちに。

あたかも上流サロンでのことのように、田舎風レストランで立てた名声に力を得て、オリヴィエは、今度は海軍省の扉を叩くことができた。しかし、クルエ海軍大将は新聞社ほどには心を打たれていないようだった。数日間待たせた後に、事務所に通した。

「勇ましいシャルル・ルーは、あなたが全く新しい国を私たちにもたらすと言いました」

オリヴィエ・ドゥ・サンデルヴァルは、彼の旅行、フタ・ジャロンの景色の美しさ、膨大な観光と農業の潜在的能力について長々と語り、プル族の貴族階級と彼のチムボでのつらい監禁について述べた。

「それらプル族にあなたは何を要求したのですか？」

「鉄道を敷くことと通商の許可です」

「他のことを望んだのではないことは確かですか？　例えば、土地を開墾し、王を宣言するとか？」

「中傷家たちがすでに共和国の羽目板の下までのさばっているのがわかります！　私にはフランスに仕えること以外に野心はありません！」

「ああ、フランス！　この瞬間、もっともありふれた靴直し屋たちが勝利に走って得意になっています！　あなたは私たちに連絡なしで出発しました。任務指示証もなしで、私たちの意見を聞くことすらもしないで」

「あなたたちは私を思いとどまらせたでしょう。それはご存知のくせに」

「正確に、あなたは私たちに何を期待しているのか言ってください？」

「私の条約を支持していただくことです！　チムボへ正式の代表団を派遣していただくことです。私はそこに案内する準備ができています！」

「たぶんあなたはフランスがフタ・ジャロンの王としてあなたを任命することを期待しているのでしょう！」

「私はただ、強力な敵たちが残らずかっさらう前に、あなたが私の条約を保証していただけることだけを期待しています」

「そこでとりきめがされたとしても、フランスにはあなたの条約を保護する司法的手段がありません。私たちの植民地はセネガルとスーダンです」

「セネガルとスーダンでアフリカを保つのは砂を刃で保つようなものです！　フタ・ジャロンなくしてはそのあたりすべてを失う危険があります！」

オリヴィエ・ドゥ・サンデルヴァルはしばらくの間ことばを切って、壁に貼られていた世界地図のほうに行った。

「よろしかったら、世界地図を少し見直してください、大臣殿。私たちのかわいそうなフランスの周りには何があるでしょう？」

彼は定規を取り、いかにも深刻気に、スペイン、イギリス、ドイツを示した。敵だらけ！　このスズメバチの巣のなかでどうやって生き延びられるのか？　アフリカ！　それ以外の解決法はない。「アフリカは体で、私たちが精神です！」彼は強調した。彼はゴレに着くや否や理解した。奴隷と採油植物の単なる買い置きはすぐにやめて、友人に、同盟国に、フランスの一地方にするため、アテネとローマの戦利品のもとで緻密に手ほどきをしなくてはならない。フランスはそこで膨大な軍隊を起こせる。そのおかげで、イタリアの征服もブレネー峠からオーストリアへの通過も容易になる。ドイツも選択の余地はなくなる。恒久平和か、おそらく、ヨーロッパの敵、イギリスに対する連合か。そしてどのようにアフリカをフランスの一地方にするのか？　フタ・ジャロンをその基礎に据えることは、顔の真ん中に鼻があることほどに明らかなことだ。

彼は二十分も話したことにも、チムボで待たされて病気になったときの精神朦朧状態を思わすほどの口調になっていたことにも、『絶対』よりさらに形而上学的になっていたことにも気づかなかった。大臣はすぐに彼を追い出そうか、それとももう少し見世物を楽しもうか自問しつつ、彼を見た。

「信じてください、ムッシュー、アフリカは私たちの将来の鍵としてそこにあります。今日私たちはそこを防御板にでき、明日は避難所です。そうです。あなたは、氷化が進んでいることをご存じないことはないでしょう。数十世紀の後、ラングドックは北極ほどに凍結します。そしてイヌイットやラポンが私たちのところに降りてくるでしょう。そして私たちは走って、赤道地帯の涼しい気候の下に避難するでしょう。あらかじめ土地を準備できることを条件にですが！」

大臣は眼を凝らして彼を見、髭のなかでもぐもぐ言ってから、長い間時計を見た。

「おや、まあ、氷化ですか！……確かにそうですね、若き友人、氷化！　それで、氷化の前に赤道地帯を占領するためにいくつの部隊が必要だと考えていますか？」

「アフリカを征服するためには、十万の兵隊は必要ありません。ただ、信用を獲得するただひとりが必要なだけです」

「そして当然、そのひとりがあなたなのですね！」

「私、あなた、あるいはイギリス人でしょう！」

「イギリス人はあなたには強迫観念なのですね！」彼を扉のほうに導きながら、ため息をついた。

そして最後に、心配気な、人を見下したような視線を投じ、長い間、握手した手を振り動かした。

「さようなら、ムッシュー！　とりわけ、ご自身をケアしてください！　最新のニュースではアフリカは間もなく、氷化の影響を受けるようです。ともあれ、発熱にも警戒しますよう！」

そこを出るとき、扉の後ろで聞いていた、士官の制服を着た男と鼻を付き合わせた。

「何ということです」エメ・オリヴィエは毒づいた。「扉で聞いていたのですか？　その年で、その制服で、恥ずかしくないのですか？」

「ええ！……いいえ、いいえ！」

「それでは何をしていたのです?」
「ええ、ただ、あなたたちに付き添おうと思いまして!」

彼は、非常に不満足なまま、そこを出た。間違いなく、クルエは彼の計画も人格も信じていない。つらい一日だった。精神に空気を通す必要があった。雨にもかかわらず、キャフェ・ドゥ・パリまで歩き、そこで神経を休めるために夜になるまでチェスを指した。夕食は、グラン・ヴェフールにもフォヨにも行く気がしなかった。不機嫌な彼は、そこのパリジャンのばか騒ぎを我慢できなかった。また部屋でひとりで食べることは神経の高ぶりを増長させるだけだろう。彼は、二スーで、最も気軽に夕食ができるレ・アルのほうに歩くことに決めた。

途上ずっと、密かな影が遠くからついて来ているように感じ、彼が止まると、彼の後ろの歩みの音が、不思議にも止まった。

「すでに私を追跡し始めたのか?」サント・ユスタシュ教会に出ながら彼は毒づいた。「なあに、私をスパイするということは、私を非難する雰囲気だったにもかかわらず、まだ彼らの目では私に重要性があるということだ!」

しばし彼は、でんでんむしのスープ、プロヴァンス風ムール貝、オーヴェルニュ風ミノなどを勧めるいくつかの安食堂の間で迷った。彼は、メニューによってではなく、他に比べてより汚くなく煙がより少なかったという理由で、羊の足とたっぷりしたポテを出す所を選んだ。そこは他同様に満員だったが、幸運にも、広かった。テーブルはくっつき合ってはおらず、アコーデオンの音で踊ることもできる酒場のコーナーもあった。

正に彼に必要な場所だった！　精神を緩和させるためには群衆のなかの無名者であることほど良いことはない。そこでは、田舎料理をたらふく食べられ、ゴシップ記者たちの姿を見ることなく酔っ払って飲めた。

彼は羊の足とポテを食べ終え、チーズに取りかかった。ギャルソンに二本目の赤ワインのハーフボトルをたのむために手を上げたとき、誰かがいすを押して隣に座った。

「良いですか？」手をテーブルについて、見知らぬ人はつぶやいた。

それは今朝の士官で、制服を特徴のない私服に着替えていたが、よく動く輝いた眼と詮索好きな動物の鼻で、すぐにわかった。

「あなたでしたか、尾行していたのは？」

「『尾行』は大げさな言葉です。すこしおしゃべりするためにどこか静かなところであなたをつかまえたかっただけです」

「それで何を私に話したいのですか？」

「もちろん、フタ・ジャロンに関してです！　でも、礼儀上、自己紹介します。バヨル博士です！」

バヨル。スーダンへのガリエニの遠征の海軍医師！　信じられない。チムボとディンギライエの後でセグウかカイで彼と会えないかと考えていたのが、扉で盗み聞きしていたのを見つかった後で違法な博打場みたいなところで出会うとは！　スーダンで戦う前にコンゴで輝かしく名を上げた真のフランス人兵士、海軍士官である。意固地な額、横柄な口、悪意と知性に満ちた目を、彼は長く見つめた。いや、敬服できない。彼は、平手打ちしないよう、相当努力した。

「そんなにフタ・ジャロンに興味があるのですか？　それで、どうしてあなたはそこまでひとまたぎしなかったのですか？」

「上官が私にそれを要求しませんでした」

「海軍では上官に相談しないで便所に行くことは良く見られないのは事実です」

「それは滑稽なことではありません、ご理解ください！　私たちは祖国に仕える兵士であって、風変わりな冒険者ではないのです」

「上官の命令で、そんなことを言うために私に会いに来たのですか？」

「いいえ、私は自分で来ました。すべてが私たちを隔てています。あなたと私を。考え、外形、気質。ひとつだけを除いてすべてが。フタ・ジャロン！　私はあなたのように、それは、スーダンにおける私たちの配置の主要部分であると考えています。さて、イギリス人たちは私たちを追い抜きたいようです。今日の朝、イギリスのガンビア総督、ゴールズベリーその人によって指揮された使節を送ったばかりであることを知りました！」

「卑劣なやつ！……フタ・ジャロンにゴールズベリー！　それは重大だ！　そのためにあなたがここにいるのなら、あなたが来て良かったと思います」

「いいえ、それだけのためではありません」

「ほかにはなんですか？」

「チムボへ公式に代表を派遣するというあなたの考えを、私は気に入っているとお伝えするためでもあります」

「ついに、私を理解する人がひとり！　それで、クルエを説得するのに何を待っているのですか？　ガリエニと接して慎重になったのですか？」

「その老いた熊のクルエを畳むには不十分です！　しかしあなたは……」

「私？」

「そうです。それをガムベッタに話してください。会議所の会長の所への入場券をあなたが持っていることは知っています。ガムベッタが加わるなら、クルエは実行するしかありません」

「ええ、いいでしょう。それでは！　彼に私の条約を見せて、誘惑することがたぶんできるでしょう」

「急ぎましょう。イギリス人たちがあなたの条約を灰にする前に！　では、さようなら。連絡しあいましょう」

オリヴィエ・ドゥ・サンデルヴァルは相手が手を差し延べたとき、くしゃみした。

「おお、すでにこれは氷化の影響！　着込みなさい、オリヴィエ、着込みなさい！」

そして、意地悪な笑いを浮かべながら、扉のほうに向かった。

目覚めると彼は会議所の会長に伝言を書き送った。返事はポーターが持ってきた。「あなたのフタ・ジャロンの話を急ぎ聞きたく思います。ドゥルアンで今晩一緒に食事するのはいかがですか？　そこは、流行のオー・ビュフやグラン・ヴェフールより静かでしょう」

パリの名士たちが出入りするレストランのまだ短かかったリストのなかで、ドゥルアンは新しい小さなレストランだった。礼儀作法を重んじて彼はかなり早く着いたが、ガムベッタはすでにグラスを前に、手にフィガロを一部持って彼を待っていた。

直情的で端的な独自のスタイルで、すぐに主題に入った。

「今朝、クルエに会いました。はっきり言って、あなたの新しい考えをきちんと納得させられなかったようですね。私とは、もっとチャンスが多いと思います」

「あなたに期待します。会議所の会長としてよりも友人として話します。ふたつ。正真正銘の植民地省の即急な創設と、チムボのアルマミへの公式代表団の即時の派遣です」

「不可能です、友人！　私たちは前例のない予算危機のなかにいます。フタ・ジャロンへの代表団派遣に関しては……」

「それは、必要不可欠です、ガムベッタ！」

「あなたの精神のなかではすべては単純でしょう！　クルエから聞いたところによれば、あなたは豊穣な想像力をお持ちです。では、その、氷化の話をしてください！」彼は笑った。

「それはあなたをも笑わせますが、おかしなことは全然ありません。精神は、会長殿、動きのなかに組み入れられてからしか進歩しません。そうです、世界は静的ではなく、絶え間なく動いています。地球、気候、種族！　動かないものはありません！」

「種族も！」

「特に種族です、会長！　白人種の人間性は、その進歩の最終点に至っているのではありません。私たち人類はすべてではなく、その枝のひとつに過ぎません」

「あなたのことを理解するとするなら、アフリカの猿たちはプラトン、デカルト、ヴォルテール、そしてゲイ・リュサックの作品を追い求めるだろうということですか？」

「猿とは言っていません。くろんぼたちです！」

「よくわかったとするなら、彼らの精髄が氷化のときに目を覚ますだろうということですか？」

「そのようなことです」

「あなたは運が良い、私のオリヴィエ、あなたの正面にあなたと同じに小説的なことを好む者がいて。クルエと反対に私はあなたを気違いとはしません。しかし、私があなたのような思考に慣れるには一、二世紀かかるようです」

彼は立ち上がって、コートと杖を頼んだ。そして付け加えた。

「それでは、すべてを大臣官房室に話します。もし官房室がだめなら、それ以上は私に期待しないでください」

彼はすぐにマルセイユに戻ってこの電報をゴレの彼の在外商館に送った。

「親愛なるボナール、
ボルドーで船から降りて電報して以来私のニュースを伝えなかったその理由は、全く単純です。ニュースがなかったからです。モントルドンの私の家族はもはや普通とは言えない日々を過ごしています。フランスの生活に関しては、国会で聞くことができる、押し出される大きな声を除き、臨終を感じている老いた金利生活者の静かで陰鬱な生活です。ただ、私たちに隷属する国、フタ・ジャロンの利点を官僚たちに理解させるためによじ登って行って消耗したパリから戻り、ついに、ニュースに出会いました。イギリス人たちは、ガンビアの彼らの総督、ゴールズベリーその人をチムボへ使節派遣したようです。私たちにとってそれが良からぬ一撃であることをあなたに理解させるための論証は不必要でしょう。どれほどにイギリス人が腹黒く、どれほどプル族が強欲で移り気であるかはあなたのほうが良く知っています。これらふたつの不実の種族の出会いは、私たちの条約を飛ばし、プレゼントや在外商館によって投資した宝のすべてを消滅させる危険があります。そこであなたに指示します。私たちが（不正取引をするイギリス人たちでなく）アルマミの友人であり、私たちの条約が常に有効であることを確かめるため、すべてに優先して、チムボに行くことを。くろんぼたちの王たちのあさましい風習をあなたは知っています。彼らのところでは、友情は最高入札者に行きます。だから、それら見苦しい領主たちをプレゼントでいっぱいにすることをためらわないよう（とりわけ、パテ、アギブ、ボカ・ビロ、そしてアルファ・ヤヤ）。それぞれに鏡と琥珀の玉ひとつ。イギリス人に関しては誹謗しなさい！　哀れなゴールズベリーを妨害しなさい！　彼らは唯一の欲望しか持ってないことをプル族に理解させなさい。アルマミの首を切り、国を奪い取ること。プル族の感じやすい弦に乗じなさい。伝説の誇りに、イスラムへの執着に、彼らの国の独立に。悪者のイギリス人たちが壊したがるすべてを。フランス人は……私が常に彼らの支持者で献身的な友人であり、あり続けることを百万回繰り返しなさい！言ったようにしてから連絡ください。

その間、私は各省を執拗に攻撃するためにここに留まります。今はすべてが私に反対です。しかし、あなたは私のことを知っています！……

可能になり次第、私はフタに戻ります。

沿岸のポルトベの皆によろしく」

冬は新たなことは何も起こらないままに過ぎた。ガムベッタのほうも、チムボのほうも。したがって彼は彼の新たな存在の二極にすべてを費やした。夜の生活の間は、他の人たちは夢を見るが、彼の悪夢たる不眠症が哀れみなしで君臨する夜は、彼の旅行手帳と難儀な理論、『絶対』に。昼間の生活の間は、マルセイユの平々凡々の生活に。スポーツ、仕事、宴会、そして家族。かつて機会がなかったため、今はそれに乗じているジョルジュ、一〇歳、マリー・テレズ、八歳。ふたりは手短な言い訳をして、まじめな召使たちと家庭教師たちの腕から逃れ、彼の腕のなかに逃げ込んだ。彼は些細なこと――食卓での肘つき、だらしない服、やっつけ仕事のラテン語や数学――でふたりを叱った。その一方で内心、ふたりの頬を愛撫し、父たる心には優しさと情愛の血が人知れず流れていた。

雪が止み、コウノトリが南の最後のもやを翼の一撃で引き裂いた。相変わらず何もなし。

彼の大事な人、ローズは、鳥の歌とジャスミンと、太陽でいっぱいの春らしいまばゆい日の下で、愛とロマンチズムで心をいっぱいにしていた。だが、やがて、よく尽くしてくれる夫が近くにいてくれることも、メフィストフェレスのような〔悪魔に魂を売って、冒険を助ける〕日常の演技も、彼女にとって十分ではなくなってきた。彼女はマルセイユの高地のほうにぬれた視線を投じて、彼にくっついてわざとらしく泣いた。

「エメ、ほんとうに私を愛しているなら、昼食はヴリエール山の頂上にして、こんどはスカラ座にも連れて行って!」彼は、同じばかげたことを二度するのは興味あることではないことを説得するのに途方もない時間を掛けた。ヴリエール山での二度目の昼食は何の効果もないだろう。野次馬たちと新聞は彼を無視し、彼らにとってそれは余計な一杯のシャンパーニュであるにすぎないだろう。スカラ座は卓抜な着想だが、でもやはり、ヴリエール山ではなく、カヘルの台地でなら賛成だ!

少し待つだけで十分だ。高慢なプル族の王子たちを従わせ、宮殿と駅を建て、通商と工業を興す間、彼らはパリ、ミラノ、フィレンツェ、あるいはロンドンをモデルにしてオペラに先鞭をつけるためのどこかの木立をみつけるだろう。何処をモデルにするかは彼女が決めるだろう。スカラ座は開所式を行うためには最良であることは明らかだ。その地は二重に文明化される。経済のための鉄道と風俗習慣のための叙情的芸術!

「どんな名前で君臨するの、エメ?」

まだ考えてなかった。彼はメロヴィンゲン家あるいはナイル河の大国をさがすだろう。メロヴェとか、ラムセスのような。あるいはそれらを組み合わせ、メラムヴェ。エジプトの絶頂とフランスの開花! メラムヴェ、それはくろんぼの名前とも取り違えられそう! 単にメラムヴェ、創始者たちに組み合わせ文字は多くない!

「そして私を何と呼ぶの?」

「ローズ! 何よりも最も美しい花の名前! 棘! かおり! 不安と愛とが同時の!」

そう答えながら彼は、ダランダのことは思ってなかった。到着以来、彼女のことはもう思っていなかった。いや、彼女たちは交差し、競い合う異なる二人ではなかった。エミリー、ローズ、ダランダ! 彼女たちは同一人物の異なる状態を表現していた。ここでは雪、あちらでは液体の水。変身はどこか大西洋のまん中で起こる。それは何も感じない。悔恨も、悲痛な思いも、疑いも、心配も。その場合は、身震いさせるくだらない感動も、ばからしいモラルも感じない！　彼はプル語でローズを何と言うのか問うたことはなかった。おそらく、ダランダだ。

「ああ、カヘル！　来年はそのようにして、エメ。なんてマルセイユは退屈なの！」

彼はすぐに、彼女をシシリイ島に連れて行くために船を借りた。

戻ると、見知らぬ人が訪ねてきた。彼は執事に、私的な用事で来たのではないと言った。そのりっぱな青年は、外国からわざわざ来たことを強調した。

「アクセントから判断するに、イギリスでしょう！」

エメ・オリヴィエは、長居はさせないことを示すために、見知らぬ人を農家の書斎で受付けた。男は、いかにもイギリス人気取りで、袖なしマントと杖を預け、手袋を脱ぎながら進んだ。

「グラドストーン・ジュニアです。あなたに会えたことは私の大いなる喜びです、オリヴィエさん！」

「グラドストーン・ジュニア！　首相の弟さんということですか？」

「弟ではありません、オリヴィエさん、息子です」

「首相閣下の息子さん！　私のような貧相なフランス人があなたたちの帝国のために進言することにどんな利点があるのですか？」

「フランス人たちはいつでも、私たちにとって大きな関心事でした、オリヴィエさん」

「とりわけジャンヌ・ダルクとカレーの市民は！」

「オリヴィエさん、それらはすべて過去のことです。私たちは今は友人です！　とにかく、私は友人としてここにいます」

「では、ワインを一杯どうぞ。フランスでは友人をワインでもてなします。ワインで！」

「もしあなたがそれを刑罰と見るなら、私はそれを何度でもお受けしましょう、オリヴィエさん」イギリス人は大きな音をたてて乾杯した。

「あなたの父上があなたを遣したのですか？」

「彼は知ってはいますが、私は自分自身のイニシアティブで来ましたと言っておきましょう」

当然、彼は一方も他方も興味を持っている唯一の主題のために来た。フタ・ジャロン！　ロンドンでも、彼のチムボ滞在とパリでの不運な働きかけは知られていた。

「クルエは正しいです、オリヴィエさん。あなたの使命をフランス人たちはスーダンの林間の空地に見い出だしています。つまり、あなたこそ、フランスの啓蒙の世紀の人です！　したがってそれらの森は私たち惨めなイギリス人たちに残してください！」

グラドストーン・ジュニアは、イギリス人が世界のその地域に、フランス人よりずっと早く先駆けて着いていたことを長い時間をかけて論証した。「ワットとウィンターボトムは一七九四年から、キャンベルは一八一七年、あなたたちのモリエンよりずっと前です！　先占の規則を適用するなら、フタ・ジャロンは正式に私たちのものです！」

オリヴィエ・ドゥ・サンデルヴァルは、フタ・ジャロンは正式には誰のものではなく、イギリスのものではは更ないと反駁した。アルマミは誰ともサインしていない。キャンベルとも、レイイング准尉とも。

「プル族はあなたたちに以上にひねくれています。彼らはいつもサインしたようにみせかけて決してサインしません……私を除いて！　なぜ私とサインしたかわかりますか、グラドストーンさん？　なぜなら私は国家でも、軍隊でも、銀行でもないからです。私はひとりの友人なのです」

「ううむ、友人！　これはあなたはどう思いますか？（銀行券が詰まったかばんを開いた）それに卿閣下の称号とあなたの条約との交換はどうでしょう？」

オリヴィエ・ドゥ・サンデルヴァルはものすごく怒って口をとがらした。壁のほうに飛びあがってカラビン銃を取った。

「ここから出て行きなさい、グラドストーンさん、それとも、私はイギリスに対してテロ行為を犯しましょうか！」

グラドストーン・ジュニアは、巷に言われるイギリス人の冷静さそのままに、「ちょいとすいません」と言ってグラスを取り、ワンフィンガーを空け、静かにかばんを閉じ、マントとステッキを取り、丁寧に挨拶してから馬車に乗った。オリヴィエ・ドゥ・サンデルヴァルは出口までついて行き、かんかんに怒ってつばを吐き、扉を乱暴に閉じた。

続く数週間を彼は旅行記を書き、フランスの端から端へインタヴューと講演をしながら過ごした。最もへんぴな地方の新聞が彼に取材記者を送った。ドイツとベルギーからさえ来た。フロックコートの若者たちから、いろとりどりのチョッキの幅広返し襟の背広まで、ガーゼの服の、マンティーラの、そしてカプリーヌの社交界の人たちが彼の話を聞くために地理学会のサロンにひしめいた。ボルドーで、モンテリマで、ディジョンで、あるいはアングレムで、皆は「ブラボー」と大げさに言いながらヒーローに熱烈に接吻した。皆は花を贈り、ひしめきあっては横に並んで写真を撮った。トゥルーズでは、ロマンティックな若者たちのグループが「フランスのフタ・ジャロン、フランスのフタ・ジャロン！」の叫びで彼を迎えた。講演が終わると、少年が彼に小箱を差し出した。

「それは何、若者？」彼が質問した。

「あなたの鉄道です、もちろん！」

これは彼の心を揺すぶり、涙を隠すことなどできかった。

「ああ、パリの各省で皆が君みたいなら、我が少年よ、フランスは救われるのに！」彼は愛情を込めて少年を抱き上げながら嘆いた。

エメ・オリヴィエはパリで各省を訪問したが、それまでのところ何も良い結果は得ていなかった。各方面への手紙も次第に数が増え、執拗さも増していったが、それにも返事はなかった。

四月末、彼の称賛者たちから毎日受け取る束から一通の封筒を開いたが、ガムベッタの筆跡を確認して喜びの叫びをあげた。ガムベッタはおよそこう言っていた。「私はついに、チムボへの代表派遣を政府に認めさせました……私が忘れてはいなかったことがわかるでしょう！……敬具、ガムベッタ」追伸として付け加えていた。「考えられないことですが、フタ・ジャロンのあなたの混沌とした話は今ここで体を成そうとしています」

彼は走って家へ戻り、妻とこどもたちに接吻し、シャンパーニュの栓を抜いた。その後、書斎に入ってひどく興奮して返事を書いた。喜び、しきたりにならって長いお礼を書き綴ってから結論した。「私があなたから得られる最良のニュースです。今すぐにでもチムボに戻り、今度は正式にプル族の私の友人たちと話し合う用意ができています。私について来る一団の人選と、また代表派遣の日時の決定も、政府に委ねます。いずれにしろ、私の意見として、雨季が始まる前に為されることが好ましいでしょう。フタ・ジャロンでは、六月になるとすぐに、平原はすべて水浸しになり、道は使用不可能になります」

さんざん迷わされた末、今度はチャンスは彼のほうに傾いたようで、同じ週、ポルトガルの宮廷からの手紙を受け取った。国王ルイ一世は、カシニとフォレイヤのために提供した情報と条約に感謝して、彼にサンデルヴァル子爵の称号を授与し、国王勅許状と勲章を受け取るためにリスボンに来るよう近々招待すると告げていた。

つまり、天は彼しか見ていなかった。

一週間に満たぬうち、ひとりの船員が訪ねてきた。つつがなくチムボから戻ったゴレの彼の配下、ボナールからの伝言を渡しに来たのだ。その間、プル族でなくては理解しがたい交代の規則に従ってソリイから替っていたアルマミ、アアマドゥは、サインされたフタのすべての条約を確認しプルの不滅の友情を繰り返し誓っていた。ボナールはアルマミを説き伏せるのに多くの苦労はしなかった。不器用なゴールドスバリーはとてつもないことをしていた。軍人の繊細さで、アルマミへの敬意のしるしに宮殿の前で彼の部隊を行進させるへまをしでかした。疑り深く過敏なプル種族はそれを威嚇ととった。それはイギリス人が好戦的な意図を持って来たことのしるしだ。オリヴィエ・ドゥ・サンデルヴァルがアルマミに言ったことはほんとうだ。「イギリス人たちは侵略者です。頭には唯一の考えしかありません。アルマミの首を切り、フタを隷属化する。だが私、オリヴィエ・ドゥ・サンデルヴァルは、あなたたちの友情を求めているだけです」「イギリス人は軍事パレードが終るや否や《ウスト〔犬に言うように「さあさあ出て行け」〕》と言いました。オリヴィエさん、チムボの道は常にあなたに広く開かれています」船員は、拳骨を突き出し腕を上に曲げて締めくくった。

そのニュースは、アコーデオンの演奏付きの田舎の昼食で味わうブルゴーニュのワインと同じ効果をエメ・オリヴィエにもたらした。彼は舟遊び、舞踏会、宴会を再び始めた。終わらぬ不眠の夜は『絶対』を丹念に仕上げ、午前中は旅行記の言葉の仕上げのために捧げた。午後はカシス方面で、石灰質の荒地に野うさぎを追い、湾を囲む岩をよじ登って過ごした。週末は家族をベールの池やゴムベール城の森にピクニックに連れて行った。庭の松の木の下で横になってくつろぎ、『ル・プチ・マルセイエ』を読んだり、大分整ってきた次回チムボ遠征の準備用の手帳にさらに文字を加えたりした。

春はすぐに過ぎ、夏は（むこうでは止まない雨とおそろしい雷の雨季）駆け足で来たが、相変わらず海軍省には、何かが起こる前ぶれはなにもなかった！　五月半ば、彼はシャルル・ルーをせっついた。

「手紙を書きなさい！　たぶん忘れているのです！」

「でも誰に、親愛なるジュル？　クルエにそれともガムベッタに？」

「もちろんクルエに。ガムベッタはもうできることはやりました！」

彼はクルエに手紙を書いた。とても驚いたことに、返事がすぐに来た。問題の派遣隊はすでに五月、フタ・ジャロンに向けて出港した。手紙の書き手である無名の原住民問題課課長は、職務に忠実ならば、伏せておくべき派遣隊の指揮官の名を明かしてしまっていた。バヨル博士。デッサン画家、写真家、そして海軍士官となったノワロという名の、フォリイ・ベルジェールの旧喜劇役者を名乗るものが一緒だった。彼らは、チムボのアルマミを正式訪問者としてパリに招待するジュル・グレヴィイ大統領の手紙を持っていた。エメ・オリヴィエの心臓は胸から飛び跳ねそうだった。執事にトランクを用意するよう言いつけ、御者に次のパリ行きの列車に関して調べに行かせた。また、彼がパニック状態なのに驚いた妻は、シャルル・ルーを呼びに走った。エメ・オリヴィエの感情過多の性格と大声を知り尽くしているシャルル・ルーは、彼がパリに行くのをとどまらせた。

「それは事を悪化させるだけです！　今は、落ち着きなさい！　先ず、落ち着きなさい！」

「これはシンジケートの陰謀だ！　各省に壊疽を起こさせる泥棒集団！」

「落ちついて、派遣隊の結果を待ちましょう！」

「げす野郎たち！　私のフタ・ジャロンを盗ろうとしているのだ、違うかい！　あなたは私がパリに行くのを妨げるのですか？　それでは私はチムボに行きます。下劣なやつらを無力化するために！」

運命は、行き先を全く違う方向に定めた。その企てはチムボでもパリでもなかった。結局、授爵のためにすぐにリスボンに行かなくてはならないというメッセージが届いた。

ポルトガルから戻ると、プル族の国は、ヨーロッパとクラリイ家の農家のお気に入りの主題になっていた。まるで駅のプラットホームのようだった。レオポルド二世の密使、スウェーデンの地理学者、最近のサハラへの遠征の後、今度はマンゴ・パークのアフリカの跡を冒険しようと望んでいるスイス人旅行家、そしてフタ・ジャロンからアビッシニまで一緒にコンゴ河を丸太船で上ることを提案して来た半ば気がふれたアルザス人を、彼は次々に迎えた。そして、これはいたってまじめな話だったが、オーストリアのジャーナリストが特別にウイーンから来て、詳細な冒険物語を書くよう依頼した。学識ある協会の人々、賛美者たち、野次馬たち、あるいは想像力を養うために彼の快挙を聞きに来る日曜日の連続ドラマ作家たちの数を、彼はもはや数えていなかった。召使が厳しく制限したにもかかわらず、夜も昼も訪問者に悩まされた。仕方なく、彼はこっそり家族を集めて、アヴィニオンの実家に夏を過ごしに行った。そこで、森のなかでの息抜きとローヌ河でのダイビングの間で、彼の旅行ノートの要約である、『大西洋からニジェール河まで』を仕上げるに必要な静寂を見出した。

デュクロック印刷社はすぐにその出版を提案した。彼がゲラ刷りを校正していたある晴れた日、シャルル・

ルーが書斎に突然現れて、『イラストレーション』誌を一部、彼に放り投げた。雑誌は二ページに渡ってバヨルとノワロの派遣隊の帰還を報じていた。一月四日、フランス政府のふたりの使者は、ポワント・ノワールとボルドー間をダカール経由で航海している高級定期船、コンゴ号を下船した。街の新聞と野次馬のすべては港に急いだ。海軍士官たちはふたりだけで戻ったのではなく、アルマミの秘書、かのサイドゥに先導されたチムボのたくましい使節団を連れていた。

新聞は五段抜きでアキテヌ地方の首府での、一風変わった彼らの滞在の詳細を報じた。街の地理学会の宴会の後でカテドラルを訪問し、軍の音楽コンサート、そしてバレーの夕べが供された。「劇場では、」——新聞はからかって書き加えた——「最初の踊り子は、くろんぼの招待者たちの長、サイドゥと呼ばれる者の目をきらめかせた。私たちの街の美——記念建造物と私たちの偉大なる婦人たちのことだが——の前で、唖然とするばかりの、形を成さないブーブーとおかしなボンネットで原野から出てきたばかりのそれら野蛮人たちを観察することは楽しみであった。もし彼らの君主が旅をするのを受け入れていたなら、見世物はひときわ趣のあるものになっていただろうが、あちらの人々のところでは、帝王は戦争のためかメッカに行くためにしか首府を離れない。くろんぼの風俗習慣がまさにそこにある」新聞の結論はこうだった。

シャルル・ルーは今度は何もできなかった。オリヴィエ・ドゥ・サンデルヴァルはすぐに旅行かばんを閉めてパリ行きの列車に乗った。しかし、新海軍大臣のグジャールは受付を拒否し、バヨルとノワロは行方がわからなかった。サン・ラザール終着駅ホテルの彼の部屋で数週間ぢだんだを踏まなくてはならず、パリを通りぬけた彼らの精力的な俗界のひと回りを、新聞、あるいは疑い深いコンセルジュたちの声によって知るだけで我慢するしかなかった。代表団は、グレヴィイ、今は審議会の会長であるガムベッタ、新海軍大臣のオーギュスト・グジャール、セネガルで優れた業績を残した後、今はレジョン・ドヌール勲章の大法官の名誉職に就いたフェデルブ将軍〔Louis Faidherbe 1818.-1889、一八五四年から六五年までセネガル総督を務めた〕に次々に迎えられた。彼らはホテル・ルーブルに泊められ、アンヴァリッドの中庭で名誉授与され、オペラ座で「ハムレット」を見せられた。新聞は、パリの街路上の一風変わった雰囲気と、滑稽な不運な出来事を、きわどく面白い逸話として広く報じた。プル族たちはブチックで大量に買い込んで、伝票を示されたときにこう答えた。

「伝票はチエルノ・バレリオ[7]に渡してください。私たちは彼の招待者で、支払うべきものは何もありません」

エメ・オリヴィエがバヨルをその事務室でようやくつかまえたとき、バヨルは挨拶に答えようともしないで、一片の紙を差し出した。それは、チムボから持ってきた条約で、ひとつはフランス語でもうひとつはプル語で書かれていた。エメ・オリヴィエはやっとのことで怒りを抑えつつ、中身を読んだ。

《長い友情をフランスと結んだフタ・ジャロンは、フランスの人々はアフリカのその所有を広げることでなく、通商を促進する友好関係を求めたことを知っており、ずっと以前からフランスはフタ・ジャロンとその同盟国の特別な問題には不当干渉せず、フタ・ジャロンの法律、道徳、習慣、そして宗教を絶対的な方法で尊重したことを理解する……》二国間の友好と通商を定めた一連の条約が結ばれた。フタ・ジャロンはガンビアとシエラ・レオネのキャラバン隊の一部をフランスのボケの分署に回すことを約束した。

バヨルはエメ・オリヴィエがそれを読むのを、誰かを刺し殺した直後のようにぎらぎらした目で見つめた。

「わかりますか？　フタ・ジャロンはフランスの保護領になったことが、エメ・オリヴィエ！　あなたの条約は価値を無くしました！」

「あなたはこれを保護領条約と呼ぶのですか？」

「これが条約でないなら、何になりえるのでしょう？　サインを見なさい。アルマミのと、私が代表するフランス国家のそれ！」

「あなたは彼らが承知したとおっしゃるのですか？　これらプル族の趣向に懲りすぎた言葉遣いでは、これはあなたに友情を示しただけです。あなたはすでに私が獲得したことに満たないものを得たにすぎません。あなたは幸運です。海軍の中で階級を授与するのが私でないことは！」

「気をつけなさい、オリヴィエ！」

「私の条約に関しては、少し前、私の友人のプル族の保証を得ました。それらは無傷のままです」

「それは私がそこに着く前のことでしょう」

「あなたの旅は何も変えていません」

「あなたはもうチムボでは無です。もしそこに行くならおそらく殺されるでしょう」

「それはいずれわかるでしょう、バヨル、私はそこに戻る準備をしており、今度はそこに定住するためです！」

「さようなら、エメ・オリヴィエ！」

7　チエルノ・バレリオ　プル族がノワロにつけた異名。字義どおりだと、我がくろんぼ領主。

「サンデルヴァル子爵と呼んでください！」

彼は音を立てて扉を閉め、ホテル・ルーブルに急いだ。サイドゥとその従者たちは外交的ランデヴーを終えていた。今度はエメ・オリヴィエの番で、サイドゥたちを訪ね、精神状態を探り、彼らの秘密を集めることができた。『フィガロ』紙の印刷所を、それに、多くのブチック、なめし屋、馬具屋、飾り紐製作所を含む製造所を代表団に見学に行かせた。サーカス、喜劇劇場に誘い、グラン・ヴェフールとヴィーニュ・ドゥ・ブルゴーニュで夕食をした。サイドゥたちは皆オリヴィエを大歓迎するのは控えた。サイドゥは彼との再会を喜び、アルマミの非常に友好的な挨拶を伝えた。「ポルトガルの王があなたに授けた称号のことを知りました。それはあなたの高貴な出身を確認しています。チムボに戻り次第、それを報じましょう。あなたは私たちの友情を受けるに値し、もう心配することはありません」アルファ・メディナという者が、パリの滞在についてプル語で要約された新聞を彼に見せた。「私が死んでからさらにずっと後になって、パリの人たちはフタに来て、皆と再会するだろう」彼らと別れたが、彼の条約が常に有効に保たれているだけでなく、フタは歓迎と祭りのために彼の帰還を待っていることを知った。

『大西洋からニジェール河まで』は一八八三年に出版された。作品はきわめて激烈な批判を受けた。エメ・オリヴィエはサロンと最も威信のある新聞の人気を得た。また風刺漫画家たちと小説家たちに着想を与えた。ある想像に溢れた若いコラム担当者が書いた、いかにもまじめそうだが、まるででたらめなものさえ現れた。「その長い旅に疲れて開拓者は、大きなパイナップルの木陰で休むために彼のハンモックを結んだ」

彼はその年は依頼に応えて過ごした。こちらでは知識人たちの協会が開いた宴会、あちらではサロンや大学での講演。アフリカの美に関する、そして植民地主義の美徳に関する彼の論考は、フタ・ジャロンの問題をより細かく検討し推し進めるのに邪魔ではなかった。ガボリオー・アンサルディ〔Gaboriaud Ansaldi, フター沿岸鉄道施設を批准した条約にサインした〕の後で彼は、彼の条約を確認し、スーダンのほうへの開拓を試みるため、さらにひとつの派遣隊を送った。プル族の怒りっぽさと衝突しないよう、今度は派遣隊を全員くろんぼとし、アアマドゥ・ブブという名の旧セネガルの歩兵隊に先導させた。派遣隊はブバーを出発し、フタを通り、条約の有効性の確認を受け、上ニジェール河のマンディング族の長たちとディンギライエのトゥクルー族の王たちと接触した。

海軍省との関係は相変わらず冷えたままだったが、一八八五年、ベルリン会議で、フランスは〔アフリカ植民地化の原則における〕協定なしの実効的支配の有効性を認めなくてはならなくなり、イギリスの目論見を挫折させるため、彼の条約について権利を主張した。

同年、エメ・オリヴィエはジャン・バチスト号の船長にカルドネを指定し、コムポニ河の大河口を実地踏査するための派遣隊を送り、部下のプラジュとボナールを仲介させて、ナル族の国、バシアとカンディアファラに、つまり内陸部に、在外商館を建てた。

パリの各省庁は彼と断固として敵対し続けた。彼は妻、子供たち、友人シャルル・ルー、そしてフタから来るニュースで心を癒した。一八八五年、アルファ・ヤヤが、カデの土地委譲を承知する旨を伝えた。彼は急ぎそこに在外商館を建設した。

プル族の国での彼の最初の所有地である。

一八八七年一二月、公官庁の狭量とマルセイユの工業界の喧噪にうんざりしたオリヴィエ・ドゥ・サンデルヴァルは、二度目のフタ・ジャロンへ出発した。今度は、海軍省の卑劣な「シンジケート」が攻撃する前に、あるいは腹黒いプル族の領主たちが意見を変える前に、条約をそこで具体化しなくてはならなかった。事態は以前から複雑だった。今後はふたつの前線で戦わなくてはならなかった。ふたつのうちでより恐ろしいのは、チムボの宮殿の陰謀家たちの、ペテン師たちが詰め込まれた後宮のなかではなく、海軍省の閨房のなかである。パリの小役人たちの恥、エメ・オリヴィエが忌み嫌う恥知らずのバヨルは重大な障害となり始めた。こいつをすぐに無力化しなくてはならない。《怪物は、爪が生える前にくたばらせよ！》これを納得するのに、チムボの長たらしいことわざは必要なかった。

彼は急ぎゴレに行き、ジャン・バチスト号を回収し、ブラムに針路を向けた。そこで長く思索にふけった後、フタに立ち向かった。

最初の旅で、勇敢で狡猾な、偽善的で小貴族的な、理屈に合わないがわくわくさせるその国のなかに足を入れることができた。今は、もうひとつの野望が彼を導いた。権力の歯車のなかに指を突っ込むこと。プル族の動揺する世界に体と魂を沈めるため、また、底知れぬ、気高い、気がかりなその人々のニュアンスと巧妙さを捉えるために、旅行者と開拓者の装いを捨て去るときが来た。今回は、宮廷の危険な渦巻きのなかに位置を定めるために、フタの運命を形成するために来た。

始めに、土地が必要だった。そうでなければ、決して王であり得ない！　そのカヘルの平原のことをアルマミに訴えよう。すぐに手に入れなくてはならなかった。そのすばらしいパノラマから、実際の西アフリカのミナレから、近代アフリカの狂気の叙事詩が、彼の君臨の到来が告げられるだろう！　カヘルの平原、やがてトムブクトゥ、そしてリムポポ。

エメ・オリヴィエと会うのが定めだった五人の王子たちに対する十分に細かな考えを、エメ・オリヴィエは今では持っていた。アギブとパテは直ちに遠ざける。ふたりともりっぱ、りっぱ過ぎる、聡明、聡明過ぎる、凶暴な、謎めいた、一言で言えばすごくプル族的な、偉大すぎる領主。ボカ・ビロとアルファ・ヤヤはより普通に、とっつきやすく、より具体的でより柔軟だと彼は感じた。そのうえ彼らは友人だった。だが、いつまで？

彼の情報収集係を通して、地方で密かな争いが繰り広げられ、王子たちの腹黒いライバル意識が激化していることを彼は知っていた。チムボの権威は日毎に弱まった。ラベは覇権の意思をもはや隠さず、独立を目指した！　ラベ、フタの半分！　領土の半分、住民の半分、家畜総数の半分、戦士たちの半分、マラブたちの半分、金の半分。陰謀家たちのすべて、と毒舌家が付け加えた。

チムボでは老いたふたりの君主が王座を交替し、ラベでは死に瀕した王が間もなく亡くなる。どちらの宮廷も同じように、ライバルのふたりの王子に、相対立したふたりの兄弟に、房事の内に、背中の後ろにナイフが待ちうけている。

彼は長いため息をついて、髭をなめらかにしながらつぶやいた。「これらすべてがどのように終わるのかを知りたいものだ。だが、私にはシェークスピアの才能はない」


その後彼は、コモポニー河の暗礁と小さな島々を越えて内地に入った。彼のエージェント、ボナールは喜びに溢れて牧場で彼を迎えた。カデで在外商館を建て終ってフタ・ジャロンから戻り、とても良いニュースを持ってきていた。彼の条約は常に有効でキャラバン隊はフタを問題なく移動できた。ラベでは、老いた王は亡くなり息子のアギブが王座を継いだ。チムボでは、友人のアルマミ、ソリイが、権力に戻る準備をしていた。理解し難いプル族の例の交替制！　そしてすべてを完成するために運命が定めたのか、チムビ・トゥニの王座に、偶像崇拝者たちに対する戦争で最近亡くなった兄に替って、もうひとりのエメ・オリヴィエの友人、チエルノが就いていた。

「子爵、フタの空はあなたのために輝いています！　あなたは今、山々に登り始めます！」


プル族、牧草地、山々、そして崖から転落する危険に立ち向かう前に、先ず、やらなくてはならない儀式に捧げた。ボケに寄って、再度、ルネ・カイエに敬意を表すること。このほとんど宗教的な行為で旅は真の苦難の道となった。

ジャングルの障壁を越えるのに地獄の三日が必要だった。山刀で武装した十人の好漢を、大金を払って行列の先頭に置いた。一八八〇年と同じ繰り返し。すっかり慣れたというほどには決してならない腹痛と下痢、泥のぬかるみと転落。少しはましになったとも言えない村長たちの気まぐれ。隊列が畑を踏み荒らし、果物を取り、あるいは聖域を侵害すれば、綿織物、琥珀を以前同様に強要された。

発熱で半死状態で彼はボケに着いた。港には、修理ドックも倉庫も、常に存在したが、彼を迎える者はいなかった。ムスチエの痕跡はまるでなく、誰も彼がどうなったのかを知らなかった。皆は二年前に黄熱病で亡くなったドゥウ司令官の墓を示し、めくらになり半ば気違いになってフランスに送還された補佐官がどうであったかを話した。新司令官は門を開くのを拒否し、砦の矢倉からぞんざいに呼びかけるだけだった。愚かな白人をばかにすることを軽々しく引き受けることは決してしないだろうセネガルの歩兵隊たちは嘲笑いつつ、事のなりゆきを見守った。

「私はオリヴィエ・ドゥ・サンデルヴァルだ！」彼は強調した。

「まさにあなただからこそ、開けないのだ！」司令官が答えた。

「私はフランス人だ！　助けを求める権利がある」

「あなたは公務中ではない。私たちにあなたに対する義務はまったくない！」

「扉を押し破るぞ！」

「こちらは大砲を放つぞ！」

「開けてくれ、畜生！　医者が必要なのだ！」

「医者はいない！」

彼は、ルネ・カイエに捧げた記念碑まで花を投げに行った。
「今、あなたが耐えたすべてを理解した、ああ、トムブクトゥの英雄！　あなたの故国に加わるため、戦いに勝てるよう！　二度目の襲撃のために、この地に私はいる！」

哀れみを感じた丸太船の船頭たちと魚屋たちが彼を起こし、隊列に加わるのを助けた。彼らはスカンポのスープと、頭痛を抑え熱を下げるとみなされているキンキナの煎じ茶を贈った。それから、数キロメートル離れたバラランデまで連れて行った。そこに設置したばかりのセネガル会社の代理人の家に、砦の医者がいた。

マトゥという名のその代理人は、両手を広げて歓待し、砦の出来事を知っていたロベルティ医師は注射器と吸い玉を出して、ふたつへんじで治療した。

旅を再開するまでに五日間の回復期！　彼はニュネズ河を通り、マングローブのなかを非常に注意深く進んだ。ナヌ族の国は興奮していた。ローレンス王が亡くなり、多くの従兄弟のうちのひとり、ディナ・サリフが身の毛がよだつ殺戮の後に王座を横取りした。これを不満に思う者たちが国中にあふれていて、彼を暗殺しようとしていた。

フタに近づくにつれ、場所と人々は彼に見慣れたものとなった。こちらの森にキャンプし、あちらの泉の水を飲んだ。しかし、いくらかの河は河床を変え、新たな小道が出来、火事、ペスト、あるいは悪魔か妖術師の強迫観念のせいで村々が消滅していた。

チンギランタでは、新たにもたらされたニュースで、エメ・オリヴィエは、再度フタに確実に足をつけることができたと思った。アルマミの使者が、友好的な手紙と多くの歓迎のプレゼントを持って彼を待っていた。すばらしいことだった。チムボは、ほら吹きのバヨルが通過した後にもかかわらず、信義を守っていた！彼の身分にふさわしい、つまり、果てしなく続く称賛の挨拶の後、アルマミは戴冠のためにフグムバに行く準備中であり、エメ・オリヴィエがそこへ直接来るように望んでいると、使者は彼に知らせた。

フタにはすばらしきものが増え、彼はそれを飽くことなく眺めた。人は縦横に行き来し、地方は、常に斬新なパノラマ、思いもかけない滝が残されていた。

住人たちは、最初に比べて敵意を示すことは少なかった。いくらかは彼を認め、暖かくニュースを求め、ミルクのひょうたんとオレンジの籠を贈った。好奇心の強い群衆は明らかに減った。彼が現れても逃げなくなり、肌には以前ほどには触らなくなり、通過に際しつばを吐くこともなくなった。最初の旅で、エメ・オリヴィエは気候と人々の視線に慣れた。この白人はやや奇妙でなくなり、より外国人らしくなくなった。かつて彼に会ってない者も、彼のことを聞いたことがあるようになった。白い手袋の男の伝説は今、神秘性と評判において、プル族がフェデルブに付けた四つの目の男に匹敵した。

彼は友人の国でほとんど自分の家にいるようだった。とはいえ、用心し続けた。言葉に気を配り、食べるものに気を付けた。友人の国だが、プル族の国なのだ。友人たちを裏切らないまでも、友人をスパイし、ときには一掴みの毒を食事にふりかけたり、背中への友情の一打ちと見せかけて拳骨を食らわすのは日常茶飯事である。しまいには感嘆するしかないほどに、かくも曖昧でかくも言い逃れをする住民たちの国。しかしこの国を、彼は今、理解し始め、望み、必要とした。彼の麻薬となった。彼はその光の魔力とその森の神秘な秘密を理解した。彼はフォニオとジャスミンのかおりに酔い、悩ましい河と谷を前に、喜びにめまいがした。気違いじみたそれらの夢のなかで、そのときから輝く水平線と青く覆われた頂上とが混ざり合わさった。

オーヴェルニュの火山やジュラ山脈の高原にいるような快活さで彼は歩いた。詩の断片を書き、ときにみじかい歌唱を歌った。河の流量と坂の高低差を記し、旧火山の石と灰を収集した。根と花を、テリとリンゲイの樹皮を、サンガラとドゥブエの実を採取した。彼は戻ってから、何か得られるものがないかどうか見るため、これらすべてを試験室に送った。宝が地下に満ち溢れ、愛らしい小さな森には薬草と香水の尽きぬストックがあるのではないかと推測していたので。

山賊を、増水した河を、あるいは天然痘やペストの犠牲になった村を避けて、ときおり、二十キロメートルの迂回をした。

夕方、自分のノートを添削しながら、きりぎりすやこおろぎの歌を聞いた。「この大きな森を、オレンジの木の下の木陰を、事業の才に長けた会社によってきちんと施設されたレールを走るのは快適だろう。このフタの山を通って大洋からニジェール河までのロンシャンの散歩を企画しても、三十万フランしか掛からないだろう」自然が眼前に現れる前に、先ず夢のなかで芽を出したことを、彼は快く感じた。「八年前、私の両脚は私を駆り立て、今日それは私に従い、将来は私はそれを担がなくてはならないだろう」と何食わぬ顔で皮肉を言うように記した。暑さと道中の混沌にもかかわらず歩行は快適に感じた。各行程で奇異で楽しみな何かが起こった。ここでは性器隠しを身につけただけのふたりの大男が兄弟殺しの闘いで見世物となり、あちらでは末っ娘の結婚式を、あるいは末っ子の割礼を祝った。そしてそれは、羊肉とフォニオ、あるいはとうもろこしのクスクスと凝乳の、踊りとカルバスと笛の音が連夜続くこととなる、山ほどのご馳走の機会だった。

レマニでは、ひとりの老人がポケットから一ペニー硬貨を出して英語でこんにちはと言った。十年前、銃と商品を持った十人のイギリス人が到着したのを見たと彼は話した。彼らはそこに定住し生活のための栽培をするつもりだった。八ヵ月後、そのうちの六人が死に、生き残った者たちも病気になって途方にくれて、財産を放棄して沿岸に移った。それは村人たちの大きな喜びとなった。さまざまな情報をつき合せて彼はわかった。おそらくそれは一八一七年、モーランの遠征に少し先駆けて為された、パディとキャンベルの不幸な遠征のことであろう。

壮大なパラジの花崗岩の丘！　きちんと耕作された豊かなパニアタの谷！　彼は隊列をゆっくり進め、フレームを組み立てて写真を撮った。ロクタではカクリマ河の急流を研究するために長く留まり、デベアでは、新たな下痢の毒に打ちのめされた。

チムビ・トゥニでは、友人のチエルノがその地の新たな王となり、三日に及ぶダンス、魔術幻灯、それに曲芸の大宴会を開いた。白人はりっぱなルフォシュ銃を贈り、お返しにヤギの皮のすばらしい鞘で飾られた刀とチムビ・トゥニのバ一族の家系をたどった手稿を受け取った。話はすぐにふたりのかつての共謀のことになった。

「今度は何を頼みに来た？」

「土地だ、我が友人、チエルノ、土地！　プル族にとってよそ者であることを乗り越えたい。プル族のひとりになりたいのだ」

「そんなのを聞いたのは初めてだ！　要求すればアルマミは土地をくれるだろう。チムボに土地は不足しない」

「私はカヘルの平原のほうが良い。君の王国のなかだ。パノラマはすばらしく、フタのまん中だ！　さらに、君のところにとても近い！」

「それはほめすぎだ！」

「私に同意してくれると言うことかい？」

「君、白人は頭のなかで起こることすべてを把握するためになんと頑強に精神ができているんだ！　先祖の土地を譲るなんて、ここでプル族がそうするのは見たことない！」

「私は友人として君に頼むのだ」

「友人として？」

「当然それは私たちの関係を恒久的に確固としたものにするだろうが、同時に利益もだ」

「説明してくれ！」

彼は一万ヘクタールのプランテーションと将来の鉄道会社の株ひと束を提案した。彼はチエルノの反応をうかがい、その視線が困惑も怒りもあらわにしていないのを満足して確認した。

「私が承知すると仮定して、イェメ、それは解決法と言うよりは問題なのではないか?」

話はまじめになってきて、イェメは目を大きく開き、チエルノは考え込んだ。

「鉄道会社の株のひと束は誰にも問題はない、チエルノ、我が友人!」

プル族のところではいつでもひとつ問題がある。とチエルノが言った。カヘルは彼ひとりに帰属するものではない。高原はラベの地方とチムビ・トゥニとの合流点にある。チエルノの承認では十分ではなく、ラベの承認も必要で、また当然、神と預言者に続く地位のフタの主人であるアルマミの承認もいる。さらに、白人は、フタの土地を所有するにはプル族でなくてはならないことが、さらには、領主でプル族でなくてはならないことがわかっていないに違いない!

「どうやって領主でプル族になるんだ?」

「何とかするさ。ラベとチムボの承認を取ったら君はサインしてくれるかい?」

「その条件なら、たぶん! でも気をつけて、白人、もし今話したことをアルマミが告示する前にフタが知ってしまうなら、君の首を切るぞ!」

「だいじょうぶだ、チエルノ、私はまだプル族になっていないけれど、すでに嘘をつくことと盗むことは知っている!」

エメ・オリヴィエはむしろ楽観的に小屋へ戻った。依然として良きプル族であるチエルノは警戒したが、その王国の一部を譲渡しなくてはならないことにまゆをひそめる雰囲気ではなかった。エメ・オリヴィエは、チエルノがもっと憤慨するだろうと予想していた。エメ・オリヴィエは良い夜を過ごした。つまり、一五分の長いあいだ眠れた。家の主人が明け方すぐに扉を叩いたとき、エメ・オリヴィエは、良くないニュースであろうとわかった。

「ラベでフランス人が捕まった」

「神父か、兵隊か、開拓者か？」

「私は何も知らない。なんと言う名のかさえも、ひとりなのか、誰か一緒なのかも知らない」

「それは良くない兆候だ、とても良くない兆候！」

奇妙だ。奇妙だ。オリヴィエ・ドゥ・サンデルヴァルはフタへも、ゴレへも、ブラムへも、ボケへも、代表が派遣されているとはどこからも聞いていなかった。

「私も用心しなくてはいけないと、君は思うかい？」

「いいや、君はアルマミの友人だ。それは、ここでは本当の防御板だ！　それはそうだとしても、君はまったく新たな状況のなかにいるということだ」

さらに深く探る必要はなかった。チエルノの頭の掻き方でイェメはすぐにわかった。

「率直に言ってくれ、チエルノ、君は私のために恐れているのか、あるいは君のために？」

「フタは複雑だ、イェメ！　私たちのところでは確かなことは何もない！」

「わかるよ！　いつ私が出発するのを望んでいるのだ？」

「今日は土曜日だ。長い旅を始めるのに土曜日は良い日だ」

「よし、それでは最後にひとつお願いだ。コクロ河を渡るために二十人ほどの兵士を貸してくれないか？」

「君の最後の願いは承知だ！　私はまだ君の友人だ、イェメ、疑うことはないよ！」

彼が心配したことがすぐに現実となった。案内に来た衛兵が、フグムバから二時間ほどの、二十ばかりの小屋の小集落であるディギまで迂回させた。

「そうか、前のときと同じ雰囲気だ。ただ前回はチムボだったが今度は原野の底なしの穴だ。ボケで、サン・ルイではなおさら、誰も知らないままに、ここで飢えて、へびに噛まれて、あるいは激しい毒で死ぬだろう。これらよこしまな者たちは、フグムバで空しく私を待ち、決して私が到着するのを見ないだろうことを、胸に手を当てて誓ったのだ。かくも打ち解けたかくも優しい、哀れなオリヴィエ・ドゥ・サンデルヴァル！　おそらく、猛獣か大通りの強盗かに！　サン・ルイあるいはパリでも、チムボの王座から大通りの強盗に働きかけるなどとは誰も疑わない」

皆は彼にフグムバの人口は四倍になったと説明した。戴冠式のため！　それが彼をディギに案内した理由だ。「しかし、安心しなさい。アルマミは場所が見つかり次第、あなたをその元に来させますから」

彼はこれらすべてを非常に懐疑的に聞いていた。ディギに腰を据えてから、屋根裏は実質的に空《から》で市場も品不足なのを確認した。皆、とり肉や卵を見つけたときは白人のことを思う前に先ずその子供に食べさせようと思った。夕食はしばしば取らずに、シュリイ・プリュドムを読むか、輝く星々を見るだけにとどめたが、そうでないとき、オレンジひとつか野生の漿果のピューレで足りた。

隣人の老婦、アラビアは、彼を哀れに思った。リュウマチで曲がった体型の、やせおとろえた両足の彼女は、できるときは来て、フォニオの皿、ピーナッツ一掴み、あるいは蜂蜜の小さなワッフルを彼に贈った。彼女は、彼が食物に飛びつくのを濡れた目で見、彼が食べている間、髪の毛を撫ぜ、すべてを食べつくしたのを確認した後でしか彼から離れなかった。

「全部食べなさい！　他の人には何も残さないで。あなたは誰よりも不幸なのだから！　まだ母上はお元気か？」

彼は四八歳で、母なしで十分何とかやっていけること、あなたは自分のために尽くして疲れ果てる必要はないと、無駄な説明をした。

「渡して。靴下を洗ってあげるから。あなたの毛布を夕方持って来ます。私の小屋の屋根で干していますから」

「それは私の部下たちにさせて、アラビア。そしてあなたは少し休みなさい！　それに、私は自分で出来ます、子供じゃないんだから！」

「食べなさい、あなたがここの人ではないから皆は意地悪しているのです。私の息子はサン・ルイにいます。ここで皆があなたにすることは、あちらで彼にしなくてはならないことです」

樟脳の水とビスマスに助けられて、老アラビアのまるで母性的な保護に支えられて飢えを忘れ、苦い思い出を絶えず思い浮かべた憂鬱な二週間の後、ついにひとりの若い兵隊の声で救出が告げられた。

「アルマミがあなたを連れて来るよう、私に命じました」

「ああ、やっと！　いつですか？」

「あした！」
「あした、あさって！　ディアンゴ、ファビ、ディアンゴ！　歌は知ってる！　また新たに私が囚人となっているなら、すぐに言ってくれ！」
「どうして囚人なのです？　ああ、わかりました。白人は怒ってる。すぐに迎えに来なかったから！　戴冠式のせいなのです！」

フクムバへ着くと、ここでもまたとても素敵な魔術と幻灯で迎えられた。王の衛兵が、エメ・オリヴィエのために、人波を分けて道をつくった。人々は輝くブーブーと金の装身具を身に付けていて、その中を通り抜けたエメ・オリヴィエは目がくらんだ。兵隊、グリオとターバンを巻いた名士たちの列を通過して、アルマミから二、三番目の席に着いた。アルマミは少し頭を回して、彼が座るのを見た。彼は君主の視線のなかに好意の微光を確認して安堵した。そのような、くつろいだ祝典の良き午後ではあったが、やはりそれでも、ため息とひそひそ話で重苦しい、斜めの視線で、言外にほのめかす、まったくプル族のムードであった。

最後にアルマミが彼を迎えたとき、取り巻きの名士たちのグループのなかで、フグムバの老いた気難し屋たちの数が多く、そのような人たちが王座のより近くを占めているのを確認して不愉快な驚きを感じた。友人であるチエルノ、ボカ・ビロ、パテ、そしてアルファ・ヤヤは確かにそこにいたが群衆のなかにまみれ、ヤギの皮の彼らの席でおとなしくしていた。チムボで頻繁に見た相も変らぬ儀式の再演。アルマミのもぐもぐ言う声、その考えを言い表す、周囲を震動させるグリオの力強い金属的な声！

「おなじ白人をふたたび見るのは初めてである。普通、フタに来たあなたの種族の人々はひとつふたつ嘘を言ってから自分の家に戻り、けっして戻ってこない。あなたは戻ってきた。あなたは嘘をつかなかった。あなたは友人だ。ここはあなたの家だ。皆は沿岸でのあなたの仕事を知っている。バサヤで、カンディアファラで、カデで。そこであなたが行ったことがここであなたがやりたいことだ。在外商館とプランテーション。そのために皆はあなたを完全に信頼している」

白人はとても光栄に思うと述べた。彼は、歓迎され信頼されたことに対してアルマミに礼を言い、そのときの立場を利用して、ラベで拘束された哀れなフランス人の運命に関して尋ねた。

「その白人はスパイである！　ラベの王は首を切ることを要求した。私は拒否した。あなたのために！」

グリオは一時中断して顧問のほうに向いてから、再度白人に言った。

「そのことに関し、今、ガリエニは外交使節を送った。ただ、それを先導していた者は黄熱病に打ちのめされてシギリで死んだ。アルマミは、生き残りがチムボの周辺にいることを知った。彼らはあす、あるいはあさって、ここに来るだろう」

そこから出るとき、かのダランダの夫、ディオン・コインに出くわした。

「アラーは偉大だ、イェメ、生きて両足で立って私の前にふたたびいるとは！」

ディオン・コインは、イェメが誰かを探すように彼の周囲に目を泳がせるのを見て、大笑いした。

「捜す必要はない、イェメ！　ダランダなら、あらゆる誤解を避けるためにコインに置いてきた」

憎らしいディオン・コイン！　その夜の不眠はすべてのうち最も耐えられないものとなった。

新たにマラリアの発作。吐瀉物を掃除しせんじ薬やフォレレを数口飲ませに来た老アラビアに助けられた、キニーネとイペカ〔吐根剤〕の一週間。

老婦は日中しか来なかった。日が暮れると家に閉じこもり、かすかに震える鋭い声で、悪魔の悪事の上に、地上の生活を乱す数えられない罪の上に、朝まで独り言を言うのが聞こえた。星々がほとばしる満月のその美しい夜、彼女は戸を叩き、その奇妙な小さな声はエメ・オリヴィエをびっくりさせ、あわてさせた。

「来なさい、来なさい、早く！」彼女が彼にささやいた。

「先ず、何が起こったのか言って！」

扉を開けるや否や、彼女は彼を外に導き、あせって手を彼の口に押し当てた。原野を通って遠くまで連れて行こうとしているのを知って、ともあれフロックコートを着て長靴を履くのにこだわった。

「どうしたって言うんだ、まったく！　プル族が私を撃とうとしているのか？　そしてあなたは私が逃げるのを助けようというのか？　そういうこと？」

木々を通り過ぎて、一五分ほど歩き、廃小屋の前に出た。

「入りなさい！」彼女が命じた。

ためらっていると、彼女は力いっぱい彼の背中を押し、彼は廃小屋のまん中に入り、避難所のなかに、あるいは野獣の巣のなかに足を入れたのかと思った。火床の赤い火は小さな土のベッドの三分の一ほどしか照らしていなかったが、その上に座っていた彼女を彼はひと目でわかった。

「ダランダ！」彼は叫び、ふたりは、胸を締めつけられむせび泣いて、しゃくり上げながら、地面に転がった。

「少し説明しておくれ！」

「ディオン・コインが知らない間に、原野を通って近道して来たの。あなたがここにいるのを知ってから、じっとしていられなくなったの」

「それで、彼女は？」

「アラビアは私の召使のひとりの伯母なの。この策略を考えたのは彼女たちよ」

「夜、野獣たちのまん中にただひとりここに？」

「村では、皆に見つかってるわ。先ず食べなさい、私の人。話は後にしましょう」

彼女は足元に置いてあったお椀とカルバスのほうに向き直った。そこには蜂蜜とミルク、それに美味な生姜味付けの鶏肉が添えられたご飯の大きな皿があった。彼女がキンケリバの煎じ茶を温めている間、彼は堪能した。

明け方別れるとき、彼女は皮のお守りを差し出して、熱に浮かされたように上から彼の手を閉じて、しっかりと握った。

「これをなくさなければ私たちは守られているわ！　マラブがそう言ったの」

彼は翌日の夕方にも廃屋へ行った。続く毎夕も通った。

ある朝、村に戻ると衛兵のグループが彼の小屋の前に群がっていた。

「何処に行っていたのだ、白人？」

彼は思考が乱れるなかで大嘘を捜したが、これしか見つからなかった。

「言うのは恥ずかしい！」

「あなたの立場なら、やはり言いますが！」長と思われるお守りを持った太った男がすごい声で忠告した。

「あまりにお腹が空いたので、野生の果物を取りに行くのを我慢できなかったのです」

「へ、へ、へ、野生の果物をこの時刻に！　何と奇妙なお腹をしてるんだ、白人たちは！　準備しなさい、アルマミが待っています！」

アルマミは地方の長たちの指名を終えた。街は新たな授冠者たちの喜びと不満な者たちの悲嘆の下で反響しあった。運命は多くの場合一方を支えるだけなので、路地々々では、教会と宮殿に特有の、平身低頭で口の悪い、陰謀とおべっかのムードがむきだしになった。解任された王たちはそれぞれの地方に悲しく帰り、新人たちは贈り物と賛辞で立場を固めるためにぐずぐず滞在を延ばした。アルマミの交替でフタは季節が巡って春がきたようだった。老いた頭は落ち、あらたにすべて花咲いた。

今回は、少なくとも、エメ・オリヴィエの首を切る話はなかった。アルマミは二度目の接待をしたが、同席させたのはマラブとグリオだけだった。

「私はあなたの鉄道と在外商館を建てる権利を与えました。今度は何を私に望むのですか、イェメ？」

「わかっているではないですか、アルマミ！」

「鉄道は覚えています。残りは忘れました。ずいぶん前のことです！」

「鉄道、在外商館建設の許可、キャラバンを通過させること、……」

「もういい、もういい、……私のマラブを貸し与えます！　彼は一緒にあなたの請願書を作成し、私はそれを大審議会に委ねましょう。不満足ですか？　ごらんなさい。私の友人イェメはいつでも決して満足しません」

彼は引き締まった顔つきを保った。それは抜け目のないやり方だった。

「大いに努力したあとだけに、その場で請願が満足されると期待していました、アルマミ！……」彼は文句を言ったが、心の底では秘かに喜んでいた。マラブとふたりだけ。これ以上の思わぬ幸運はない！

エメ・オリヴィエは、プル族にも増して邪悪になって捻くれて、不服を申し立て続け、思ってもいなかったその好機を利用して、請願書のなかにそっとカヘルの委譲を書き加えた。マラブはその巧妙なやり方をすぐには気づかなかった。テキストを読みながら、動転して飛び上がり、甲状腺腫で締め付けられたこの山岳の住人――この辺では多い――の目のようになって、白人を見た。

「カヘルの平原？　私はあえてそれを書きはしないぞ！」

その部分に線を引いて消すために葦のペンを掴んだが、オリヴィエは手のしぐさでそれを止めた。

「心配は要りません！　すでに承認を得ています。そうでなければ、あなたに押し付けたりしません」

息を詰まらせていたマラブは少し楽になったようだ。

「それで、チムビ・トゥニの王は承知なのか？」

「彼がそれを提案したのです」マラブを目の片隅で見ながら、危険をすり抜けた。

「ラベの王は知っているのか？」

「すべてが規則通りなのを保証します。心配はいりません！」

マラブはぼうっとした視線を周りに回した後、いま理解したことが現実になろうとも、世界がぐらつくことはないだろうと考えた。そしてあきらめて、紙を差し出した。

「それなら、ここにサインして下さい！」

マラブもエメ・オリヴィエの後でサインして、アルマミに提出した。アルマミは読んですぐ、白人を呼んだ。

「何ですって、カヘルの平原？　わかってるのですか、イエメ？」

「荒地の二十キロメートルだけです」

「通商のためにそんなに多くいるのですか？」

「私の鉄道のために基地が必要なのです、アルマミ！　あなたに土地は不足していないではないですか。ニジェール河の河岸地方とシエラ・レオネからニコロ・コバまであなたは君臨しているのではないですか」

「それらの土地はプル族のものです。私はささやかな番人に過ぎません。一外人にフタの土地が譲られる、そんなことはいまだかつて見たことがありません！　チムビ・トゥニとラベがすでに承認したというのは確かですか？」

白人は沈黙していた。答えられないということは非常に重大だと察して、マラブは急ぎ釘を打ち込んだ。

「この外人が主張しているのはそういうことです！」

「いずれにしろ、決めるのは私ではなく、大審議会に照会しなくてはなりません。では、ディギに戻りなさい。召集するときにすぐ連絡します」

「私のフグムバの小屋は？」

「ディギにいなさい！　フグムバの王はあなたが彼のところにいるのを望んでいません」

彼はディギに戻る前に、秘密にアルファ・ヤヤに何とか会えた。

「カヘルのことをアルマミに話した。それがあなたたちから承認されている限り、不都合は一切ないと言われた」

「私たち？　私はラベの王ではなく、継承権のある王子に過ぎない」

「ああ、あなたの兄のアギブは五キロメートルの藪のためにあなたに反対するような危険はぜったい冒さないさ」

「交換に何を私にくれる？」

アルファ・ヤヤの質問は露骨だったが不快には思わなかった。人を魅了させるのは実際の行動においてだ。

「ブチック、プランテーション、そして私の鉄道会社の株！」

「もっと？」

「さらに何がほしいの？」

「ブラムのあなたの家！」

「ブラムの私の家？……あなたはチエルノより欲張りだ……良いだろう。ブラムの私の家はあなたのものだ」

「もっと」

「たぶんラベの王座のためにお手伝いできるだろう」

ちょうどそのとき、ヤマウズラが木の頂上から飛び立った。オリヴィエ・ドゥ・サンデルヴァルは少しの間滑空するのを見ていたが、彼の同盟者のほうに向き直って言った。

「初めて会ったとき何と言ったか覚えている?」

「縁起の良い朝だ!……友となってくれ、外人! と私は言った」

彼は相手の手を取って雲のなかに溶け行くヤマウズラを見ながら、わざとらしく霊妙を装って話した。

「ふたりが手を貸し合えば、どんなことでも出来る。わかるでしょう?」


ディギは乾季にもかかわらず、水は不足しなかった。村には井戸がたくさんあり、河が近くを通っていた。彼は園芸をしようと考えた。彼の部下たちに従事させて、神経を落ちつかせ飢えを忘れさせるためのすばらしい手段だ。土手を開墾し、小さな運河を掘り、百ヘクタールほど灌漑した。クレッソン・アレノワ、そしてサラダ菜とラディッシュを植えた。果物の木々も植え、さくらんぼと葡萄を試して成功した。できばえに感嘆し、彼のエデンの園を自慢するため沿岸に手紙を書き、白人たちがフタに定住する利点を並べ立てた。

老アラビアが寄こした、グランダの身の上は憂慮すべき状態であるとのメッセージにもかかわらず、衛兵たちとの出来事の後では、ダランダと会うのは控えたほうがいいと思った。なぜエメ・オリヴィエが夜の原野へ脱出するのかを知るため、しばらくは監視されるだろうと思わないのは愚かなことだった。彼が主張したように秘密裏に食べ物を得るためか、あるいは武器を隠すためか。ある日、菜園からの帰り、仕事の手伝いをさせたウオロフ族たちの前方を少し離れて歩いているときに、藪の底から呼びかける声が聞こえた。

「明日、白鳥たちの小川の近くで！　昼半ばの祈りのときに！」

それはすばらしい計略だった。白鳥たちの小川には、密な森の回廊と乗り越えなくてはならない高い土手のせいで誰も行かない。そしてさらに、シバムギと竹で覆われた潅木の林が彼の菜園とを隔てていた。祈りの時刻は誰も彼らを監視できない。したがって道具を背負って除草しに行くように見せかけるだけで十分だ。白鳥たちの小川はふたりの愛の巣になった。かの廃屋のほうで夜に危険を冒す必要もなくなった！　彼女はフォニオ、あるいはご飯のカルバスを持ってきて、彼が食べるのを見て、ほろりとして涙を浮かべながら、決まり文句を繰り返した。

「私を奪い去って、イェメ、私を奪い去って！」

そしてある晴れた日、理由なく、二キロメートル以上村から離れることと市場で物を買うのを禁止された。大審議会は彼にカヘルを与えることを拒否し、フグムバは彼をその地から追い出したがった。老アラビアはまた情愛を示し、貴重なフォニオの料理を振る舞って、エメ・オリヴィエの面倒を見た。彼はチムボのときよりもさらに病的な消沈状態に落ち込んだ。

フォニオと凝固ミルクの質素な昼食の後で、シアン化物のカプセルのことを思い始めていたとき、訪問者が来たのを告げられた。彼はフロックコートを着て手袋をして、空腹と不安にさいなまれて、かろうじて外に出て、苦しげに歩いた。馬に乗ったりっぱな若者が到着した。

「私を覚えていないのですか？」面白がらせているように言った。

「ええと……いいえ。ヒントをください！」

「あなたがチムボを通ったとき、私は一五歳でした！」

「ディアイラでしょう！　言われなくとも。で、どこに隠れていたの？」

「勉強のため、数年過ごしたブンドゥから昨日戻りました。あなたがここにいることを聞いて、すぐに挨拶しに来ました。」

「ありがとう、ディアイラ、ありがとう」

「何かできることがあったら、遠慮なく！」

「私に関し、もう誰も何もできないのではないかと恐れています」

「え、なにか問題があるのですか？」

「問題？　あなたが私をみているここには、我がプリンス、私には行き来する権利も、食料を買う権利もありません。私は老アラビアの施し物と私の菜園のにんじんで生きています」

「それを父に話しましょう」

ディアイラは出発し、エメ・オリヴィエはテネ河の増水を描いたクロッキーの下にこの奇妙な余談を記した。《そのくろんぼディアイラはりっぱな美しい少年だった。ゆったりした鼻孔の細い鼻、よく動く唇、きれいな白い歯の上のピンク色、詮索好きな大きな目、知的で生き生きした視線、優雅で柔らかい手、よく手入れした足。シーラ〔Lucius Cornelius Sylla　ローマ帝国貴族政党党首〕か、あるいはむしろヘンリー三世。デカダンス派の長。廃退するしかないこの美しい若者がもしブールヴァール軽演劇に登場するなら、すべては彼に》

王子の約束にもかかわらず、その後の日々にも、新たなことは何も起こらなかった。フクムバの王は彼にカヘルの委譲を承知したことに反対するだけに留めず、今度は鉄道の許可の取り消しを望んだ。また、財産の没収とフタからの追放を要求した。エメ・オリヴィエは百回も逃亡しようとしたが、すぐにあわれなムテの災難を思い、気落ちしてキャンプのベッドに戻った。

それから一、二週間して、ディアイラ王子のメッセージがついに届いた。アルマミは行動の自由を取り戻させ、新たにフタの穀物置き場と市場を彼に開くことを決定した！

彼はすぐに、穀物と家畜たちのうごめく市で知られた村、ガリに行った。驚いたことに、肉屋は彼の珊瑚の玉を拒否し、ミルクの商人たちは彼の小銭に顔をそむけた。少年ディアイラは嘘をついたのか？　暑さに打ちのめされ、それまでなかったほどの飢え、孤独、意気消沈で疲労困憊した。太った頑強な男が棍棒を振り回して彼を助けに来たとき、坂道は切り立った断崖を避け、急流は浅瀬で渡るように考えて、ディギに戻る準備をしていた。

「その男に売りなさい、すぐに！」

「私を殺して」売り子が答えた。「あなたの棍棒のほうがアルマミのそれよりいいわ！」

「アルマミは彼への販売禁止を取り消した。きのうフクムバで、それは私の目の前で起きた」

「文書を持っているのか？」

「それは必要ない。その文書はモスクでみんなの前で読まれた」

「ガリに、彼に売ってはいけないという報せはきちんと来た。新しいのはまだだ」鳥の商人が言った。

「ガリでは不思議なことではない。みんな頭がぼうっとしてるから」

「なんだと、もう一回いってみろ！」

すごいけんかを見て、哀れなオリヴィエ・ドゥ・サンデルヴァルは、止める力も、消えてしまう欲求も感じなかった。フグムバの方角からひづめの音が聞こえてきて、三人の騎士が現れた。ひとりが野次馬たちを遠ざけて、馬の上で姿勢を正して手に持った紙を読んだ。

「イェメという名の白人に、新たにアルマミの市場に出入りし、彼が選ぶ食料を買う許可が下りたことをフタに知らしめるものである」

「それみなさい？」招かざる客は売り子たちに叫んだ。

「そう、白人は欲しいものを要求し、今は皆は彼に売ることができる！」

「すみませんでした、我が白人、私たちのフタでは、悪いニュースはいつでも早過ぎ、良いニュースは決して時間通りには来ません！　私はここから遠くないところに畑を持っています。そこに行って渇きを癒しましょう！」

白人は頼みもしなかったが、その男は袖の裏側で額を拭い、先程の出来事を忘れさせようと冗談混じりに話した。そして、売り子たちが包み終った食料の山を示した。

「心配しないで！」格闘遊びをしていた少年たちのグループのほうに目をやって男が言った。

「これをディギに持って行き、白人宛だときちんと言いなさい！」

そして新たにサンデルヴァルのほうを向いた。

「簡単でしょう？　では少年たちへ努力のご褒美に何かあげて！」

彼の恩人の畑はそこから二キロメートルのところに、野次馬たちからきちんと保護され、竹の森の花崗岩の壁と、急流がとどろく二十メートルの高さの峡谷の間にあった。マニヨク芋、イニヤム芋、ラディッシュ、キャベツ、オクラ、トウガラシ、サラダ菜、そしてたまねぎで十ヘクタールほどはあった。物置がふたつ、種と道具を保護していた。きれいな五つの小屋の囲い地が彼の住居だった。そのうちのひとつに彼を招き入れ、注意して戸を閉めた。彼は、家庭の食器棚をあさる少年の茶目っ気でささやきながら、ビールとワイン、チーズとハムを勧めた。

「これは？　これは？……これはどうですか？」

白人は、何か言おうとしたが、感激のあまり言葉にならず、こちらへどうぞと言われもしないのに、並べられた食品のほうに急いで行った。

「どこで手に入れたの、友人？　これらの宝をどこでみつけたの？」

「沿岸で！　沿岸！　リュフィスクもサン・ルイも知ってます！　ブラムに住んでいたし、ボケも通りました。おいしいでしょう、ハム？」

「ただ、ただ、すばらしい！　豚肉にワイン、プル族が私たちをみたら！」

「だから戸を閉じたんです！」

「当然！　君は何という名だ？」

「イェロ・バルデと呼んでください！」

「では、イェロ・バルデ、君の友人と握手してくれ！」


翌週、ガリエニの派遣隊の到着が告げられた。彼はすぐにフグムバに行った。派遣隊は百人ほどのセネガルの歩兵隊と黄熱病を逃れたふたりの白人で構成されていた。まさしくガリエニの軍隊。完全武装で食料は満載。弾薬と缶詰のケース、それに羊と牛のりっぱな小さな群れ！　彼らはエメ・オリヴィエの前回の遠征を風の便りに知っていたし、彼がチムボやフグムバへ行っていたことを知っていた。

「フラ博士です！」ふたりのうち、年上のほうが告げた。「そして、こちらがプラ中尉！」

アルマミは彼らを村の真ん中の、その中庭に瓶と缶詰を乗せすぎた大きな折りたたみ式テーブルが置かれた、きちんと屋根のかかった小屋々々の囲い地に泊めていた。――したがって、フグムバにはちゃんと居場所は残っていた。深い、いつもと異なる感情が彼を捉えた。フランスの料理のにおい、給仕されたアップル・ジュース、傷つきやすい同国人たちの興奮したちぐはぐな顔！　エメ・オリヴィエはプラ中尉を見て、かわいそうなスーヴィニエを思い出した。ふたりとも二三歳、その年頃の大いなる幻想に身も心も忠実なふたり！

「私たちはルヴァスール中尉のメッセージを受け取りました」医者が言った。

「ルヴァスール中尉？」

「ラベの不幸な私たちの同郷人の話をお聞きになっていないことはないでしょう?」

飢えて病気で今も囚われの哀れなルヴァスール中尉のニュースを彼らは受け取っていた。彼もまたガリエニによって派遣されていた。そのほうが良いとされていた。いつでも異なる旅程のふたつの隊列。罠が詰められたアフリカ、白人たちはどんなに用心してもし過ぎることはない。

エメ・オリヴィエは彼らにそこに来た理由を尋ねた。保護領条約にサインしに来たと察したが、あっているか。

「バヨルのそれは不十分なのですか?」

否、ガリエニの目では不十分である。それは友情を述べているだけだ。さらにきちんとしたものが必要である。

「それであなたはそうできると思っているのですか?」

「選択はさせません!」フラが一撃加えた。「今、保護条約を結ぶか、しばらく後に戦争か。サン・ルイではすでに軍隊を準備中です」

「ふーむ、あなたはかつてプル族に関わったことがありますか?」

「いいえ、実際には!」

「それでは、そのように話す前に、彼らを知るべきです。アルマミに会いましたか?」

「今朝、条約の企画を彼に読んで聞かせました。長老たちと相談すると言ってました!」フラが答えた。

「この国で十年前から生きて、それらの人たちと交渉してきたあなたとしては、どちらの端から掴むべきだと思いますか？」プラが質問した。

　返事をする前に、悲しく、はかない思いで彼の心が沈んだ。何たる無駄づかい！　エメ・オリヴィエの言うことを聞いていたなら彼らはここには来ていなかった！　フタ・ジャロンをフランスは彼の最初の旅から手に入れておくべきだった！　だがクルエは彼を気違いととり、ガンベッタはまじめにとらず友人として聞いただけだった。これらすべてが、彼をじゃまし、自身の昇進を求めているだけの楽天家のバヨルに道を開いた！　ガリエニは勇気にも知性にも欠けないが、大きな欠陥がある。兵士の本性！　フランスはその診断を誤った。マッサージ師で十分なところを外科医を送った。これらの若者たちはその理想と純粋さで彼を魅了するが、同時に深く憐憫を誘った。皆は彼らを戦場に連れて来たのではなく、狼の口の中に投じたのだ。好感と不信感が入り混じった視線を彼らに固定して考えたのはこういうことだった。

《未経験の若者たちをプル族のところに送るのは馬鹿でなくてはできない》彼は自らに言った。《まじめな何かを得るために努力すると声明する。しかし、たぶん、上層部では、ただ意見を印象付けたいだけだ。そしてフタを征服することではない。

　私の見解を伝える相手は彼らではない。彼らは要求されたことをしているに過ぎない。政府に対しても言うことはない。私たちのところでは、耳を貸さない古株がそうでない者たちすべてに対して、仕事として、習慣でしているだけだ。より注意して洞察力をもつべきことを言うのは国民に対してだ》

「それで、プル族は？」プラ中尉は固執した。

「それらの人々は腕でも精神でも捉えられません！　ここでは皆がモンテーニュを読んでいるかのようで

す。これほど揺れ動く人々は他には見られません。決して同じ場所、同じ文句ではありません」

「いつまでも私たちを回避できないでしょう」

「私たちが策を弄することを学ぶことを条件に。ここでは、他を騙すことは欠点とは考慮されず、名声を深める大殊勲なのです」

「彼らが何をしようと、私たちは保護条約をもぎ取る！」プラ中尉が興奮した。「あなたはきちんと条約を獲得したのでしょう？」

「私の条約は、二ヵ月の拘留、一二回のマラリアの発作、五回の昏睡の後で獲得しました」いらいらして答えた。「あなたたちは、紙片ひとつ持ってフタのアルマミにこう言うために、サン・ルイからまっすぐ来ました。『さあ、ここにサインして！』脱帽します、勇者たち、脱帽！」

「私たちは争点がすでに同じではないことを示したいのです。冗談の世紀は終りです！　サインしなければ、侵略します！」

「彼はサインしないでしょう、だがサインしたようにみせかけるでしょう。プル族がみせかけることをどんなに良く知っているかがあなたにわかりさえすればいいのですが！」

「私たちは急いでいます。わかりますか？」

「まさにそのことが悲劇なのです！　彼らは決して急ぎません」

そして、哀れみといらだちを抱いたまま、彼は黙った。哀れなフランスの若者たち！　彼は言いたかった。

「あなたたちの存在は利得でなく損害をもたらす。私たちの利益における損害であって、プル族のそれではない」しかし何も言わず、一気にグラスを空にして、出発するそぶりをした。かくも若く、かくも親切な彼らを傷つけたくはなかった。プラがアップル・ジュースを再度給仕して言った。

「夕食に、残ってください！」

「そのようにお願いするところでした。私のように、何週間も野生の漿果のピューレをたらふく食べて過ごしたら、礼儀作法にはまったく興味がなくなるものです」

エメ・オリヴィエはプラ中尉から、お茶、コーヒー、砂糖、パン、いわし、ビスケット、レンズ豆、そして新聞一山を持たされて出発した。

次に訪問したとき、プラ中尉は死に瀕していた。フラ医師は注射器とガーゼを置いて、それとなく彼を隅のほうに導いた。

「彼が死んでしまうことを恐れます」額を拭いながらつぶやいた。「――彼に代わって病気になりたくはないです！　死ぬには若すぎます。あなた、聞いてますか？　若すぎます！」

「あなたの診断はどうなんですか？」

「この地方で診断を打ち立てることが可能だと思うのですか？」

「彼はその状態から抜け出せるでしょう！　みていてごらんなさい！」医者が落ち着きを取り戻したほどにオリヴィエ・ドゥ・サンデルヴァルは説得力のある調子で言った。

「とても単純なことです。ひとりでは十分な力はありません。サン・ルイは遠すぎ、プル族は近すぎ、哀れなルヴァスールはどんな病気よりもさらに墓の近くにいます」

彼は一日中彼らの所に留まり、病人の汗と嘔吐を拭い、医師の士気を上げた。水をろ過するのを、注射器を消毒するのを、ポマードとローションを準備するのを手伝った。

数日後、ひとりのセネガルの歩兵が彼の家の前に止まった。馬を降りはしなかった。

「あなたを送ったのはフラ医師ですか？……葬式ではありませんか？」

「いいえ、浣腸器のためです！」

そして勇敢な男が説明するに、プラ中尉は回復し、苦しんでいるのはフラ医師で（それぞれ順番に）便秘のため、下剤をかけるために彼の浣腸器を借りに来たということだった。《代表団は浣腸器を持っていない！》それ以上には茶化せない気の配りようで記した。《これが、四十億の予算がある私たちの植民地問題をどのように企画準備しているかだ！　結局、閣僚は平安だ。だが、ここで私たちに代わって閣僚が浣腸器なしで太陽の下で乾燥してしまうのを見てみたいものだ》

くろんぼたちのところで一本の浣腸器も持たないフランス軍！　それにしても、その安価な器具が奇跡を起こし得るとは！　数日後、歩兵が返しに来たとき、一緒に別れの手紙を渡された。フラ医師は体の不調から回復した。すでに、ラッパの音の元で、彼の隊列すべてとサン・ルイへの道を進んでいたほどに！

そしてディアイラは、彼が新たにマラリアの発作と戦っているときにまた来た。

「話しに来るべきです」

「でも、このうえ誰に？」

「フグムバの老人たちにです！　彼らがいなければ、すでにカヘルはあなたのもので、私の父はそれに何の不都合も感じていません！　あす、昼半ばの祈りの後で父が大審議会を開きます。そこで話してください。フグムバの重大な決定に対するためらいを打ち負かすには、あなたを支持しているとは思わせずに、真実を明らかにしなくてはなりません。来てくれるでしょう？」

「選択の余地はありません」

「では、幸運を祈ります。納得できるしごとを！」


不安は試験の前日以上だった。彼は演説のプランをたてるのと自らを奮い立たせるために不眠を利用した。

（よし、進め、言いたいことを言え、だがきちんと！　プル族は演説の種族だ。彼らのところでは気取りが大事。りっぱな演説は行動に勝る）

アルマミのグリオは直ちにカヘルの問題に入った。フグムバのまるで猫のような王、イブライマは、眠ったような雰囲気であるにかかわらず、すぐに反応した。

「その男は特別待遇を要求するためにここにいるのではない。犯罪を犯したために、ここにいる。沿岸に行く途中で取り押さえたこの手紙について話そう！」

「おまえは私たちの土地を取って私たちの王国を占有するために沿岸の白人たちを来させようと望んでいるという話はほんとうか？」ケバリの王が尋ねた。

「この手紙を訳した者は事実の一部を切り離しています。そこにフタの領主たちに対する非友好的なものは一切ないことを誓います」

「おまえが言うように潔白なら、どうして毎週沿岸に行っているアルマミの公式の郵送便を使わなかったのだ？」

「私は手紙を書くことさえ考えていませんでした。ただ、そのアルファというものがディギに来て、沿岸に行くと言ったので、それでは私の配下たちにニュースを伝えてもらおうと利用したのです。ただ、あまりまじめな男でないことは知りませんでした」

彼はむしろ、こう言いたかった。「彼があなたたちのスパイだとは知りませんでした」

「おまえは、成熟した年齢の、マラブという地位の、フタ全体で尊敬されているアルファを、あえて嘘つきだと言うのか？」

激しい非難のざわめきが室内を走った。

「いいえ、はっきりそうだとは申しません。私はただ彼が慎み深さに欠けると言いたかっただけです。私があなたたちとあなたたちの国に抱いているすべての敬意についてあなたたちはご存知です。私のポーターたちのひとりに対してさえ私が敬意に欠けたのを誰も見たことはありません。ましてや、フタの貴人に対しては？」

「きちんと言えてる！」部屋の端から端まで聞こえた。

「しー！」フグムバの長が言った。「伝えたことがほんとうでないなら、沿岸の白人たちにおまえは正確に何と言ったのだ？」

「何とあなたたちの国は美しいのだろう。快適な気候、尊敬すべき愛想のよい人たち。あなたたちを助け豊かにするために白人たちが数人来て住めば良いのに！」

「プランテーションも在外商館も言い訳だ！　フタを奪うこと。おまえたち白人の頭の中にあるのはそれだ！」

彼は悲痛な視線をフグムバの王のほうに向けて、お気に入りの歌唱を歌いだした。イギリス人を攻撃し、プル族の高慢さをあおりつつ、プル族が気に入っていると。

「私の手紙を読んだ者はフタの敵か、あるいは字が読めない者です。私はそのアルファという者が、私の敵であるイギリスから俸給を得ているスパイであるとわかっていましたし、以前から私の部下たちには伝えてあり、したがって私の秘密を彼に託すなど、するわけがありません。イブライマ、あなたは私が侵略者ではなく、アルマミのゲストであることはよく知っています。あなたが望むなら、私はすぐ翌日に出発する準備はできています……フグムバの長たちは間違っていますが、聡明です。私は皆が、皆の友人である白人が繁栄をもたらすことを認めるだろうことはわかっています。皆がすでに知っていることを付け加えますが、一八八〇年、フタで二十人のイギリス人のくろんぼに会いましたが、今年は六百人以上に会いました。メディナでは、王の名で最初に私を迎えたのはイギリス人でした。あなたたちはアルファが私たちに対抗するためにフリータウンが支払っているスパイだというのがわかりませんか？　イギリス人たちはあなたたちと戦争しません、あなたたちを威嚇しません、とあなたたちはいいます。すぐに信用するくろんぼたち！　イギリス人は何も望みませんがあなたたちの王国を、イギリス人を迎え、聞き、従う老いた長たちでいっぱいにします。プル族の大王たちの子孫はその独立を捨てるでしょうか？　フランスは逆で、あなたのところでひとりのくろんぼがフランスのために征服してその利得に先鞭をつけたことがありますか？　ここには、彼の利得ではなくあなたたちの利得を話に来た、武器を持っていないひとりの白人がいるだけです」

エメ・オリヴィエは黙り、以前チムボのときのように、室内に不安な視線を回して反応をうかがった。そこは静かでしんとしており、おそらくうまく防御できただろうことがわかった。フグムバの王は心を動かされないままにとどまっていたが、チエルノ、アルファ・ヤヤ、ボカ・ビロ、それにパテは、その通りだとのウインクをエメ・オリヴィエに送り、アルマミは、喜んだ雰囲気だった。アルマミが数語つぶやくと、グリオの金属的な声が新たに破裂した。

「白人が言ったことはほんとうであり、彼は傘とポケットのハンケチ以外は決して武装していない！一八八〇年、私たちは疑っていたが、今、私たちが十分に見たものを信用することができる。この男は友人である」

「フランスが提案する友情は、油と水の友情だ。一方は上で他方は下」フグムバの王がつぶやいた。

「彼は確かに銃をいくらか持っている」パテが冗談を言った。「だがそれはヤマウズラを狙うため。決してプル族を撃たなかった」

「彼は友として私たちのところに来た！」ボカ・ビロが支持した。

「発音しがたい名前のイギリス人が武器を持ってきた」アルファ・ヤヤが持ち上げた。

「その男は友として来た」チエルノがさらに持ち上げた。「私たちはプル族だ。プラクは私たちの友人をきちんともてなすよう要求している」

これらの会話によって、彼は有利に転じた。以降、口を開く者のほとんどは彼に賛成して話した。

フグムバの老人たちはたじろぎ、押し殺したつぶやきだけが聞こえた。あとはエメ・オリヴィエが勝利をゆっくり味わうだけだった。

アルマミはまたグリオの耳元でつぶやいた。

「白人は話した！　フタは聞いた！」今度はフクムバの王が話す。

フクムバの王は、悪いユーモアを混ぜずに、白人に特には気を配らないで話した。

「その白人をここに連れてきたのはあなたです、アルマミ！　決めるのはあなたです！」

アルマミは、グリオの耳にささやく前に、三分間、沈黙を保った。

「それではいいですか、私が決めたのはこうです。フタはイェメという者にカヘルの平原とゲメ・サンガンの断崖を承認する！　彼はそこで彼の家のように、好きなように通商し、好きなように耕すであろう」

「それはあなたの権利です、アルマミ。だが、その男はプル族ではなく、領主でもありませんので、フタの土地を所有する権利を持つことはできません」

「それではフタのアルマミとして、その男をプル族にし、領主とする」

アルマミは立ち上がり、皆もモスクに行くために、彼に続いた。祈りが終り、祈祷時報係がミナレに上ってタバラを三回叩き、その声のこだまがとどろいた。

「この瞬間から、神が名づけたイェメ・ウェリイェイェ・サンダラワリア、白い皮膚の背の高い個人は、プル族で、フタの市民で、頭から足まで高貴であることを宣言する。王国の尊敬すべき者でカヘルの領主であり、神とアルマミのみが彼を上回る。従わぬものは鞭打たれ、侮蔑するものは舌を切られ、盗むものは首を切られる」

そのときから物事は速く進んだ。避難していた原野の村を離れフクムバに定住する許可が出た。エメ・オリヴィエのウオロフ族の従者たちは勝利の叫びを上げながらディギに付き添った。老アラビアは周囲に気づかれないように注意してエメ・オリヴィエに近づき、ダランダが彼女の小屋で彼を待っているとささやいた。それは危険だった。非常に危険だった！

「愛しいダランダ」彼は彼女を抱きしめながら言った。「いたずらばかり続けるから、ときに罰を与えようと望むのだけど、会えばすぐに他のことを望んでしまう」

「イェメ、今では王様になったのだから、私を奪い去ってくれるでしょう？」

「カヘルに行ったら！　カヘルに行ったら！」

彼が出発する前に、十回約束させた。

中庭で、雄羊一頭と果物の大きな籠を持ったメッセンジャーがいた。

「雄羊はアルマミからで、果物の籠はディアイラからです。アルマミは予定より早くチムボに戻ることを決めました。あしたフグムバで条約にサインし別れの挨拶をするためにあなたを待ちます」

フグムバでの迎え入れは緊張した雰囲気だった。街中の皆が、大事なことを話すように声をひそめて、公共広場のほうに向かって集まっていた。

「なにが起るの？」彼は少年に尋ねた。

「首切りの刑に立ち会うの」

「でも、誰の首切りだ？」

「名前は大事じゃないんだ。見世物なんだ！」

フタは誰の首を切ることを決めたのだ？　こんな短時間に。「神よ、哀れなルヴァスールではないように。神よ、お願い！」

彼はさらに聞きに回ったが、誰も答えられなかった。そのうち雑踏のなかにいたセイドゥのシルエットを見つけた。

「ああ、白人は私たちの司法の習慣を近くで観察に来た。わかるだろう。私たちはまだギロチンを知らない。刀だ」

「ルヴァスール中尉だと思いますが」大粒の汗をかいて言った。

「ルヴァスール中尉？　ああ、ラベで捕まえたフランス人？　でも違います、イェメ、違います。それはあわれなやつ、ずいぶん前から捜していた最近正体を暴かれた強盗です。フランス人だったらあなたの意見を聞いているでしょう。今はカヘルの王なのですから」

マラブと死刑執行人はすでに、動き回り、踊っている大衆に囲まれて、広場の中央にいた。

「良かった、サイドゥ、安心しました。アルマミは来ないのですか？」

「来ます。彼を迎えるために私は先に来ているのです」

衛兵たちによって設置された間に合わせの傍聴席に、セイドゥがエメ・オリヴィエを導いた。すべてが整ったときアルマミが廷臣とともに現れ、席に着く前に、白人に長く挨拶しセイドゥに数言話した。彼は手で合図し、性器覆いだけを着て頭をパーニュで隠した、足と首を鎖でつながれた罪人が連れてこられた。マラブは判決を宣告するため、メガホンのを真似て両手を口の前に持ってきた。

「おまえ、マンゴネ・ニャンはリュフィスクの在外商館から金品を奪い、ブバーのキャラバンを強奪し、マシで動物を盗み、それから名を偽ってヤリに隠れた。しかしボケで捕まったおまえの共犯者ドゥラ・ソウがおまえを告発した。これらすべての理由により、また、未だ知られていないその他の理由により、おまえは首切りの刑を宣告された。今からファティハを読み、死刑執行人は刑を執行する」

彼はコーランを読み、犠牲者の頭をあらわにした。

「だめだ！」

オリヴィエ・ドゥ・サンデルヴァルの叫びが死刑執行人を硬直させた。彼は刀を取上げようとして執行人のところに急いで行き、やっと間に合った。

「その男は私の友人だ！　カヘルの王としてアルマミに特赦を求める」

自分の菜園にエメ・オリヴィエを誘い、ハムとワインを振る舞った男だった。ほんとうはイェロ・バルデという名ではなく、マンゴネ・ニャンで、フタの出身でもない。彼はリュフィスクで生まれた。ウオロフ族だ。

「でもリュフィスクの在外商館を強奪したのは彼だぞ！」意外に思ってサイドゥが言った。

「かまわない、それでも私の友人だ！」

「ほんとうに特赦を求めるのか？」アルマミのグリオが尋ねた。

「そうします、アルマミ！」

熱いどよめきが観客席を駆け回った。皆も意外に思い、いらだって協議した。そしてグリオがふたたび話した。

「領主の誰も、その強盗が領土内に来るのを望まない！」

「それなら、カヘルに来ればいい！　彼は私の最初の臣民となる！」

彼は沿岸に行く前にカヘルに寄って、自分の地所を巡回した。長さ二十キロメートル、幅はせいぜい五キロメートル！　彼は財産目録を作るために新しいノートを取り出した。全部で、草の生えた平原ひとつ、谷五つ、丘十個、泉二つ、滝ひとつ、河三つ、そして末なし河三つだけ。自由人二千人と捕虜五百人を含む五つの村と十の小集落が彼の管轄範囲。ロバ一五頭、犬百匹、牛三千頭、多くのヤギと羊、百ほどの鶏小屋、馬五頭！　彼は草のかおりを嗅ぎ、少しの土を指の間で崩した。まさにプルの土だった。穀物と芋には適さないが家畜と野菜栽培に適する。コーヒー、ぶどう、サイザル麻、それにジャガイモがそこで育つことは、臭いだけでわかった。その高度から、少しオーヴェルニュに似ていると感じた。景色によって、気候によっても。水は豊富に流れていた。

頂の乾きを和らげるために、少しの運河整備で十分だった。他所では、草が年中背が高いままだった。フォニオとうもろこしは唾を吐いただけで芽を出した。花、きのこ、果物は集めるだけ。北側の色づいた傾斜はすぐに彼の目を引き、彼はそこで馬を育てるだろう。続いて彼は南の木の多い平原のほうを見た。そこに、象、ライオン、アンチロープ、そしてヒヒが、世界の最初の日々のように、無邪気に隣り合わせに暮らす公園を創るだろう。

三つの村が彼の注意を引いた。フェロ・デンビを首府に、ディオンガシを経済の中心に、そしてブルワル・

ダラを鉄道の要所とするだろう。

彼は宮殿の場所にフェロ・デンビの丘の頂上を選び、下のほうに流れる末なし河の辺に座って図面に詳細に線を引いた。ヨーロッパの家のように数部屋ある、すばらしいプル族の小屋。籐の輪と竹の経線で飾られた、地面すれすれまで各層が段々に降りた、最良の藁で作った屋根。当然それは仮の住居だ。後で、何かをはっきり描き出すために、最良の建築家に任せるだろう。何か、優雅で荘厳な、何かラテン的な。なんと！ジェノヴァのパラゾ・デル・プリンシップか、フィレンツェのパラゾ・ガルベロを思い起こさせるほんものの宮殿。イタリアは彼を常に魅了してきた。《すべての偉大な人々はイタリアの生まれだ！》そして、彼の忘備録を音読した。

アルファ・ヤヤのものになった彼のブラムの家同様に、正面と階段用に、カラルから大理石を持って来させるだろう。屋根と壁はここの材料を使って建てる。国は粘板岩と花崗岩は満ち溢れている。たぶん、グラファイトや宝石類もあるだろう。

彼の未来の首府、フェロ・デンビをかのフタ・ジャロンの地図に補充し、南の河の河岸地域に鉄道の線の略図を素描した。その後、マンゴネ・ニャンを常駐させ、新たな軍隊を構成し、プランテーションと在外商館に備えて原野を開拓するため、三千人の壮健な若者を徴募するよう命じた。

彼は彼の王国を馬で走り回り、臣下たちのほとんどと会った。最良のグリオたちと最も美人の婦人たちが大勢押しかけた豪華な祭典を開いた。各区から雄羊一頭、浴びるほどのミルクと蜂蜜、真鍮の大なべで炊いたフォニオと米。「カヘルの王国は始まったばかりだが、」皆は祭りのときや市が立つときに説明を加えた。。

「すでにフタのすべての王国のうち、最良の笛吹きたちを聞きながら、最も良く舌鼓を打つ場所である」

今は、宮殿と駅の用地を空け終え、在外商館の壁を立ち上げ、苗床に種を蒔いた。彼の紋章が村の入り口に飾られ、三千の兵士たちが旗の下で行進した。彼は心配なく出発できた。頑強で確かな腕の補佐役にカヘルを任せて。強盗、マンゴネ・ニャンに。

沿岸への途上、チエルノに別れの挨拶をするために、チムビ・トゥニに寄った。その折、道、工場、そして宮殿の図面を見せた。熱い抱擁と接吻に続き、長い祝宴となった。

「ありがとう、友人、チエルノ、ありがとう!」オリヴィエ・ドゥ・サンデルヴァルは感嘆の声を上げた。「羊肉付きフォニオもとてもおいしかったし、グリオたちの称賛もいい趣味だったけれど、満足と言うわけじゃない」

「なぜ?」

「君は何か隠しているように感じるのだけど」

「白状するよ、良くないニュースだ。ガリエニが軍隊を送った」

「なんと馬鹿な!」

「オデウ大尉とかいう人に指揮された一縦隊! アルマミの許可なし! フランスは何を望んでいるのだ?」

「その質問はサン・ルイにしてくれ! 君は知っているが私が望んでいるのはフタの友情だ……君は信じていない雰囲気だが?」

「白人を信用するのは容易ではない」

「私は友人だ、チエルノ！」

「酷なのは、私に疑う権利がないことだ。今は君は全然侵略していない。だがそのガリエニは？」

「アルマミはどう対処しているのだ？」

「プラとフラに食料を売ることを禁止した。そして縦隊がフタを出て行かなければ、ルヴァスールは処刑される」

「私に関しては？」

「私たちには、君はプル族だ。私たちが与えた言葉は恒久的に口を縛る」

「それが侵攻ならば、ガリエニはプラとフラがセネガルに着くのを先ず待つだろう」

チエルノは返事をしなかった。それはプルの言語では不承知であることを意味する。オリヴィエ・ドゥ・サンデルヴァルが滞在した三日間、チエルノは、当時次第に熱を帯びていった、フタとフランスの微妙な関係について話すのを避けた。友人の機嫌を損ねるのは適切ではなかった。とりわけ、その友人が同じ屋根の下にいるときには。

フランス人とプル族は、あえて、互いに動静を探り、礼儀上の決まり文句とうわべだけの笑いを交わすだけに留めた。お互いによくわかっていた。友人であり、さらには協力者だ。しかし、情愛と共犯のマスクを通して、お互いに相手の考えに賭ける小さな計算と、相手の、不安にかられた密かな心配を、容易に見抜くことができた。彼らは、プル族のところでもフランスでも、このような問題においては、不信は最も頑強な協定をも支配することを、友好の果実は常に種をひとつ隠していることを、それは不実と裏切りの毒であることを、知っていた。

一方は父の土地を与え、他方は、お金、機械、富、進歩を約束した。白人はその国を擁護して得意になり、フランスの偉大さを付け加え、同時にアフリカの王であることを望んでいる。一方では義務の訴え、他方では権力の本能。チエルノは、富と欲望の魔性には敏感になって、イスラムとフタの忠実な奉仕者であることを示した。良きプル族、良きイスラム教徒、だが密かに、ひとつだけを欲している。ラベあるいはチムボの地方に並ぶか越えること。一方は他方を必要とし他方は一方を警戒した。それは協力者だったが、いつも正直であるというわけではない、絶壁の上の一本のザイルで結び合った協力者だった。なぜなら、ふたりとも良くわかっていたから。時代は良く感じられず、アルマミは高齢、そして突然のガリエニの隊列！　空は悪しき前兆で重かった。悪しき風はどの方角からも吹いた。重い雲は水平線ともくろみを塞いだ。誓いと約束が嵐よりも強くなれるだろうか？

ふたりは豹とヤマウズラを撃って、これらを忘れたふりをした。チエルノは白人に弓を手ほどきし、頻繁に乗馬に誘い、ふたりで駆け回った。馬術はあまり好みでなかったのに。お返しに白人はロッククライミングの初歩を案内し、チェスを教えた。

別れの日、チムビ・トゥニの王は彼の騎士たちを伴ってゲストをカクリマ河まで送った。

「これらの池、小谷、きれいに花咲いた丘をみて！」誇りを持って彼は言った。「私たちはきれいな国を持っている。そうでしょう？　君には見えるかい？　あそこ、この森の岩の陰。それは泉だ。ひとりだけが知っ誰にも知られていない泉がある！」

「なんということはない」白人が答えた。それ以上フランス人にはなれないほどに。「私たちのところでは、ている泉だ！」

クントゥで、運悪く現地の神、村の入り口に放ってあった不幸な像を踏みつけて、あらたにもう少しで首を切られるところを逃れてから、死ぬほどの疲労と赤痢でヤ・フラヤにたどり着き、そこで、もうしばらく前からそのへんで迷って定住したガイヤーという名のフランス人に迎えられた。彼はそこで、塩、生地、それにろうそくを売っていた。土地と家畜を保ち、そこを通るキャラバンに銅を象牙と金に交換していた。彼はその地のきれいなスス族の婦人と結婚し、裸足で、フリルがついた服を着たふたりの背が高い娘を含む七人の子供をもうけた。

立てるようになるまでベッドでの長い一週間！　ガイヤー夫人は彼が力を取り戻すのを助けるために、美味しい鴨と野生のほうれん草のピューレを混ぜたご飯を作った。息を詰まらせるほどの激しい咳の発作を起こすガイヤーではあったが、心が広く、感じが良いように見えた。彼は子供たちを紹介し、読み書きができ、ピアノまで弾けるふたりの娘を誇らし気に自慢した。しかし、夕食のとき、残りの家族を呼んだオリヴィエ・ドゥ・サンデルヴァルにガイヤーがこう答えたのを聞いて、エメ・オリヴィエはびっくりした。

「なんですって、くろんぼたちを私たちのテーブルに、と考えているのではありませんよね、オリヴィエ・

ドゥ・サンデルヴァルさん！」

《哀れなくろんぼたち！》すぐに記した。《白人たちはそうしたくないときでも、アフリカを嫌悪しなくてはならない》

《六ヵ月前からお腹がすいています！》フォークを取りながら彼は注意を促した。ご飯付鴨をむさぼり食い、ルブロションチーズの大きな塊とイル・フロッタンも飲み込んだ。ワインの魔術、コーヒーのかおり、ガイヤーの善良さ、突然ジャングルの奥に出現するモーツアルトのフーガ……彼は目を閉じ、かえるとリュカオンの声を耳から追い出し、まるでモントルドンの彼の城の中のように感じた。彼はかつてなかったほどに幸せだった。


さらに五日間のジャングル、ついに沿岸に出た！

コナクリはまだ、ボケかブバーの、あるいはブラムかチムボの断片として存在していたに過ぎない。濃密なジャングルの顔のなかに、口の形に描かれた空き地！

こうもりたちの羽の不吉なひとなでを顔に感じることなしには足を踏み出せない。木々の樹脂とでんでんむしのよだれがあなたの顔に筋を引いて流れ、毛虫がシャツの中に入り込む。カメレオンがあなたの目につばを吐き、まむしとがらがらへびがあなたの足首に巻きつく。小道と中庭はハイエナと猛禽の糞で臭かった。海岸の砂は、くらげの大群とかわうそ、死んだ魚と横歩きのかにのせいで見えなかった。ジャッカルといぼいのししは蝿ほどにひしめいていた。狩をするには、サロンにいたまま、よろい窓を通してガゼルや豹を撃った。

そこは、そのときは、誰の所有でもない、つまり白人のものでない、処女地だった。ベルギー人はそこを渇望していた。ドイツ人は権利主張していた。ルー島に定住したイギリス人は自分たちが主人であると言い張った。一五世紀以降、セネガルからザンジバルにかけて存在していたポルトガル人は、どこでも自分たちの家だと思っていた。電報センターと、ボケからきた兵隊たちがときどき使うだけの小さな部署とを設置したフランス人は、まだ自分たちの家と考える勇気はなかった。陣地を攻撃するのを思いとどまらせようと、護衛艦と大型ボートで島々とマングローブの間を巡回した。

ドイツ人はそこをブルビネと呼び、イギリス人はトムボ、そしてフランス人はコナクリと呼んだ。イギリス人はそれは島だと言い、フランス人は否定し、イギリスの殿方の意見は一二時間のうち六時間だけは正しいと言った。満潮時はトムボはきちんと島のようだが、引き潮になると、カルムの半島の単なるこぶのようにしか識別できないので。長くても二百メートル足らずの砂利浜がそこを隔てている。

その上に街が発芽し始めた「島」には、全部で三つの在外商館と、ふたつの小さな集落があるだけだった。敵対する好戦的な種族同士の小集落。猛烈なテメネ族がいるゆったりした海岸のブルビネと、大胆不敵なバガ族が集まっている半島側のトムボ。ブルビネにはドイツ人コランの在外商館、トムボにはイギリスの在外商館！　島の反対側、半島の突堤には、通過する船に動物の皮とろうそくを売っているおかしなフランス人が君臨していた。ぽってりと太ったピンク色のマイヤーという名のそのお人よしは、失われた世界の端で、彼自身の存在を、たどり着くことのできない遠い珊瑚礁にしていた。

彼の家は、門も抜け穴もない、棘と鉄条網が立ち並んだ厚い囲いの中央に建っていた。巧妙な装置で設置された階段を通ってしか、そこには入れなかった。先ず、到着を知らせなくてはならない。信用に値する人ならば、階段を回転させそこによじ登らせた。そうでなければ銃を振りかざして道を反対に行くまで撃った。

彼は全部で五丁、銃を持っていて、すべて女性の名が付いていた。くろんぼたちにはカルメン、ドイツ人たちにはエメラルダ、イギリス人たちにはアグリピヌ、そして動物たちにはマリー・アントワネット。

「そしてこれは、マイヤーさん？」好奇心が強いのが尋ねた。

「これ？　それは私のです。はしごの上まで上って行ける力がなくなる日のために。ここで病気になるよりは犬のようにくたばるほうが良い！」

「それでなんという名前ですか？　マイヤーさん？」

「よく知りません。雨の日はドミニク。一年中それ以外は、モニック」

彼以外に全部で六人の白人がコナクリに住んでいた。コラン、その娘と娘婿のジャコブ、電報局の長、それに誰にもこんにちはと言わないイギリスの在外商館のふたりのお調子者。一方で、ペルノでむしばまれ、マラリアで黄ばんだ恐れに震える七人の白人。他方で、湿気と寄生虫で消耗し、半日は酔っ払っている約三百人のくろんぼたち。これらの人類が植物と野獣と共にその場所を占めた。実際に起こるかどうかはわからない復活を待つノアの箱舟か、すでに破滅に飲み込まれた世界の最後の残存物か？

これですべて。オリヴィエ・ドゥ・サンデルヴァルがそこに初めて足をつけた一八八八年六月のコナクリの概略である。

非常に痩せてぼろぼろになったエメ・オリヴィエが近づくと、白人たちは逃げ、くろんぼたちは指差しながら笑った。事務所に来たエメ・オリヴィエを見て嫌気がさした電報係は、追い返す手振りをした。

「え、え、え！……何が望みですか、ムッシュー？」

「私のニュースをフランスに。あなたのところに来るすべての人がすることでしょう、想像するに」哀れな敗残者が震えた。

「では、お金をみせて！」

「少し琥珀と珊瑚があるだけです！」

「私に必要なのは鳴り響くきれいなお金です。ルイ金貨、ムッシュー、私の言いたいことがわかりますか？」

「では、支払猶予期限をくれませんか？」

「だめです、ムッシュー！」

「どうしてですか？」

「あなたの雰囲気がとても奇妙だからです」

「このジャングルに他の白人はいませんか？」

「ドイツ人のコランに会いに行きなさい。出てから右、大きな木々の間に彼の在外商館の屋根が見えます」

「コランという名のドイツ人？」

「ノルマンディ出身です。彼の父はナポレオンの軍隊に所属していました。ロシアの大敗の後、屈辱を忘れるためにハンブルグに定住することにしました。そこでチュートン人〔ゲルマン人〕と結婚し、コランが生まれたわけです。でも私には、コランであろうとなかろうと、ドイツ野郎は常に汚いドイツ野郎です」

ゆっくりとした歩調で、ひゅうひゅういう呼吸で、肉の落ちた彼の体には広くなりすぎたパンタロンを両手で支えながら、ふたつに折れ曲がって大きな木々のほうに歩いた。

「どこから来たのですか、ムッシュー?」彼の銃の銃床を触りながら、かのコランが尋ねた。

「フタ・ジャロンから!」

「あなたの言うその山々の旅行者は、サンデルヴァル氏ひとりしか私は知りません」

「私がオリヴィエ・ドゥ・サンデルヴァルです!」

男は引き出しのほうに向き直って『フィガロ』紙の古い新聞を取り出した。

「オリヴィエ・ドゥ・サンデルヴァルは死んでいます、ムッシュー! ご自分でごらんください!」

彼は、まだマレンの市長だったとき、宴会で撮った古い写真を覚えていた。一ページ全部に細大漏らさず書かれた、プル族の騎士団の前での英雄的な彼の死の記事、それにざっと目を通すのにエメ・オリヴィエは十分余りかかった。

「でも私はきちんと生きています、保証します」歯をがたがた言わせながら彼は言った。「信じないなら、私の脈拍を探ってください!」

男は一分あまり彼を見てから金庫を開き、涙に揺さぶられた声で言った。

「そうならば、ムッシュー、来て、使って下さい!」

エメ・オリヴィエは、彼の死亡記事が呪われて事実になってしまわないうちに、急いで電報を打った。そして数日の休息の後、コナクリを一周した。エメ・オリヴィエは、アダムが世界を所有したときのような、誰によっても乱され得ぬ落ち着きを得て、ふたつの大きな地所を手に入れた。ひとつは島の西の先端、他は、岬の側に。[8]

8　今日、前者はギニア共和国大統領府、後者はコナクリ博物館の場所である。

第三章

切り立った斜面と謎の多いプル族の、このすさまじいフタ・ジャロンを引き受けてから八年。同じ戦場に八年。彼の血となり肉となっている、モリエン、ルネ・カイエ、マンゴ・パーク、あるいはランベールの物語のなかで過ごした日々を含めるとするなら、また、急流を渡る水牛たちのものすごい騒音やプル族の陰気な性格、衰退した〔真っ黒でなくやや明るい〕肌の色などを毛布の下で熱に浮かされて想像したり、くろんぼたちの、先史時代の爬虫類の、悪魔の、うごめく曖昧模糊とした森々を考えたりするために犠牲にした夜々を足すとするなら、多かれ少なかれ、彼の生涯全部だ。

少年に、アフリカは壮大なバロック調オペラのように感じられた。不恰好な出演者たち、常軌を逸したシーン、乱痴気騒ぎの騒音と色、決してわからない音楽。精神を崩壊させ、感覚を燃え立たせる、度が過ぎる見世物！　すべては夢幻境、陶酔、異国趣味の悦楽に過ぎない。コメディの恍惚のためには、雷鳴、嵐、火山、断崖。ただ単に審美的にするために、発熱、ねぶと、へびによる咬み傷、そして昏睡。英雄の道が平凡なものになってしまうのを防ぐためには、ただ、ハ調からの変調で十分。挑戦、陰謀、愛の悩み。

彼はうまくやるだろう。夢のなかと同じ速さで王国はすぐに現れるだろう。エジプトのジュリアス・シーザー、あるいはロレンザシオ〔*Lorenzaccio*　アルフレッド・ミュセの劇〕と同じ華々しさで。

それは、至るところに花があり、見知らぬ果物、動物、陽気で温和なばらばらな種族がいっぱいのまったくの処女地の新たな国であろう。小さな火花が暗闇から拡散し噴出するのを待つだけの萌芽状態の国。粘土の前の陶工の自在さで、その趣味によって加工することが残っているだけだ。先ず少し、ドレミファで歌うこととアルファベット。そして、アルキメデス、代数、ウェルギリウスとロンサール、そして、これらすべてが済んでから、ニュートンと論理の組み立て！

激しい空腹、日射病、半死、ましてやいま彼の前に立ちはだかるふたつの恐ろしい暗礁は、こどもの小さな頭では当然洞察できなかっただろう。プル族とバヨル、バヨルとプル族、おそらく、カリブディス〔Charybde 大渦巻きの神〕とスキュラ〔スキュラ岩礁に住む六頭一二足の女怪物〕だ！　闘いは荒っぽく、残酷で、錯綜するだろう。彼は今はそれを想像することしかできない。しかしながら彼は勝つだろう。火と海に対して、稲妻と風に対して、人と神に対して、是が非でも勝つだろう！　それまで、彼はリヨン人が何たるかを示しただけだったが、今度はオリヴィエが何たるかを示す！

すでに彼はなにもかもが不足するという状態ではない！　今彼はふたつの避難所を持つ。ふたつの保護地域、難攻不落のふたつの防塞。カヘルとコナクリ！　最初のはプル族を眠らせるために使うだろう。ゆっくり時間をかけて模索しながら、いつかこっそりと小さな宝の王国の首領となる。ミルクを、策略を、王子たちの気まぐれを、田舎貴族のやり方を吸収する。ふたつ目は、バヨルと海軍省のシャカルたちに反撃するために。

彼はそれらのふたつの場所を偶然に選んだわけではない。カヘルの平原は必要不可欠だった。高地で地方の中心！　コナクリはブラムのポルトガル人の友人たちに迷惑をかけないように、あるいは、ボケの海軍省の陰謀に倒れるのを避けるため。ルー群島の砂州に守られ、沿岸の半島の、御しがたい種族の閉鎖的な性格に守られ、彼の鉄道のための絶好な出口となろう。カヘルには宮殿と駅を創り、在外商館を建て、苗床を育てるためにマンゴネ・ニャンがいた。コナクリに、港の下絵を描き、街の地図を作る者が誰か必要だった。ああ、勇ましいスーヴィニエがいてくれたなら！　ああ、もし、いてくれたなら！

フランスに着いてから税関を通り医者に診てもらった後で最初に行ったのは、カヘルに交付する王国の公式通貨を鋳造するためだった！　裏は、左側に三日月を頂く王家のライオン、表は、アジャミ[9]で豪奢に書かれたサンデルヴァルの名、そのカルトゥシュの下方には繊細にぎざぎざを付けた。彼の帝国、彼はそれを今までになく強く思った。すでに、霧を通して微光が射していた。あとは、カリブディスとスキュラを避けてうまく航海するだけだ。カヘルは今のところ、エルドラドやインダスよりもリリパット〔ガリバー旅行記の小人の国〕を思い起こさせるが、なにごとも最初はそういうものだろう。エフェソスの城壁の、ナルボンのぶどう畑の、ヒスパニアとヌミディアの穀倉地帯のローマは、パラチヌスの丘が最初だったのではないのか？

緻密に計算され梱包された、その国家の宝は、すぐにボナールのところに送られた。在外商館の中とフタのすべての市場に流通させるようにとの断固とした命令と、それぞれの子供たちがきれいな小さなおもちゃをもらうように、りっぱな王子たちに武器を、たくさんの武器を配る命令とを一緒に。

最後のケースを送った後で、植民地省に行くことができるようになり、すべての恨みは飲み込んで、地図、多くの写真、それにコンクレ河の谷の綿密な断面図を添えたフタ・ジャロンの詳細な報告書を提出した。彼はうとうとしている役人たちにフタ・ジャロンを占領する必要はない点を長い間繰り返した。その王子たちは分裂しており、彼らの気まぐれと過剰さのせいでどんどん疲労しており、組織のすべてが崩れ去るためには、いっそう敵対させるだけで十分であると。

「その方向で、私はすでに仕事の大部分を遂行しました。私にやらせてください。まもなくフタ・ジャロンは、ひとつの弾丸をも無駄使いせずに私たちの財布のなかに落ちるでしょう。それと引き換えに、私の住居と私の企業の管理センターを建てるために数ヘクタールの所有権を要求します」

彼は決して数ヘクタール程度では満足しないだろう！　彼の口調は仮面を剥ぎ取り、目は裏切った。クルエ海軍副大将の前で行った以上により平静に、より穏当に、より説得力があるように見えるよう彼は努力した。エメ・オリヴィエの努力にもかかわらず、彼の下心は見抜かれてしまったようで、彼は窮地に陥った。ひそひそ話、逸らされる視線、ケープの下の笑い。場数を踏んでいる対話者たちは、彼の心のなかを、開いた本のように読みとった。《あなたの王国の思いつきをあなたは決して放棄しない、私たちはわかっている！あなたはおそらく、王座に届くための脚立をフランスがあなたに供するのを待っているのだ！》

しかしながら彼はいくらか慰められた思いを抱きながら、苦しかったその会談の場を離れた。フタ・ジャロンの重要性は、もはやエメ・オリヴィエの下心を疑って放置したままでは済まなくなった。それ以降、サロンで、編集室で、各省で、絶えず話された。ガリエニ、アルシナール、フェデルブ、ブラザ、植民地の叙事詩のアイコンのすべてがそれしか話さなかった。

誰のおかげだろうか？

エメ・オリヴィエはとてもがっかりしながらも、楽観的になるように自分に言い聞かせて、ローズに献身しようと思いながらマルセイユに戻った。ローズは、カヘルに関することには口を閉ざして言わなくなり、劇場やブティックの方を好んだ。一年間、子供たちはエメ・オリヴィエの側で十分に楽しみ遊んだ。ローズはオペラと社交界の会食を相応に得、フランスの城とイタリアの古い街路のなかで十分気ままに過ごした。

かくして、不眠の長い夜は、手記と手ごわい彼の手稿『絶対』にあてがって、頻繁にはなかった長いすばらしい家族の時間を過ごした。そしてある晴れた日、妻をレストランに連れて行こうと準備しているときに、最近では悪いニュースばかり持ってくる友人、ジュル・シャルル・ルーが、刷りたての『ラ・デペッシュ・コロニアル』誌を手に持ってサロンに突然現れた。フランスは新たな植民地を手に入れた。レ・リヴィエール・デュ・シュド〔南の河々〕、コナクリを首府に、バヨルとかいう者を総督に！

「私のことはわかっているだろう、ジュル！」新聞の束を放って赤くなった。「すぐに行ってバヨルをコナクリから追い出してやる！」

植民地国務省（結局は創設した。だが誰の考えで？）のメッセージがすぐに彼の計画を大混乱させた。パリで開催される植民地博覧会に彼が招待されたのだ。皆は彼の精神を各省のなかに取り入れたのだろうか？　ついに、彼の条約を承認し、フタ・ジャロンにおける彼の権利を支持し、イギリス人たちの欲望に対して彼を、フランス市民を保護するのだろうか？　いずれにしろ、この機会を逃してはならない。植民地の博覧会は、上流社会人に会い、考えを説明し、愚かな数人に怒鳴ったり歯を折ったりして借りを返すには理想的な場所だった。

彼は口笛を吹きながら列車に乗ったが、会場に着いたとき心臓が止まりそうになった。チムボまでバヨルに同行したノワロが、異国風セレモニーの主催者のひとりとしてそこにいた！　フォリ・ベルジェールの元役者が彼のチムボの冒険以後、出世していた。セネガル河の谷の植民地管理人に意外にも任命されていた。そしてその資格で、博覧会で最も人気を得るであろうスタンドを設置するよう要求された。入り口に口上を言う客寄せを置いて、全部で十の小屋、ふたつのテント、六つの溶鉱炉で構成された三十人のトゥクルー族の村。《いらっしゃい、ようこそ、くろんぼの村に、まるでそこにいるみたい！　悪魔のような雰囲気、不恰好な服を見て！　杵をつき、料理し、綿を紡ぐのを見て！　たった十スーで、旅のいちばんの驚きを！》

オリヴィエ・ドゥ・サンデルヴァルは、群集のなかを道を開いて進んで、この一風変わった出し物の演出家に近づいた。

「あなたは元の仕事にとどまっているべきだった、ノワロ！　あなたには兵隊ものの喜劇が手袋みたいにぴったりだ。植民地管理人はものすごくあなたを醜悪にするぞ」

ノワロはののしり言葉を吐いて、胸のむかつきを和らげ、彼のあずま屋とくろんぼたちから、エメ・オリヴィエの方に向きを変えた。

「これはこれは、私たちのポルトガルの子爵殿！　私もあなたを好きではありませんが、ともあれようこそいらっしゃいました。ある人があなたを捜していますよ！」

杖とシルクハットを揺らしながら低い声で話している名士たちがいる博覧会場の中央のほうに彼を連れて行った。そのなかで最も強い印象を与える人の前で止まって勅令を司式する声で言った。

「レジョン・ドヌール勲位局々長殿、オリヴィエ・ドゥ・サンデルヴァルという方です！　サンデルヴァルさん、フェデルブ将軍をご紹介いたします！」

フェデルブ、憲兵帽、髭、小さな眼鏡、冷たい硬直した堅苦しさ、切れるような鼻、そして階級章！　目の前のフェデルブ、伝説が言う以上に軍人らしく、厳格。――植民地のナポレオンさえ見たがっただろう！「四つ目でこうもりの翼の髭の男」とプル族が呼ぶ男は、すぐに対話者たちを遠ざけて、手を差し延べて笑った。

「これはこれは我が新たなルネ・カイエ！　脱帽です。皆、あなたの快挙しか話しません、我が友人！」

それは、オリヴィエ・ドゥ・サンデルヴァルが、そこが公式の場であることも、その人物の偉大さも忘れるほど、聞いて快かった。彼は、赤子が尿意に逆らわないように単純に、気を緩めた。一気にグラスを空にし、今度は自然で真に迫って話し、説得力があったようで、将軍が彼の話を途中で遮ることはなかった。彼が話し終ったとき、フェデルブは、小学校の最優等生とするようなやり方で、ふたたび握手した。

「よろしい、フタ、私が一仕事しましょう！　あなたの条約に関しては、私に任せなさい！　アフリカのフランス帝国が創設されるなら、その首都はチムボでしょう！」

　オリヴィエ・ドゥ・サンデルヴァルは気泡のように軽くなってそこを出て、風変わりな見世物がパリの群集を動揺させているのを見た。新聞はこれで利益を得ようとしていた。路上ではコンシエルジュたちが興奮して息を詰まらせた。

「想像してごらん、あなた、今日、朝起きたら、パリは真っ黒だった。アフリカから、魔法使いたちと象たちと一緒にくろんぼの王様を連れて来た。そして、どこにそれら上流社会人たちを泊めたと思う？　男爵、あるいは公爵の家？　たぶん。ジャングルからパリの美しいサロンに押し出されたのだ！」

　事情を探った彼は、次のことを知った。喜劇の才能においては誰も否定できないであろうノワロは、ナル族の王、ディナ・サリフとその妻、フィリス王妃をパリに招待した。その他の種族の王子たちが付き添った。それら風変わりな訪問者たちは、アンヴァリッド近くのファベール通りのドゥ・モボア公爵の家に快適に泊まった。コンシエルジュたちは嘘をついていなかった。そして共和国は彼らの滞在を飾り立てるためにけちしなかった。きれいな記念建造物を訪問させ、ペルシャのシャーに供したばかりの公式レセプションに招待した。

　少しアフリカの空気に触れ、とりわけ、その若いナル族の王をチェックするため、夕食の後で手短な訪問をすることに決めた。十人ほどの野次馬、ジャーナリストたち、風刺画家たち、民族学者たち、疲れ知らずの上流社会人たち、サーカスとオペラの愛好家たちが、人類の代表例を指で触ろうと、階段でひしめき合っていた。エメ・オリヴィエは、頑強な体格と誰が見てもブルゴーニュ公爵だと思わせる雰囲気に助けられて、道を開きながら進んだ。

すぐに彼がわかったディナ・サリフは、熱心に迎えた。「あなたは私を知らないでしょう。でも私は知っています、イエメ、私の伯父のローレンスの宮殿にあなたが来たとき、私は若い衛兵でした」エメ・オリヴィエにフィリス王妃を紹介し、急いで次のことを確認してエメ・オリヴィエを安心させた。コナクリのバヨル、それは何も変わらない。ナル族との彼の条約は今も有効で、いかなる出来事も事実に反論することはできない。そして、ディナ・サリフは、言いたくてたまらなくなっているニュースを、種族の長として他がまねできない如才なさで、そっと知らせた。

「フタでは、大変なことが起きました、イエメ。アルファ・ヤヤがアギブを殺して、タイブと逃げました！」

ニュースは、突然の、唖然とさせる、目にもとまらないギロチンの刃のように、エメ・オリヴィエを襲った。そのニュースの意味と大変なことになるであろう結果を頭に入れて推し測るために、彼には他の場所が必要だった。

別れのセレモニーを急ぎ、訪問者たちを案内していた道化役者のノワロに最後の視線を投じた。

「モディ・シッセとモディ・ディアン、ラベの王子たち！　ナビ・ヤラヌ・フォデ、メランコレの王子！……マンスール・カヌ、マタムの王子！……セリーニュ・ゲイ、リュフィスクの王子、ムバー・セヌ、シネ・サルムの王子！……」

下劣なやつ、だが、ともあれ何たる才能。ノワロ！　入り口に会計係を置いたなら、皆、キャバレーだと思っただろう。

オリヴィエは終着駅ホテルの彼の部屋へシャワーを浴びに走り、キャフェ・ドゥ・ラ・ペで、オランダジンのグラスの後ろでひとりきりになった。あのふたりの兄弟の結末はよくないだろうことはプル族のところに着いてすぐに彼にはわかった。ふたりを結びつけ、かつ分かつ決定的なことが多すぎた。ふたりの母、ライバル同士の妻たち、フタで最も実入りのいいひとつの王座、そして、ひと目ですべてを――金、馬、奴隷、それにプリンスたちを――引き寄せる、不滅の、最も魅力的な、反世間的で性的欲望をそそる婦人。王座に行き着くまでに何度も血が河のように流れるのが稀ではないフタ・ジャロンで、それが悪い結果に終ることは彼にはわかっていた。そしてタイブがその悲劇の結末の中心にいるだろうことが。彼はそれらがプル族式に為されるだろうと想像していた。つまり、ゆっくりと、優雅に、巧妙に、高潔に。夕暮れの祈りの時刻にモスクの出口で、老人たち、子供たちの前で。それはあまりプル族的ではなかった。慎みに欠け、十分には巧妙でなく、よく鍛錬されてない。まったくの半可通の仕事！　シシリアの強盗はエトナ山の洞窟でこのように振舞っただろう。相手を殺し、弁当と妻を持ち去る！　ちっぽけな仕事、子供の仕事！　それがアルファ・ヤヤとは思えなかった。じっくり考えた末、狙いを付けたはずだった。アギブとパテは複雑過ぎ、理知的過ぎ、高慢過ぎ、ようするにプル族過ぎ、操るのが決して易しくはない。そしてボカは、精神はより単純だが直情的過ぎ、祖国愛に燃え、白人に対して警戒心が強すぎる。彼のお気に入りはアルファ・ヤヤとなった。体面を重んじるすべてのプル族のように、悪賢く、高慢、だが開放的で、さらに良いことに、同時に政治的で、良き戦士だった。彼を引き付けるのには、権力と金の赤い布切れを鼻の下で振るだけで十分だった。実践の男、わかりやすい男だった。利益が先、精神状態は後。自然のままで感受性の強いボカ・ビロとは正反対だった。自分の感情に決して確信はないほんとうのプル族であるが、動機が同じである限りは彼を期待できると考えた。

犯罪を犯し、大通りのちまたの強盗のように逃げた！ それで、今、どこに隠れたのだ？

そして、話のなかで偶然に――疑いなくバヨルがコナクリの総督に任命されたニュース以上に重要な――新たなニュースがやって来た！ ボナールは何をしているのか？ マンゴネ・ニャンはどこにいるのか？ そしてブラムとゴレの彼の代理人たちとフタの隅々にいる彼のスパイたちは？ 何のために彼は彼らに支払っているのか？

彼は勘定を支払い、八つ当たりして周囲の誰かを打ちのめしてしまわないように、そこを出た。

今度は一分も失うことはできなかった。ケースに釘を打ち、旅程を読み直しにマルセイユに戻った。港で次の船は月末だと告げられた。そして空が乱れだし、彼の運命も乱された。彼はその船にも次の船にも乗らなかった。そして大いなる出発の二日前、パリからの手紙を受け取って、彼は歓びを爆発させた。新しい植民地大臣（ほんものが指名された。その名はドゥ・ラポルト）。エメ・オリヴィエのフタ・ジャロンでの快挙がさかんに誉められるのをいく度も聞いていて、彼を称賛し、彼の請願書を検討するために一対一で会って話しに来るように招いた人物だ。そのドゥ・ラポルトは第三共和国の政治家のひとりで、雄弁で洗練されている。諸案件上の知識によってではなく、そのときの政治家たちのたくらみによって、本命候補は外され、ドゥ・ラポルトが不意をついて任命された。アフリカは、どこにそれがあるかを知ったばかりで、植民地は複雑ではなく、馬でなく猿がいるカマルグ河くらいとしか想像していなかった。

しろうとの大臣、良いチャンスだ！　オリヴィエ・ドゥ・サンデルヴァルは調べてから笑った。彼は列車に乗る前に、すべてのリヨンの人材を動かした。今回の自分の演目（大胆、臨機応変、立論のセンス、誘惑）を彼は気に入った。会談は予定していたわずかな時間を大きく過ぎ、大臣は中庭まで送ってきて、エメ・オリヴィエの心に至上の幸福の喜びを灯しつつ、決定したばかりのことを繰り返してから、長い間握手した。

「今日中にあなたのすべての請願書に有利な意見をバヨル博士に送りましょう」

あなたのすべての請願書！　彼はきちんと聞いた。それは冗談ではなかった。腐肉をあさるやつ、バヨルをぴしゃりと黙らせるための釘打ちだ！　植民地省はコナクリへ、オリヴィエ・ドゥ・サンデルヴァルはフタ・ジャロンへ、そしてフランスは、いたるところ自分のところに！　どこにこれよりより良い取り決めがあり得ようか？　仕方がない、結局、ローズにヴリエール山の昼食を贈ろう。それが祝うための最良の方法だ！

ローズはベッドに伏していた。幸福の機械が故障するときは、いつでも一粒の砂が存在する。

「まったく大したことはありません！」医者が保証した。「朝の公園の散歩で患ったささいな気管支炎です。この秋はおかしな冬の雰囲気です、子爵。心配は要りません、あなたはいつでもきちんと着込んでいますから」

　彼女は早く起き上がったが、オリヴィエ・ドゥ・サンデルヴァルが、回復時期に付き添うために出発を数週間遅らせたほどに、心配な状態だった。

　やっとアフリカのニュースを受け取ったのはその時期だった。老ボナールがもっと前に手紙を書けなかったのは主に次の理由による。ブラムの森で豹や敵である他の種族を恐怖に陥れていた恐ろしいベアファダ族が、彼を二ヵ月間囚人として拘束した。よく白人たちに起こることだが、優れた神、すなわち村の入り口に放ってあった素朴な土の像を、彼は無意識に汚した。最も狂信的な者たちは彼の首を切るよう要求したが、むしろ商人のように鼻が利く王は、数週間かけた長談義の末に、その判決をガラス細工数キログラムに変換することに成功した。

　その地獄から出たときやっと、マンゴネ・ニャンが送ったスパイに会うことができた。アルファ・ヤヤとタイブは確かにアギブを殺した。最も神聖な、最も人の集まる儀式の夕刻の祈りのすぐ後で、モスクの出口で百回のナイフの刺傷！　殺し方といい、大量に流された血といい、尋常ではなく、街の有力者たちは激高した。アルファ・ヤヤたちはそれを理解し、王座ではなく兄の馬と金を持って逃走した。《これを書いている今、情夫たちがどこに隠れたか誰も知りません》そしてボナールは在外商館の状態とカヘルの工事現場について詳しく述べていた。

《安心してください、子爵、すべては予定通り行っています。今、沿岸の在外商館でもフタの市場でも、カヘル通貨の流通はシリングを凌ぐほどです。マンゴネも有能で、古代ローマの長官ほどに恐れられ、地方の弱小国の王たちは私たちの意見を聞かずには決定しないほどに、私たちの組織網は働いています。

このアルファ・ヤヤは取替えが難しいカードであるのは事実ですが、……首府のほうを見てみましょう。アルマミは寝たきりになっています。パテとボカ・ビロは互いに話さなくなりました。フタの皆はラベで起こったようにチムボでやがて血が流れることを知っています。唯一の疑問は、いつ、誰が誰をかを、知ることだけです。

昼夜監視を続け、報告します。

敬具　ボナール》

その少し後、ローズがふたたび倒れた。気管支炎は完全には治っておらず、冬の終りまで床についていなければならなかった。しかし、心配は要らないと医者は再度保証した。その嫌な小さな咳が直るまでだと。

パリでは、感動的な博覧会は国会を揺さぶり、各省庁は毎週末、難局を迎えた。勇者ドゥ・ラポルトはしばらくして追い出された。オリヴィエ・ドゥ・サンデルヴァルは、ドゥ・ラポルトの行政命令は、ケ・ドルセー〔フランス外務省〕はじめ関係各省とそれらの事務局で、つまり、互いに意見を異にする視野が狭い、出世志向の役人たちの間で検討された後にやっとコナクリに流されることを知った。もはやフタ・ジャロンをエメ・オリヴィエに渡すのは問題外で、その他の資本とその他のパートナーたちを参加させる条件で、土地と鉄道の建設を承知するだけ。さらに二、三の政府が倒れ、ドゥ・ラポルトの行政命令は、植民地で起こるすべての類似事項に適用される法案に格下げされた。

「こんな風になるのはおかしい！」エメ・オリヴィエはジュル・シャルル・ルーに会いに行き、激しく非難した。「私に考えがある。フェデルブに会って彼の約束を思い出させる」

「なんですって、知らないのですか？」ジュルはカッサンドラになりきってエメ・オリヴィエに言った。

「フェデルブは亡くなりました。新聞で見たばかりです」

「私は悲しい、チムボも悲しい！」肘掛け椅子に崩れながらエメ・オリヴィエは言った。

一八九〇年の初め、法案を準備するために政府が複数の特別委員会を指名した。数ヵ月後、法案がとりあげられ、国会で、よくわけのわからぬ討議が交わされた。一八九一年、ついに上院に提出された。それは新聞と世論が鼻を突っ込むまでに活発に議論された。アフリカは、熱狂した士官たちやひび割れた頭の冒険者たちだけが独占する副次的な課題であることを止めた。それは巷に、また新聞のコラムにいっぱいに広がり、サロンや賭博場の荒廃した情熱にすら火をつけた。フランスの集団的な潜在意識の中から、時流に乗った植民地主義者が頭をもたげ、基本的理念を形成し、政治的、知的討論に没頭した。キャフェでも新聞のコラムでも、コンゴの、ダホメイの、フタ・ジャロンの、スーダンの、あるいはマダカスカルのことしか話されなかった。行進が組織され陳情書にサインされた。皆は、植民地軍を、植民地通貨を、植民地の紋章を、植民地の法律を、風習を、風潮を要求した。

エメ・オリヴィエはそれほどまでは望んでいなかった。夢が彼の頭から抜け出して、国中に浸透するかのようだった。

皆は彼の名を、デュピュイ、ブラザ、フェデルブ、あるいはガリエニのそれと結びつけた。皆は彼をその時代の一開拓者として認め、そのことを彼は嫌ではなかった。ただ、――よく言っていたことだが――開拓者の時代は終った。今は作り上げなくてはならない。社会体制を、ともあれまずは道、大建築物、工場、鉄道を。そしてそれらは政府の仕事ではなく、あらゆる任務指示からまったくに自由で、想像力に富み、意欲的な彼のような男の仕事である。そのために事務局や国会の事務職員の暇な生活を複雑にする必要はない。法律も必要でなく、条例で十分だろう。

アメリカは誰が作ったか？　パイオニアたち、当然だ。ワシントンの下級事務員たちではない！

そして、かくも期待された法律は行き詰まり、無意味な討論と煩雑な手続きで、泥沼にはまり込んだ。こまごまと文句をつけ、検閲と論戦の動議で脅して一年以上過ぎ、そしてしまいにほったらかして他のことを話した。エメ・オリヴィエ自身も、さらに病気が悪化した妻に専念するため、次第に遠ざかっていった。

一八九一年、『ラ・デペシュ・コロニアル』誌は、コナクリの植民地はその名と総督が変わったことを知らせた。レ・リヴィエール・デュ・シュドはフランス・ギニアになり、バライという人物がバヨルに替わった。

同年の春、ローズの健康状態は急に傾き、ひどくなった。華奢な体格ながらいつもエネルギッシュで陽気だったが、そのときまでだった。彼女の日常の頭痛、繰り返しの気管支炎、頻繁な喘息はたいして心配でなかった。今回違ったのは咳で、それが止まらなくなり、やがて発熱し、そして息が詰まり、そして昏睡状態が次第に長引くようになった。夏、血を吐き始め、秋、ベッドに入った。彼女の状態は冬のおとずれとともに悪化した。医者に毎日数回通報した。もう望みがないときにはいつでも医者がそのようにする動作で――静かで過度ののろさ――オリヴィエ・ドゥ・サンデルヴァルはもうすぐおしまいだとわかった。チェス、フタ・ジャロン、一二歳のときから夜のほとんどを使い果たした離れがたい彼の『絶対』さえも、彼は忘れた。初めて彼は不眠症を与えてくれたことを、天に感謝した。彼は愛しいローズのために徹夜し、激しい苦痛を分け合い、彼女の汗を拭い、彼女が見た悪夢と良い夢の謎解きをし、喘鳴と失神を見守った。

一八九二年一月一五日、彼女が亡くなったとき、すべてを放ってしまいたくなった。ローズ、バヨル、ノワロ、各省の老官吏たち、プル族たち、これらすべて、男ひとりには多すぎる。原野の道を歩き回って病気を繰り返したために年の割りに老け込んだ、五二歳を過ぎた意気消沈したやもめには。悲しみと痛みを埋葬できないまま、数ヵ月間閉じこもった。悲嘆、悔恨、未練、存在の千と一の痕跡、年の末にこれらすべてが彼の年齢の重圧を増大させた。

かくしてローズは亡くなり、彼は彼女と知り合ったのがきのうのことのように感じた。逝ってしまったが、声の調子と体の空気のようなしとやかさを完全に残した。エメ・オリヴィエは、まぎれもなく生きているローズであるかのように、再び彼女を見て、その声を聞いた。数えきれない小旅行での、花のかおりを、教会の丸天井を、彼女のまったく無邪気な途方もない気まぐれを回顧した。「ヴァチカンに引っ越したら?……アヴィニオンの私たちの家をここ、アムステルダムに重ねたらもっときれいでしょうに?……ブルゴーニュの運河を買ったら?……」

彼女の気まぐれ、甘美な、忘れがたい小さな気まぐれが、彼女の性格の基礎だった。無邪気さ、魅惑的な勝手気ままが、ふたりの愛を確固なものとした。ふたりはアヴィニオンの舞踏会で知り合った。彼は中央学校を卒業し、彼女は美学校を修了していた。彼女はすでに多色の服を着て髪に花を挿していた。彼女はエミリーの気品、かおり、眼を備えていた。彼は彼女の手を取ってプル族のクロッキーのなかに、モリエンやルネ・カイエの物語のなかに沈めた。彼があるときはファウストに、他のあるときは悪魔になるように、彼女はメフィストフェレスの服を縫い、純潔なマルグリットとその分身のいたずら好きのグレッチェンだった。これらすべては当然、誰も知らない、ふたりの愛と夢だけがたどり着ける秘密の庭のなかのことだった。

彼女にふさわしいことすべてを、彼はいつでも与えていたわけでもなく、常に注意を払っていたわけでもなかった。が、彼女はけっして文句を言わなかった。彼女は結局、彼がどれほどに彼女を愛していたかを知っており、なんども感謝の意を示していた。彼は常にふたりの間に何かを見つけてきた。仕事、スポーツ、旅行、友人たちのサークル、知識人たちの会合、地理学会、そして最後に、ほんとうのライバルとなった魔女の魅力と嫉妬に忙殺されたフタ・ジャロン。

子供たちは成長していた。彼はそれに今、気づいた。彼は子供たちをもまた、多くはかまっていなかった。彼が負っている父の愛情を与え、失ったばかりの母の愛情を可能な限り補うまたとない機会だった。彼はより近づき、勉強と娯楽をより近くで見守った。娘の叙情的感覚を伸ばすために音楽の教師を雇い、息子を山や海の小冒険旅行に連れて行った。

ジュル・シャルル・ルーはそのつらいときが過ぎるように、控えめに、注意深く、エメ・オリヴィエを助けた。エメ・オリヴィエに気づかれないように心を配りながら、少しづつ、彼をノートに、新たな遠征計画に、立ち戻らせた。

一八九三年、『スーダン、カヘル旅行記』と題した彼の第二の旅行物語をフェリクス・アルカン社から出版し、船にふたたび乗ろうと考えた。生活が正常に戻り、フタ・ジャロンの情熱がふたたび沸き立った。

カヘルの王はその家臣たちと遠くはなれて生活していたが、彼のモントルドンの城から、カヘルの最も小さな地区まで権力が及び、その影響は確かに、フタの後宮のすべてに及んだ。チムボと各地方の重要なところすべてと彼は定期的に連絡を取った。皆は彼の意見を求めた。

彼の蒸気機関車とキャラバンは、安物飾りと粗悪品で市場を定期的に溢れさせた。イギリス人たちはもはやマスターでなくなった。彼のクレトンがマンチェスターのドリルに取って代わり、カヘル通貨の相場はシリングを上回った。

マンゴネ・ニャン、沿岸のエージェントたち、あちこちのスパイたちは彼の指示に注意深く従った。チムボとは距離を置かなくてはならない。ラベとチムビ・トゥニの信用を得、武器を供給し、互いを対立させる。特に、侵略せず、国がひび割れ分断されるのを助長する。最終的にフランスは、すべての出来事を既成事実として認めるだろう。遅かれ早かれ、その息子のひとりの、それら高貴なアフリカの支配者の威光を高めるしかないことを認めるであろう。ベルナドットはスウェーデンの、アンティオキアのボードウィンはエルサレムの王だったのではないか？

翌年の夏、息子、ジョルジュが勉学中のパリから着き、涙にふるえて屋根裏部屋の戸を押した。エメ・オリヴィエは遠征用の行李から離れた。

「どうして泣いているのだ？」

「父さん、テストに失敗しました」

「生活に失敗しなくても、理工科大学に失敗することもあるさ！　私と一緒に来るかい？」

「でも、どこに、父さん？」

「フタ・ジャロンへ！　最高の学校だよ」

「ああ、すばらしい！　ついでにトムブクトゥにも行けるかしら？」

「それでは、私がディンギライエの王と鉄道施設を交渉している間にトムブクトゥに行くと良い。愚かなプル族の王たちは結局は私がディンギライエに行くことを承知するだろう」

「ありがとう、父さん！」突然の、溢れんばかりの喜びで元気になって、少年は言った。

「ようし、君が承知なら、この地図を見て、各人が二五キログラムの荷物を背負った百人ほどがコンクレ河の急流を渡る最も早い方法を見つけてくれ」

二ヵ月後、ブラムからの手紙を受け取った。

《間もなく、今度は息子さんと一緒にアフリカの熱い大地にふたたび来られる旨、お知らせいただきありがとうございます。

早く、早く、いらしてください。しかし、船に乗る前に、この驚くべきニュースをお喜びください。ボカ・ビロがパテを殺しました。それだけではありません。フタの新王は友人アルファ・ヤヤを恩赦するだけに留めず、ラベの王に上げました。あなたが来なくてはならないことがおわかりでしょう。

追伸――良くない驚きですが、ずいぶん前からお知らせするのをためらっていたことを、あなたが船に乗る前にお知らせするほうが良いと思いました。バヨルが総督府を建てたのは、コナクリの西の先のあなたの所有地にです。かような不実を思いつくのはバヨル以外にいませんが、幸せなことに、私たちを悩ませる彼はもういません！

敬具　ボナール》

オリヴィエ・ドゥ・サンデルヴァルは唸った。「さらにまた、ここに私を引き止める理由がなくなった。これからは私の生活は向こうだ！」

彼は娘を寄宿学校に預け、ジョルジュに植民者の格好をさせた。

一八九五年二月、熱帯雨林の中のコナクリの街に発展の兆しが見えるようになった。それは、世捨て人の髪の中に散らばったしらみのように点々とちらついていた。街には今は恒久建造物が、総督府、要塞、検疫所、それに電報局は数えなくても、百ほどになった。

マンゴの木々が沿って続く三キロメートルの道が、新たに建ちあがった総督府と島の先端とを結んでいる。そこでは多くの二輪車と荷台付三輪車が見られ、港にはすくなくとも三艘の船が停泊していた。館の赤い瓦が、アカシアの木の下の花の白さにきらめいていた。くろんぼたちの小屋はペンキとセメントを使い始めていた。繊細に彫刻された木でできた二階建ての商店の前で、ペターソン・ゾチョニスが商業を教える学校、スコアが派手な色で目立っている。そのうちの数百人が白人である、三千あるいは四千の魂が街のココ椰子の木の下にうごめく。

オリヴィエ・ドゥ・サンデルヴァルはジャングルを後回しにして、精彩に富む街に戻った。新たな総督、バライは、彼の宮殿に住み、バヨルの失敗を忘れさせるために可能な限りをした。

「とりわけ、オリヴィエ・ドゥ・サンデルヴァルさん、私の宮殿があなたの区画にあるとしても、私はそれには関与していませんので、絶対にそうですので、よろしく」

「わずかな土地のことを問題にはしません、総督！　あなたがバヨルでしたら確実に怒鳴っているところでした。彼とは初めての出会いから、うまくいっていませんので……」

「狩はお好きですか?」

「散歩のほうが好きです。しかし……」

「残念です。すばらしい話題ですのに。狩をすれば、無用な対立を避けられます」

バライは植民者全員と大宴会を開き、足りないものがないか気を配った。ワインと冷たいビール、アンチロープの股肉とフランスのインゲン豆。ハエはたきと懐中電灯、天蓋付ベッドと蚊帳。街を案内するためにくろんぼを、海を散歩するための護衛艦をエメ・オリヴィエに貸した。ところが、ふたりの関係は急速にひどくなった。総督は《無用な対立》を避けようとできるだけ心を配ったが、結局は意見が合わない話題に戻っていくのだった。

「私の前任者とのあなたの誤解を非常に残念に思っていることを察してください。私はあなたに対しては何もありません、ご存知の通り! あなたと一緒に仕事したいと思っています。あなたが私の人格に忠実で法律を守るならば、すべてはうまくいきます」

「私たちは同じ理由でここにいます、総督、フランスのために。あなたは正しいです、バヨルとは反対に、私たちが反目するいかなる意見の相違もありません。あなたとは友好的で、法律を守るように努めましょう。お返しに法律が私の権利を尊重するよう期待します」

「理解し合いましょう、オリヴィエ・ドゥ・サンデルヴァル! あなたがご自分の条約のことを持ち出すのなら、ひとつはっきりさせておくことがあります。私たちにとって、それは存在しません」

「国務大臣のドゥ・ラポルトさんが私に保証しました……」

「保証は十分ではありません、サンデルヴァル。書類が必要です」

「書類？　私の条約はなんでできているのです？」

「私は私たちの書類のことを言っているのです。くろんぼのはもう勘定に入れません。フタ・ジャロンはフランスです！」

「すこし大げさではありませんか、総督。フタ・ジャロンに対しての権利を私たちに与えるものは何も存在しません。私の条約を除いては！」

「今はまだないとしても、すぐにそうなります。私はアルマミを、和睦の取り決めにサインしに来るよう招待しました。そうでなければ私たちのスーダンの遊撃隊に扉を押し入るように命令します。今このとき、私の協力者ベックマンがチムボにいます」

「彼は来ないでしょう！」

オリヴィエ・ドゥ・サンデルヴァルは、いかにも物知りを装って、アルマミは三つの理由以外ではチムボを離れないことを説明した。戦争、メッカへの巡礼、そしてフグムバの戴冠式のため。そうでなければ失脚している！

「私たちはそれらの者と戦うより理解するべきです！」

「ご教示に感謝します。でも私はコンゴでやりました！」

「厄介なことに、プル族はコンゴにはいません、総督！」

空気は張り詰めた。お互いに善意を持ってはいたが、ワックスのにおいがしていた宮殿はこげくさいにおいがしはじめた。丁重だがすざまじい対面が一日に数回繰り返された。ということは、テーブルにつくたび、あるいはテラスでビールを飲むたびに！　激しい口論の後には、いつもお決まりの筋書きがくる。常に定規を手に持つ癖のあるバライは、怒りが息を詰まらせるとすぐにそれを壊すのだった。

コナクリはフランスの旗を掲げ、フランスの法律の下で生き、くろんぼたちはチーズを食べ、フランス語でメルドゥ〔くそ！　ちくしょう！〕と言い始めたが、ドイツ人コランは、湿気でぼうっとして、太陽で赤くなって、彼の金物屋のロウソクの真ん中で、蚊にさされながら常にそこにいた。オリヴィエ・ドゥ・サンデルヴァルは急いで彼を訪ねた。マイヤーが自殺したばかりなのをドイツ野郎から聞いた。蛇にかまれて階段の上までよじ登っていく力がなかった。そして約束していたように頭に弾を撃った。

「どの銃で？」サンデルヴァルが尋ねた。

「ドミニック！」その日は雨だった。

バライへの怒りを忘れるために、オリヴィエ・ドゥ・サンデルヴァルは息子をひんぱんに海岸に連れて行った。海の空気を腹いっぱいに吸い込み、植物の奇怪さと亀のすごい大きさにびっくりした。

ある日、ふたりでディンギライエとトムブクトゥのことを話しながら砂の上を歩いていると、見知らぬ男が椰子の木から現れて呼び止めた。青のボイラーマンの作業服で、きたない爪、伝道者の長いひげ。皆はよくこの人物のことを話していた。ある晴れた日、サン・ルイから来た船を降りた。耳を傾けるものには誰彼となく話しかけるのだが、その話を理解できるものはひとりもいなかった。彼は釣りを生業にし、木の真ん中の間に合わせのハンモックで寝ていた。植民者たちのだれひとりとして、士官でも、貿易商でも、神父でも、開拓者でもない彼を泊めたくなかった。

「あなたたちも大金を探してここにいるのだと思いますが？　では聞いてください。あなたたちに極秘情報があります……」

「そんなことに気を配るには及びません。おじいさん、すでにあなたのことは聞き及んでいます」ジョルジュがさえぎった。

「そんな風にはしないで、少なくとも最後まで聞いてください。私がきちがいでないことがわかりますから」

一風変わったその男は、一六世紀にテンゲラ朝のプル族の長たちがセネガルの谷を征服するために降りていく前に、ゲメ・サンガンの断崖の洞窟に残した莫大な宝をさがしているとふたりに説明した。

「その宝の存在を皆が知っています。くろんぼたちはそれらは呪われており、触る者は首を失うと思っています。くだらない考えでしょう、もちろん……それではあなたたちは私と一緒しますか？　それでは五十%、五十%です。五十は私、あなたたちふたりで五十！　そうでしょう、もうけ話を持ってきたのは私ですから！」

まじめで信頼できる話だと、男は背後で大声で抗弁したが、ふたりは注意も払わず、笑いながら遠ざかった。

宮殿に戻ると、バライが、ボカ・ビロに宛てたサン・ルイからの手紙を受け取ったばかりであることをふたりに知らせた。フタの問題は年内に解決しなくてはならない。のらりくらりするのはもう問題外だ！《フタ・ジャロンはフランスの保護条例に服さなくてはならない。ボカ・ビロはサインしなくてはならない。そうでなければ彼と戦争する》大雑把に、手紙にはそう書かれていた。

「あなたはその雌ろば、ボカ・ビロがサインすると思いますか、総督？」

「ベックマンが彼を説得できない場合は私は最後の使者を送り、そしてその後は大砲です。ボカ・ビロは傲慢です。さらに、私たちの敵、サモリイ族を彼が武装させていることが明らかになったところです」

「大砲！……だから私にやらせてください、総督！」

「あなたにやらせる？　よく聞いてください！　私たちにとってあなたは何も意味しないことがいつになったらわかるのですか？　あなたはほろ酔い機嫌の一般市民に過ぎません。あなたの条約に関しては……」

バライは怒って定規を壊した。その声は、咳とぜいぜいいう呼吸のすさまじい音のなかに消え入るようだった。

ともあれふたりは、五、六回の口論の後で、チェスをしたり冷たいビールを飲んだりしてあれこれ苦労しながら笑いを取り戻しては、三週間を一緒にすごした。

違う話題にさえなれば、ふたりはより良い友人となった。バライはオリヴィエ・ドゥ・サンデルヴァルの勇気、鋭い知性とバヤールの騎士の悲壮感を称えた。サンデルヴァルは、コンゴでブラザの側で勲章を獲得したその海軍士官を尊敬していた。バヨルとは反対に、実直さと非の打ちどころのない義務の感覚は、フランスと彼が着ている制服に名誉を与えた。

　哀しいかな、避けがたい敵同士。一方は行政管理者たちの植民地のために戦い、他方はパイオニアたちと工業の社長たちの植民地のために戦う。一方は権力を、他方は策略の力をバックボーンにして関わる。しかしながら、ふたりを結びつけるものがひとつだけあった。フタ・ジャロンは落ちなくてはならない。しかもできるだけ早く！　プル族の国はフランスにならなくてはならない。だが、どんな形態で？　バライは、きまじめで、上官を敬うことには非常に厳格な海軍士官であった。オリヴィエ・ドゥ・サンデルヴァルは孤独で、工学と個人の自由に重きを置き、彼の空想じみた考えを他人には話さなかった。彼は青春と財産のすべてを誰もが度を過ぎていると思った夢のなかに費やした。フタ・ジャロンを征服し、彼の紋章を掲げ、彼の法律で支配する、彼による彼のためだけのフランスでしかない、豊かな彼の企業の個人的植民地の入植。アフリカを部分部分で横切る彼だけの王国。

　三ヵ月間、ののしり合い、ふくれ、そして仲直りを繰り返したが、ふたりの間の疑念と誤解があまりに多くなって、ふたりは恒久的に別れることになった。ふたりともフタのなるべく早い陥落を望み、それは単純で共通の考えではあったが、そのときに、身体が財産もろとも消えうせることになるとは、ふたりのいずれも思っていなかった。


　チムボへの道中で、エメ・オリヴィエはコレアの宿営地でキャラバン隊と交差した。ボカ・ビロのメッセンジャーと、彼はまだ知らなかったかのベックマンがいた。総督の使者は疲労困憊し、アルマミにかなり不満のようだった。オリヴィエ・ドゥ・サンデルヴァルはテントの前に設置したテーブルに招待した。だがベックマンは、鴨の脂漬けとボルドーのワインでもてなされたにもかかわらず、張りつめたままだった。彼は食事の間ずっとおかしな態度を取り続けた。彼の視線はオリヴィエ・ドゥ・サンデルヴァルのそれを避け、足を踏み鳴らし続けた。質問されたことには、食べ物をがむしゃらに噛みながら、けちをつけて答えた。それでもオリヴィエ・ドゥ・サンデルヴァルはいくらかの言葉を彼から引き出すことができた。

「ボカ・ビロはいったい何をして、あなたをそんな状態にまで追い込んでしまったのでしょう？」

「横柄で頑固者です！　私を下劣な人間として迎えました。フランスに友好的な宮廷の人々すべてを銃で撃ちました。彼とは終りにする時期です」

「おお、私は彼を正気に戻すことができるでしょう！」

「何ですって、私が話したばかりのことを聞いてなお、あなたはチムボに行くのですか？」

「どうして警戒する必要がありましょう。いずれにしろ、私はここにいるのです」

「あなたは正気ではありません！」

「私は彼ら同様のプル族です。心配するいかなる理由もありません」

エメ・オリヴィエは余計な言い回しをせず、当たり前のことを言うように。これ以上ないくらいに単純素朴に言った。ベックマンは反応するまで数分かかった。彼は赤い目をかっと開き、初めて見るようにオリヴィエ・ドゥ・サンデルヴァルのほうに傾いた。

「ああ、そうですか！」やっとわかったという雰囲気で言った。「あなたはプル族でしたか。知らされていませんでした。あなたはすべてのプル族を集めた以上に最悪です。ぼろを着たそれら貴族たちの手合いより、さらに腹黒く、強欲で、制御できない。誰もあなたが誰か知らず、誰と一緒なのか知りません。あなた自身のために仕事しているのか、あるいはうわさされているように、フランスの利益に反するチムボのスパイなのか？」

彼は飛んで立ち上がり、馬に鞍をつけた。

「私は行きます、オリヴィエ・ドゥ・サンデルヴァル、あなたにできることは、私がどんなレポートを総督に書くかを推察することだけで、私を止めることはできません」

数メートル後、彼は振り向いた。

「正直に言わせてもらえば、オリヴィエ・ドゥ・サンデルヴァル、私に命令が下るだろう日には、私はあなたを喜んで撃つでしょう！」

「わかってます、ベックマンさん、わかってます」

そしてオリヴィエ・ドゥ・サンデルヴァルはすぐに、友情を確認し、チムボへの到着を予告するメッセージをボカ・ビロに書き、そしてもう一通、バライに書いた。

《親愛なる総督殿、

私はコレアであなたのチムボへの使者と会いました。外交官と言うよりはむしろ騎士のような方でした。それはそうとして、私たちのフタ・ジャロンの行政管理についての私の判断を述べたく思います。ボカ・ビロに関して記すとともに、ついでに、私が健康であることはあなたを喜ばさないでしょうが、原野の過酷さと私のいつもの腹痛にもかかわらず私が元気であることをお伝えします。

あなたがボカ・ビロにメッセンジャーを送ったのは五回めであることをキャラバン隊から聞きました。これ以上使者を送って、さらに疑われるようなことはしないようお願いします。あなたのような繊細な猟師には、獲物を捕らえるには眠らせなくてはならないことを言う必要はないでしょう……フタはあなたから逃れ、逃れ続けるでしょう……

したがって、私にやらせてください！　ずいぶん前から私が企てていた仕事が実を結びつつあります。武器は準備でき、私のフタの友人たちに連絡もつきました……偉大なる決着の日が告げられる前に私たちは協力しましょう。私たちは皆、フランスに仕える者ですが、私たちの国のこの地方への侵入は個々人の天分に逆らっては為しえません。すべては、あなたが私の権利を認めるなら単純です。フランスの利益はきちんと守られるでしょう、あなたはコナクリで、私はフタから》

オリヴィエ・ドゥ・サンデルヴァルはタレの宿営地で、たこうおのめを鎮めるため足風呂に浸かって、旅程を見直していた。そのとき、村人たちがすさまじい叫び声をあげた。

「泥棒！　泥棒！　泥棒を捕まえた！」

ボイラーマンの青い服を着た、かの宝の探求者だった。羊を盗もうとしているところを捕まり、皆は彼に石を投げようと駆け寄ってきた。彼の爪は常に汚く、長い髭は埃と腐った野菜で汚れていた。彼はわが身を守るために、先にナイフをつけた長い棒を手に持っていた。彼のボーイが、支払われなかった給与の代わりに、なべと銃を持って出ていってしまっていた。オリヴィエ・ドゥ・サンデルヴァルは武器を振りかざして、石殺しの刑から助けた。

「ありがとう、ありがとう、我が親愛なる同国人！　これらの野蛮人たちは私をむさぼり食っていたでしょう！」

「そんなに早く喜ばないでください。私が死から助けたのは、牢屋に入れるためです」

「なんですって？」

「私は不正直な人は腹の底から軽蔑することにしています。特にそれが同国人である場合は」

「いやはや、私をかばうのではなくさらに追いやるのですか。おかしな同国人ですね、あなたは」

「私が総督だったなら、その場で銃を撃っていたでしょう。でも私はデュブレカに連れて行くように村長に頼み、行政担当者ベックマンに、あなたを告訴します」

「それは売国行為というやつだ。戦時中だったら銃殺でしょう！……少なくとも私にワインを少しください」

オリヴィエ・ドゥ・サンデルヴァルは少しためらったが、瓶を開けて半分だけ、コップに注いだ。

「瓶ごと私に残してください。まったくしみったれですね」

「瓶全部に値するには、あなたは卑劣すぎます！」粗野な男がいらだった目つきで見守る中でサンデルヴァルは瓶をゆっくりと空けながら、はっきりと区切りながら言った。

植民地をこのように軽視する下劣な者の顔で長靴を拭くのをがまんするのは大変だった。無知な、狭量な、強欲な、香辛料とインディゴを嗅ぎ分けるためにだけ植民地に来たどぶねずみ！

このくだらない大騒ぎでエメ・オリヴィエはりっぱな教訓を得た。王になったなら、アフリカには禁止にしよう。下品、無教養、乞食、怠け者、徒刑囚、それに詐欺師を。

これが白人の成れの果てだ！　では、プラトンの、アルキメデスの、ユークリッドの、パルメニデスの作品を継ぐのは誰か？

ああ、この時代！　ああ！

カヘルは軽業師たちとその装身具一式を、騎士たちと立派な大型安楽椅子を、帝王を迎えるために出した。多くの羊とにわとりの首を切り、ここでも魔術幻灯で迎えられ、軍隊が行進した。笛吹きたち、グリオたち、カルバス叩きたち、タムタム叩きたちが夜遅くまで演じた。ジョルジュは楽しんだ。奥深いアフリカの心地良さが自然に、彼と尊ぶべき父親を陶酔させた。

ディオンガシでは、将来の駅の場所には、りっぱな鉄の囲いとれんがの山、ドラム缶、ネコ車、つるはしが置かれていて、そこが駅になることがはっきりしていた。フェロ・デムビでは、数階建ての在外商館と、ヨーロッパ風の家具を入れ、バラで飾られた長方形の広い家が彼を待っていた。

藪があったところにはりっぱな稲田の格子模様と放牧場が見られ、王国は、出発点に立ったばかりだったが、通貨と良く訓練された三千の兵士の軍隊とで、まあまあさまになっていた。

彼はジョルジュと一緒にマンゴと柑橘類の木々の道に戻り、コーヒー、パイナップル、ゴム、サイザル麻のプランテーションを視察した。

すでに小さなりっぱな植民地だった！　やがて、パリの都市工学者たち、ヴェルサイユの庭師たち、リモージュの陶器職人たち、オビュソンの絨毯職人たち、そしてイタリアの建築家たちが来るとどうなるのだろうか！

「父さん、ありがとう！」ジョルジュは、幸福感に包まれ、フタの叙情的な風景に魅了されるままに時を過ごした。「カヘルは、狩をするのに、ジャスミンとはちみつのかおりにすっかり包まれた空気を吸い込むのに、いつも星がいっぱいの空の明かりで幻惑されながら、夕方からの涼しさのなかでアペリティフをちびちび飲むのに、世界でいちばんの場所だ」

ボカ・ビロが間もなく攻撃に出るだろうとの情報があるにもかかわらず、彼は息子を十日の間、野ウサギたちを追わせ、猿たちのうしろで戯れさせた。チムボに出発の前日、アルファ・ヤヤからの伝令が来て行き先を変えさせた。ラベの王はすぐに夜陰に乗じて彼のところに来るよう願った。伝令は《夜陰に乗じて》を強調した！　街の場末の、まわりで武装した人影がひそひそ話している孤立した小屋の中に案内された。アルファ・ヤヤはひとりではなく左にはチエルノが、右には、誰だろうか、驚いたことに、イブライマ、エメ・オリヴィエが心の奥では敵と見なしているフグムバの老いたむずかしがり屋がいた。チエルノとアルファ・ヤヤは予想できたが、イブライマと《夜陰に乗じて》は！　ここで何が起こったのか？　その老陰謀家は何を欲しているのか？　フタでは、とりわけ血縁で同盟関係を結んでいる兄弟の場合、何ひとつ確かなことはない。エメ・オリヴィエは通訳なしでも、ここで企てられていることをおよそ理解することができた。

以降、この地方で彼は、彼のモントレドンの城の中のような自在さで動き回った。彼は河、小谷、丘陵のひとつひとつをわかっていた。今ではそれぞれの村は匂いで、それぞれの男は咳でわかった。以降、彼はそのプル族の世界にどっぷりと浸かった。それぞれのウインクを、それぞれの平身低頭を、それぞれの咳払いを理解した。そこの王子たちは、同郷人として通しているが、――金、権力、それに婦人が賭けの対象であるところではどこでもそうであるように——親しい従兄弟でありつつ、同時にライバルである。

エメ・オリヴィエは、各人の気性と置かれた状況に合わせて、関係を整えた。チエルノとは、ふたりを引き合わせた出来事は、計略によって歪められたものだったが、むしろまじめな友情を育んだ。鋭敏な精神と、それと知れずに相手に対抗する能力がオリヴィエを魅了した。知的で、教養があり、礼儀正しく、感じの良い男だ。イブライマは、赤ら顔で、無愛想な、骨ばった、高慢な、熱狂的な、短気な、エメ・オリヴィエが恐れるプル族である。とげのあるユーモアを混ぜて話し、さらには、燐光を発する大きなロザリオを神経質にひとつひとつ鳴らしながら、意地の悪い快楽を楽しむ。

謎めいたアルファ・ヤヤは、チエルノほどは親しくなかったし、容易な関係だったというにはほど遠い。少ししか食べず、少ししか話さず、目立とうとはしない、馬から降りるのは稀な、すべての食事を一握りのフォニオか三つのオレンジに留めるほどに禁欲的な暗いその快男子に、彼は最初の日から魅了された。痩せてすらりとして筋骨たくましい、激しやすく、知的な、実際的で、実用的な野心に執着するりっぱな青年であった。仲間としては理想的で、明確な考えの持ち主である。一緒に人生を楽しむのは難しいが、ビジネスには快い。恐るべき敵ともなりえる！　孤独でよそよそしく、むきだしの感情となれなれしさを嫌う。生まれながらの王だ。反世間的で計算高く、抱え込まず、小心ではなく、感傷的でない。彼は人生をオリヴィエ・ドゥ・サンデルヴァルと同じように、チェスのゲームのように見ていた。失敗は許されない。歩が邪魔だと、考えずにすぐに食う。精力的で悪賢い、神経は常に活発で、権力の戦いではいつでもはかりごとが突然現れ得ることを知っていた。彼は、ずっと前から巧みにかわし、必要なら、適切なときに適切な場所に行けるよう、自分を鍛錬した。彼はそのための十分に深い精神と、十分に敏捷な体を持っていた。その夜の彼は、いつもより暗く、よそよそしく、激しかった。

「チムボとラベの間にいやなにおいがする、イェメ！　ボカ・ビロは地方をなくそうと準備している。単独で君臨したいようだ」

「そのためにあなたたちはここにいるわけだ！　チエルノとあなたはわかるけれど、でも、イブライマは？」

「彼は兄のパテに対抗したボカ・ビロを武装させた。だが見返りが少なすぎた。ボカ・ビロは相談せずにひとりで決める。しかし、チムボで王、アルマミが君臨し、フグムバで地方の王たちを選ぶ、それが私たちの伝統だ。ボカ・ビロはがさつなやつだ、プル族の慣習を尊重しない！」

「ボカ・ビロ、あなたの友人の、あのボカ・ビロが？」

「ラベを破壊したがっている誰かが私の友人だって？　否、イェメ、否！」

「フタは連邦だ、白人！」イブライマの風邪気味の声がうなった。「私たちの先祖の規則を廃止しようとするものは、誰の友人にもなり得ない！」

「私たちの情報では、彼はフタの唯一の王を宣言するため、次のフタの審議会を待っている！」チエルノが嘆いた。

「私たちは彼にマラブたちを代表団として派遣したが、彼はそれを足蹴りで追い払った」イブライマが文句を言った。

「それで今度はあなたたちはどうしようとしているのだ？」

アルファ・ヤヤは、しばらくの間重々しげに沈黙してから、次のように言った。

「これを言うのはつらいことだが、これからは、彼か私かだ！」

「私に考える時間をくれ。和解はまだ可能だ。何ということだ！　あなたたちプル族は！」

「好きなように、イエメ、好きなように。でも、失敗したら、アラーにかけて、ナイフがものを言うことになる」

「それなら、カヘルに戻って息子を起こし、その足でチムボに行かせてくれ」

出かける前に時間を割いて、次のことを書いた。《すべての論理がそれを推測するように、絶対の行動の蓄積によって形成された物質が、揺れがますます強くなる振動によって構成されるなら、一連の物体のなかで、逆の振動が構成要素となる振動と対立しながら、以前の階層から今の階層に物質を持ち上げる》

チムボに到着するとすぐ、パテとボカ・ビロの闘いが残した跡が目に入った。穴が空いた壁々、火災の跡がある屋根と菜園。りっぱだったパテの館は完全に破壊され、家族はやむなく退去していた。

ボカ・ビロは満面の笑みを浮かべ、長々しい挨拶で彼を迎えた。（私のラベへの旅行の秘密は漏れなかったというしるしだ）エメ・オリヴィエはとても安心した。（私をバライと同じに扱ってはおらず、私が常にフグムバとラベの陰謀を防ぎ、助けると思っている）

彼を近くに座らせ、周りを人払いして、手で合図した。

「変わっただろう？」

戦いで壊れた宮殿を全部建て直していた。城壁を二重にし、囲いを高くし、見張りを強化した。アルマミ、ソリイのときは見張りはモスクの入り口と宮殿の周辺に限られていた。今では道ごとに、また街の門のそれぞれに置かれていた。しかしチムボで変わったのはそれだけではなかった。宮廷はそのいにしえの豪華絢爛さを失っていた。王子たち、マラブたち、グリオたち、チムボの威光を成したすべてが消え、主に若者たち、捕虜たち、そして輝きのないグリオたちで構成された、平凡な議会に場を譲っていた。

「ええ、」彼の笑みを返して、茶化す調子でオリヴィエが認めた。「私が知っているチムボだとわかるのには苦労する。あなたのマラブとグリオたちはどこに行ったのだ？」

「笑みの下に毒とナイフを隠した、フタの敵に尽くす偽善者どもだ。他にやりようがなかった！」

「プル族のマラブもいなければマンディング族のグリオもいない宮廷は、宮廷でない、わかってるではないか、ボカ・ビロ」

「威光、威光！　いかなる威光も刀ひとつに及ばない！」

白人は視線をアルマミから離し、周囲を見回した。その表情は考え深げになった。

（ボカ・ビロはフタのアルマミではなく、私の眼前の単なる戦士だ。ほんとうのチムボはチムボを見捨てた。私たちにとって、それは悪いことではない）

アルマミの震えた声が彼をびくっとさせた。

「あなたはラベに行く時間があっただろう？」

「ラベ？　また何のために？」

「アルファ・ヤヤに会わなかったとしても、バライにはきっと会っただろう。手紙を渡されているだろう？」

彼はサン・ルイからの手紙を差し出した。

「読んで！　プル語で書かれている」

読んでかっとなったボカ・ビロはすぐにその手紙を破った。

「白人のひとでなし！　あなたたちは通商を望んでいない。友情も。望んでいるのはフタだ！」彼は憤然として屈み、指で床を叩いた。「これは私の父の土地だ、白人！　これを奪いたいものは先ず私の首を切らなくてはならない。もし失敗すれば、逆に私が確実に相手の首を落とす。その名がバライだろうとイェメだろうと！」

そのとき厄介なことが起こった。友人イェメはチムボで首を失う危険にあらためて晒されたのだ。衛兵が遠くから来たらしい汗をかいた男を中に入れた。男は深くひれ伏し、アルマミの耳のほうに傾いてなにやらささやいた。

君主は白人のほうに向き直った。もう怒ってはおらず、冷静かつ穏やかに落ち着いてはいたが、憎しみに満ちた顔で言った。

「白人、今度は私を正面から見て、まばたきせずに答えよ、あなたはアルファ・ヤヤに会ったか？」

「私はアルファ・ヤヤに会っていない！　なぜ嘘をつく必要があろう？」

「ディンギライエへ行くことを許可しようと思っていた。だがもう、あなたはディンギライエには行かない……この男を連れて行け！　今夜どうするか考える！」

エメ・オリヴィエは、いままでになかった感情で胸を締めつけられた。恐怖、彼の息子にさえ隠せなかった激しい、どうしようもない恐怖。チムボが彼に毒を盛るのは初めてではなかったが、状況は同じではなかった。一八八〇年、初めてフタに来たとき、エメ・オリヴィエはプルの習慣にきちんと則して行動した。そして宮殿には、賢明で慣習を重んじるほんとうのアルマミが君臨していた。以降、プル族に、フタの市民になってから、この国の事に非常に多く関わりすぎ、秘密と陰謀の恐ろしい空気に浸らされすぎた。目の前には、戦士の本能と抑制できない欲動でその権力を引き出すしかない、威光もなく正当性もない粗野な人間が君臨している。しかも、彼は自分だけではなく、息子と一緒だった。

「仕方ない」エメ・オリヴィエが不眠症で眠れないでいる間、いびきをかいている息子を見ながら自らに言った。「たぶん君を殺さなくてはならないだろう、息子よ、私のシアン化物のカプセルを飲まなくては。許してくれ、ジョルジュ、だがこのほうが、拷問や屈辱よりは良い！」

しかし翌日若い騎士が来て彼の不安を払い取った。彼は宮殿に連れられ、サイドゥが熱い手で握手し、アルマミは笑顔で迎えたので、エメ・オリヴィエは驚いた。

「私はよく考えた、イェメ！　おまえは私と同じプル族だ。あのように扱うべきではなかった。乱暴だったことを許してくれ。悔い改めるためにプレゼントをしよう。それでよく考えたが、私にはディンギライエしか思いつかない。私の良くなかった振る舞いを埋め合わせられるのはそれしかないだろう。どう思う？」

「なんだって？　ディンギライエまで行くことを承知してくれるのか？」

「そうだ。」

「それでいつ？」

「好きなときに、イェメ！」

「それではすぐに。あなたが心変わりする前に」

オリヴィエ・ドゥ・サンデルヴァルは別れの挨拶をし、立ち上がったときアルマミは包みを差し出した。

「ソコトロを通るとき、これをそこの王の、私のいとこのアディに渡して。相応な歓迎をし、ディンギライエへの道を案内するように指示を与えてある。あなたの道が平安であるように、イェメ！」

道の途中、騎士たちにエスコートされたアディが来て、ソコトロまで案内した。

風呂のために湯を沸かし、縁取りされたシーツとカポックが詰った枕をつけた、木製のほんとうのベッドを用意し、王の名にふさわしい食事のために、領土のすべての婦人を動員した。フタの最も美味な料理でいっぱいの一九のカルバス！　笛吹きたちとグリオたちが心地よく奏で歌うなか、父と子は満腹した。後で、夜半、嘔吐と頭痛がふたりを苦しめたとき、ふたりはやっと事の次第を理解した。ふたりは朝まで血を吐き苦痛で身をよじった。村の反対側にいたポーターたちには、ふたりのしゃっくりとあえぎ声は聞こえなかった。ふたりに迫り来るゆっくりした死を止められるものは何もなかった。超人間的な努力の後にやっと、父は、肘で身を支えながら、昏睡して横たわっている息子を見ることができた。「彼がすでに死んでいますよう。そして私の番がじきに来ますよう。神よ、そうしてください！」

ああ、奇跡。翌日夜明けに、主人がそっと入ってきて、付いて来た三人になにやらささやいたとき、まだふたりは生きていた。その不健全な手口を見破ったオリヴィエ・ドゥ・サンデルヴァルはまだ少し残っていた僅かな力と気力をふりしぼり、早口で口ごもった。

「食事をありがとう」

男は飛び上がり、意識せずに、短い息づかいとなって、支離滅裂な言葉で話し、犯した犯罪を自白したも同然になった。

「あなたたちはまだ……ええ、いいえ、……そして、したがって、……ええ」

ふたりは無残な状態にもかかわらず、すぐに出発した。アディは午前半分ほど、半睡状態でふらつく彼らの足取りを目の隅で探りながら、ついて来た。

「このマカク猿は私たちがくたばるのを見たいのだ。どうか、息子、ジョルジュが彼にその喜びを与えませんように！　私たちはもっと後で死のう。生きよ、ジョルジュ、どんなに高くつこうとも！『絶対』を思え！　ヴィニィの狼を思え！　気絶だけはするな、それは彼を喜ばす」

ふたりが依然として死なないのがわかって、がっかりしたアディは道を戻った。

「アラウ・アクバ！　神はイェメに味方している！　誰も彼には抗しきれない！」

ジョルジュは、アディが木立の後に消えるとすぐに崩れた。

三日後、ふたりはまだ生きていた。はっきり言って、生きているのが不思議だった！　色あせ、頭がぼうっとし、骨が皮膚すれすれに浮き出ていたが、まだ生きていた！　ふたりの命を奪うことに成功しなかったとはいえ、ふたりの旅はまだまだ危険が多い。ディンギライエとトムブクトゥは問題外！　ふたりのこの状態では、緊急に、最も近いフランス軍の分署に行くことだ。痙攣を伴う昏睡、息のつまりが伴う妄想で、タンキッソに着くまで丸一週間かかった。その間、ジョルジュは元気を取り戻し、逆に父は分刻みで悪化した。皆は生気のない哀れなエメ・オリヴィエを先ず丸太船にのせて小川を進み、それから背負って、ニジェール河まで運んだ。

シギリでは注射を打ってベッドに寝かした後で、フランスの分署の医者、デュラン医師がジョルジュを隅に呼んで悲しくささやいた。

「あなたのお父さんは第三段階からは耐えられないでしょう。それでも先に進むように勧めます。鉄道と、カイの私たちのベースにさらに近づけるように。もし彼をここに埋葬するつもりでないならば」

ジョルジュは声を震わすことなく礼を言った。医者の言葉を満足して受け取ったわけではないが、医者が言ったことには理があり、さらに事態が悪化する前に文明に近づくほうが良いと思った。当然彼は、父の墓はマルセイユの母の墓の横以外は考えていなかった。


一週間後、病人の脈拍は弱く、不安は消えないものの、熱が下がり震えが少なくなった。ともかく次のフランス軍の分署に着く前に死ぬだろうことを覚悟したジョルジュは、眠気と飢餓、蚊たち、ねぶと、ポーターたちの嘆きの声にかかわらず、走行区間を倍にした。不可能に思えるこの考えを彼が今為すべき唯一のこととして、すべてのエネルギーを傾けた。できるだけ早くカイに近づき、取り返しのつかなくなる前に鉄道に達すること。元気づけるために軍歌を歌い『絶対』の何章かを読んだ。十字架とフランスの国旗を立てた墓場が道沿いに多くあり、ますます気力がくじけた。戦争はその地域に荒れ狂っていた。マンディング族のその地方は、ガリエニの軍隊とサモリイの恐ろしい戦士たちの飢えた軍団で苦しめられ、村々は焼かれ、傷跡は未だに生々しい。ときどき、墓の前で止まり、輿のなかで気を失った父を希望をなくした目で確認しては、木の枝と花をささげて「ラ・マルセイエーズ」を歌った。いつでもどこかに敵がいた植民地。前にはくろんぼたちの毒を塗った矢、背中には病気、油断ならない弾丸……表か裏か、死はいつでも白人を待ち構えていた！

デュラン医師の不吉な診断から二週間、ジョルジュの父は、ひどく痩せぼそり昏睡状態も長引くようになったが、まだ生きていた。途上、道の側の墓々、焼かれた家々、悲嘆の村々、それらすべてが、悪しき呪いとなって死の誘惑を強めているかのようだった。そしてある朝、ポーターのひとりが走ってきてわめいたとき、気絶しそうになった。

「早く、早く、ジョルジュ、早く来て！」

彼はアカシアの枝につかまって、痛々しくどもった。

「とうとう終わりですか、……そうなんでしょう？」

「三滴、ジョルジュ！　ミルクを三滴飲んだ！」

そんな奇跡があるなんて。彼はすぐに起き上がって、こう言った。「今は、カイへ近づくことにすべてを賭けたほうが良い。もし生きて着けるなら、ほんとうの治療が受けられる。そうでなければ神が父を欲しているのだ。いずれにしろ、本国に送還するのがより容易になる」翌日、病人は息子の背中に掴まって馬で道を進んだ。翌々日は部下のひとりに助けられて、自分の二本の足でちょこちょこ歩いた。そして段々と、煎じ茶、ビスケット、ミルクを遠ざけて、まともな食事を求めるようになった。

ニアガソラで、フランス軍の分署に行李を預けた。二五歳の若き中尉、准尉、伍長、そして百人の銃撃兵！

父の状態が良いのを確かめてから、ジョルジュは新たにロバと食料を買いに中尉について行った。しかし親しみの無いささやきと敵意ある視線が彼らに付きまとった。マンディング族の狩人で、ブーブーを着て負い革で刀を吊った長い髭の巨人が、他よりさらに一層攻撃的だった。彼は刀をくるくる回しながら若い中尉に近づき、怒気を含んで、顔につばを飛ばした。中尉は数秒置いてから、そしてジョルジュが驚いたほどの冷静さで見事な平手打ちを加えた。その響きは周りの藪の中まで聞こえた。ふたりの男は憎悪をこめて見つめ合い、すこしの間、蠅一匹もぶんぶんと音を立てなかった。市場中、皆、非常に緊張し、くろんぼも、白人も耐えられなくなった。そして子供が巨人を指差して笑いを爆発させた。

「白人がチエコロ・ケレンをぶった！　白人がチエコロ・ケレンをぶった！」

群集は少しためらったが、コーラスが続いた。

「白人がチエコロ・ケレンをぶった！　白人がチエコロ・ケレンをぶった！」

男は刀を取って子供を追い、大怒号となって群集が続いた。

「白人がチエコロ・ケレンをぶった！　白人がチエコロ・ケレンをぶった！」

夕方、夕食のとき、ジョルジュは出来事を父に語った。その勇敢な、年の割りには優れた行為に感動したオリヴィエ・ドゥ・サンデルヴァルは立ち上がって中尉に接吻した。津波が堰を飲み込む猛烈さで、長く抑えすぎた恐怖が突然あふれ、若い中尉の顔が青ざめているのに彼は気づかなかった。

「わかりますか、サンデルヴァルさん、わかりますか！　彼は私を殺していたかもしれません。その霊長目は、そして……」

言葉を終える前に、彼は気絶した。
夜、オリヴィエ・ドゥ・サンデルヴァルは、モルフェウス〔眠りと夢の神〕が至福をもたらしつつある脇で、手帳に記した。《ジュリアス・シーザーになるためにゴール族を征服する必要はない。ときには平手打ちひとつで十分》
カイで、二本足で到着したオリヴィエ・ドゥ・サンデルヴァルを見た総督、トランティニアンはこの言葉で迎えた。
「すごいオリヴィエ・ドゥ・サンデルヴァル！　ビールを用意して待っていました。私が贈らなくてはならないのは、むしろ、一杯のシャンパーニュですね」

エメ・オリヴィエは、血管を膨らませ足をしびれさせていた毒の作用が治まるとすぐに、カヘルに戻った。もう、フタの詩的な情緒から長く離れたくはない！ 彼は泉と笛のメロディをふたたび見出し、急いで、フォニオとシトロネールのかおりを吸い込み、すえたにおいのバターを塗った熱いタロイモを味わった。この国を彼は目で見るだけではなくなり、それが彼の脈拍と同じに彼を打っているのを感じた。

想像していたのは霧、現実は固い石。なんたる道か！ オリヴィエ・ドゥ・サンデルヴァルはプル語を話し、プル族を呼吸し、プル族を感じ、プル族の国を行き来する。彼はフタに住み、より正確には、フタが彼に宿った。共犯という以上に、結託。人の絆という以上に、神秘主義の信徒共同体！ 石蹴り遊びと半ズボン以来の、もしそれがあるなら地獄の辺境からの、なんたる道！ 最初は単なる直感、そして夢、そして企画。そして今は成果、成果の仕上げ、二、三の最後の決定的な行為、そして間もなく……

ガルニエ神父とその分身、グエノレの前史時代は終った！ ザラトゥザニは空想でなくなった。いま彼は彼の石の上を歩き、彼の水で渇きを癒し、彼の景色と果物を大いに楽しむ。この未開の土地、この世界の果ての国で彼は土着人となり、生粋の原住民、種族の長となった！ 彼の通貨が彼の市場に溢れ、彼の兵士たちが彼の高原でパレードをする。彼は、プル族。カヘルの領主で所有者である。彼はフタの無視できない鎖の環のひとつを代表する。地方のすべての運命を傾けるには、指一本挙げれば事足りる。彼はやがてその指を挙げ、フタは間もなく衰勢に向かう。

最初のチムボへの旅以来、物事がだんだん明らかになってきた。プル族の良からぬ性格は天性のものだ。神はアギブとパテは危険すぎるとわかり、ただ単に、彼らを排除した。アルファ・ヤヤとボカ・ビロは？ ソコトロでふるまわれた悪辣な食事によって、ボカ・ビロの意向が明らかになった。ボカ・ビロを排除しなくてはならない、しかも早く！ チムボの動物、天然痘であばたの顔のアルマミは唯一の最後の鍵として残った。すべてがエメ・オリヴィエが望むようになるためには、ボカ・ビロをふっ飛ばせば足りる。すべて、物語、デッサン、グエノレの地図帳、太平洋の珊瑚礁、そしてザラトゥザニ。


エメ・オリヴィエは、建築中の基礎と足場、にわとり小屋、プランテーション、稲田、そして厩舎の状態を見るために数日自分の土地にいてから、ジョルジュとマンゴネを残し、夜陰に乗じてラベへ発った。立派な木の薪がまんなかで燃えている、かの離れ小屋に、三人の同盟者がいた。

「ボカ・ビロはイブライマに殺し屋たちを送った。聞いたかい、イェメ？ イブライマは私のところに避難してきた」

もちろん彼は聞いていた。とりわけアルファ・ヤヤが馬鹿正直にそう質問したので、エメ・オリヴィエは安心した。残忍な微光が反射した小さな目、震えた下唇、木の薪のぱちぱちいう音の下で赤くなった、怒りで腫上った意地悪な顔。

チムボとラベの間に、ボカ・ビロとアルファ・ヤヤとの古くからの友の間に、何かすごいことが、何か修復不可能なことがエメ・オリヴィエがいない間に起こり、そしてそれは必ずしも彼にとって気に入らないこととは限らなかった。

「殺し屋たち、でも一体なぜ？」あたかも事実を知らないかのように、とぼけて言った。

「あなたは私になぜって聞くのか！　それではあなたは、ソコトロで彼があなたの死を望んだことをどう思っているのだ？」

「その男は怪物だ！」さらに荒れてイブライマが加えた。「地方をなくして、鉄腕の彼だけがフタの頭になるよう望んでいる。狂気の沙汰だ！」

ふたりの中間――炎の真ん中でもあるが――に留まっている恵みを得たチエルノは、ボカ・ビロの非常識さを、その考えの不合理さを、そしてイブライマをいらだたせる理由を明瞭かつ慎重に説明した。前の金曜日に、宗教上の長で法律の守衛であるイブライマはフグムバのモスク――フタで最も神聖な場所――で、チムボとしては気に入るはずのない宣誓をした。哀れなイブライマがそこで犯した犯罪は何なのか？　プル族の良識に訴え、貴重な明白な事実を思い出させた犯罪とは。つまり、一本の指では、綿を紡げず、石を投げられず、種を蒔けず、一本だけの枝は、木にならない。幹の後は枝、枝の後は小枝、そして芽、葉……そこに、樹液があり、果実があり、木陰がある。なぜ賢明な先祖はフタを、ひとりのアルマミと、王たち、王子たち、貴族たち、奴隷たち、その他で構成したのか？　樹液が、果実が、木陰がいつでもフタにあるように、今日も、明日も、永遠に。ああ残念、千回、残念。先祖の明かりが弱まり始め、この粗悪な時代は昼より夜が長く、善人よりも悪党が多い。イブライマは知った。誰かがフタの枝々を切ろうとしていることを、そのりっぱな開花をひとつの木片に減じようとしていることを。そしてイブライマは祈った。全能のアラーが、このような出来事を言いふらす者を呪い、国をこのような災禍から守る力をアルマミに与えんことを！

このボカ・ビロにとっては裏切りである、長々とした宣誓のすべてがボカ・ビロの耳に入った。

最初ボカ・ビロは、前言を取り消させるためにフグムバの王に使いを送った。が、それは空しく終わった。そして二度目は殺し屋たちを送った。この物語の筋はそこまでだった。そしてこれが、蚊とねずみが横行するこの汚らしい、だがチムボの短刀と視線からはきちんと守られているあばら家で会合がなされている理由だ。今、無益な話であろうと、ひと騒動起こし、ボカ・ビロを殺さなくてはならない。あるいは、不安に駆られてボカ・ビロが自ら死を選ぶか。三人の同盟者は毎夜毎夜会合を積み重ねて陰謀を企てた。死んでいようが生きていようが、ボカ・ビロは来月王座を離れなくてはならない。方法はどうでも良い、クーデタ、待ち伏せ、短刀の一撃あるいは毒で。

すでに夜が明けたので、この考えを確認してから別れ、エメ・オリヴィエは宮殿の袖で泊まった。密かに旅行するには夜を待ったほうが良かった。

昼頃、子供が焼肉と果物を持って来た。

「聖女からです」

「聖女？」

しかし子供は城壁の後ろにすぐに消えた。彼はいなくなったところを眺め、疑いと不吉な予感にとらわれた。これらすべてはどのように終結するのだろう？　誰が頼れるのか、誰は頼れないのか？　ボカ・ビロ以上に嫌いな、フグムバのイブライマはいつまで同盟を続けるのか？　そして、エメ・オリヴィエが常に共感を覚える、快いチエルノ。しかし、笑みは謎めき、過剰なまでに用心深い彼は、完全には安心できない。冷たい、無常なアルファ・ヤヤ。計算高く、誰よりも繊細で明確な彼は、常に友人に心を使い、約束を守ろうとするだろう。だが、物事がうまくいかない場合は、彼の反応を誰も予測できない。「全く、私は確かにプル族の国にいる」くだくだと考えるのに疲れて彼は言った。

たそがれどき、カヘルへの帰途を準備しているとき、戸に控えめな三度の響きが起こった。ヴェールをまとい、すべて白い衣装で手に燐光を発するロザリオを持った婦人が戸口に現れた。

「タイブ！」当惑して、しばらく経ってから彼は叫んだ。

「おやまあ、私のことがわかったの？」

「いったいどうしたの、その格好は！」

「禁欲の誓いをしたの、イェメ、私は神に身をささげることを決めたの。私が神だったら許さないだろうから、神が私を許すという大きな幻想は期待せず、男、宝石、そして馬から遠ざかったの」

その返事で彼はさらに呆然となり、蝋人形のように固まったまま、声も出せずにに彼女を見つめ続けた。

「私はあなたを怖がらせたかしら？」

「いや、……驚いたよ」

「私はこんばんわと言いに来ただけ。さよなら、イェメ！」

彼は手を延べたが彼女は拒否した。出口のほうに進んでから、最後に彼のほうに振り向いた。

「彼は私を殺すわ、イェメ！」

「誰が？」

「誰であってほしいの？」

「いったい、なぜ？」

「彼は私が彼の兄さんにしたことを彼にしないかと恐れているの」

「黙りなさい、タイプ！」

「彼は私を殺すわ。そのほうがいいの」

彼女は、その最後の言葉を強烈に印象づけて、ダンスクラブに行く前に若い娘が首につけるタマリンドの香水の頑固さで空気をいっぱいにして、夜に溶けた。


エメ・オリヴィエは商館と農場に戻った。やがて、自分の生活を最終的に大混乱させることになる場面を目撃することになるとは思ってもいなかった。馬術に夢中になったジョルジュに付き添って原野を馬で走っていたある日の午後にそれは起こった。道を迂回していたとき、聖書のキリスト復活の奇跡にも似た情景を実際に見ることとなった。広い平原のなかで、皆、頭を剃り白のチュニックを着た千人ほどが地面の同じところに座り、熱狂してロザリオをはじいていた。ある者たちは目を閉じ、他のある者たちは頭を空のほうに向けていた。彼らは詩篇に没頭して、白人が来たのに気づかなかった。仮に見えていたところで、考慮しなかっただろう。そのおかしな巡礼者たちは何も考慮していなかった。平原も、下方の河も、猿も、フロマジェの木々も、鳥も、人々も。彼らにはここもあそこもなかった。彼らはこの世の終りを待っていた。彼らの導師は、大きな牧童の帽子と首座者の棒を持って群集の真ん中にいた。導師は、数日前に天啓を受け、そして皆は、そこがこの世の終りを待つ最良の場所と考えて集まった。

　エメ・オリヴィエが覚えている限り、宗教を重んじたことはなかった。カトリック教徒なのか無神論者なのかさえ正確にはわからなかった。ただ、運命の完了を前にしてまったく平静で精神集中した白装束のこの群集のありさまは、大理石の像を震えさすほどだった。

　彼は馬から降り、控えめに靴を脱ぎ何も食べず何も飲まずに、義捐の徒たちのなかに二日留まった。彼の息子は何か重要なことが起こったのがわかった。息子は彼を邪魔したくなかったが、飢えて死んでしまうことも、気違いになってしまうことも望まなかった。平原とフェロ・デムビの間を数えきれないほど行ったり来たりしてから、ついに、マンゴネ・ニャンの助けで、そこから父親を引き抜き、食べて飲むことを説得できた。

「こんな状態を見たのは初めてです、父さん。何が起こったのですか？　お願いだから、言ってください！」

「天啓だ、ジョルジュ、天啓！　この人たちは思っているのではなく、確信している。神の存在は彼らには何の疑いもない。感動的じゃないか？　人間が初めて絶対と会う約束をした。覚えておくんだ、我が子よ、アフリカはどんな本にも勝る。この手の焼ける子がどうしてこれほどまでに私を引きつけるのかがついにわかった。絶対が存在するだけでなく手に届くところにあることを納得させられたのは私たちふたりだけだ」

「ええ、彼らはほんとうに驚きです、父さん！」

「驚き、いや、祝福されているのだ、報われているのだ、ジョルジュ！　この人たちは恩恵に達した！　良く見なさい、彼らは準備が整っている。神が到着する！……彼らはすでにそこにいるが、私はまだ私の道を捜している。わかるかい、息子、私の本の一章のすべてがこの平原のなかで、ここで説明されている」

エメ・オリヴィエは、この日以降死ぬまで何十回となく精神喪失の時を過ごすことになった。彼が神秘的にひとり言をいうのを聞いた息子は、思想を整理しているのかあるいは熱で精神錯乱しているのか決してわからず、心配で胸が焼かれた。

《無限は、絶対に固有の膨大な熱や、絶対の原子の重量のような有限ではない……今は新たな真実が道の続きを示さなくてはならず、以前の真実によって生じた、私たちを要塞化した男性的精神を作り上げなくてはならない》

雷の激しい夜に扉が叩かれたとき彼はちょうどこの文章を書き終わったところだった。傘をさしていたが服に雨と泥で筋が引かれた人影が、次のようにささやき、稲妻と雷の混沌のなかに消えていった。

「良く聞きなさい、イェメ、アルマミがチムボを離れました！　ラベに向っています。バンティニュエルで待ち伏せしています」

翌日彼はマンゴネ・ニャンに最良の射撃兵たちを選ばせ、すでにチエルノとアルファ・ヤヤの部下たちが完全武装で待っているバンティニュエルの木立に隠れさせた。

スパイによれば、アルマミには数百人の衛兵しかいない。だがどこに行くのか？　スパイが聞いた通り異教徒との戦争か、あるいは友人、アルファ・ヤヤとフグムバの厄介な客の意表をつくためか？

何ものも生きたままにはしておけないというほどに、弓の射手と射撃兵たちが集まった。アルマミも戦士たちも、植物も、馬も。

銃撃は淵から絶壁まで振動させ、日暮れまで続いた。そして慎重に朝まで待って死者たちを数え、確認した。少なくとも千の死体、だがどれも、アルマミの顔や体を思わすものはなかった。

数え、数えなおし、確かに千もの死体、だがどれも……彼はどこか薮のなかで、岩の割れ目のなかで、あるいは竹か蔓の下で腐り果てたか。ジャッカルかリュカオンにむさぼり食われたか。ただ単に他の十人ほどのように急流に持ち去られたか。いずれにしろ彼は死んだ。このような地獄からはだれも生きては抜けられなかっただろうから。

勝者たちはあれこれ推測するのに疲れ、ボカ・ビロの死を確認しないまま、従順な目立たない若い王子、モディ・アブドゥライを傀儡に立て、その戴冠のためフグムバに急いだ。

だが数週間後、サカコレ族のキャラバン隊がフタ全体を恐怖で震わす、信じられないニュースをもたらした。ボカ・ビロはバンティニュエルでは命を失っていなかった。怪物は生きている、頭から足まで生きている！　サカコレ族はケブの市場で、斜面の村々で彼を確認した！　そう、大きな欠陥もなく引っかき傷すらなく生きている！

どうしてだろう、午後いっぱい、弓を射、銃を撃ったあとで生きているとは？　もちろんお守りのせいだ！たとえ良き神でも預言者でも、このような難局で撃って倒すことはできない。魔術と金属に不屈で不死身のアルマミの神話はフタの端から端まで吹く竜巻のように膨らんだ。

フタの支配法則を崩すことができなかったアフリカの悪魔たちのうちのひとり、エメ・オリヴィエは同盟者たちに、アルマミも人であり、魔術と金属には不死身であるという神話には根拠がないことを納得させるのは難しかった。「それは奇跡でもなんでもない。死を逃れることを私はスダンで同じ週に四回やった。先ず確認し、確認できたら殺し屋たちを送れば良い」

それは伝説となった過去の人でないことがすぐに確認された。生きているだれもと同じように話し、呼吸している、王座のために作られた尻をしたほんとうのアルマミ。そして瓜二つの人でもない。スパイは、その顔の天然痘のあばたとまねできない雷の声を確認した。

刺客たち、毒殺者たち、絞殺者たち、そしてミツバチ使いたちがすぐに送られた。それは、プル族の国にただひとりのデカルト主義者であるエメ・オリヴィエを楽しませただけだった。せいぜい衛兵や毒味係りが犠牲になっただけで、これらの殺し屋たちは、アルマミには触れられなかった。

「何とか言ったらどうだ、白人？」残忍なアルファ・ヤヤは一撃を加えた。

「どこか好きな場所で生きていようと、チムボに戻って来ることはできないだろう」イブライマがあきらめて、仕方なさそうに言った。

さらにまた数週間たって、より信じ難いニュースがプル族のなかをパニック状態にした。ボカ・ビロは、プル族、ディアロンケ族、スス族、ナル族の強力な軍隊の先頭で指揮して、チムボに向っている。

今度は陰謀でも待ち伏せでもなかった。ほんとうの戦争が不可避になった。それはセネガル河の源に遠くない、その日までは名がなかった岩の下で起こった。ボカ・ビロは簡単に勝利しチムボに凱旋した。しかし非常に多くの死人が出て、ハゲワシたちが空を覆い尽くした、と人は言った。

プル族はその場所をペテル・ジガ、ハゲワシの岩と名づけた。

ペテル・ジガは、フタがプル族から逃げ始めた不吉な瞬間から、危機に陥り、忘却のなかに最終的に落ちるまでの、決定的ポイントとなった。それは王子たちの間に絶対に渡れない広い血の海を掘り、従者たちの頭のなかに大きな悲しみと当惑を残した。天体、河、犬たちの夜と明け方の行動、その後はすべてが普通でなくなった。

アルファ・ヤヤはすぐにラベへ戻り、彼の地方の独立を宣言し、チムボを攻略する計画を立てるため、彼の同盟者たちを宮殿に来させた。

ラベの王は首府に君臨し、すべてを一気に終らせたがった。オリヴィエ・ドゥ・サンデルヴァルはより危険の少ない方法を望んだ。より巧妙な、テロ、毒殺、待ち伏せ、粗野なやつの警戒を呼び起こさずにできることなら何でも。

「ものごとをまっすぐに見よう、アルファ・ヤヤ！　私の情報ではチムボは、ペテル・ジガ以後、街というよりは塹壕をめぐらした軍のキャンプのようらしい。ナファラに秘密の軍隊を持っており、友人のサモリイの部隊は危険な場合に飛んでくる準備がすでに整っている」

アルファ・ヤヤはこれに耳を傾けようとしない。彼は激しく戦って、バンティニュエルとペテル・ジガの復讐をしたかった。それしか考えておらず、それしか理解しなかった。話すというよりはわめき、その声は誰だかわからないほどにすっかり変わってしまった。

「彼か、私かだ、イェメ、ふたりのうちはじめに撃ったほうが勝つだろう！」

チムボからニュースが届いたとき、その難しい会話はすでに二、三日続けられていた。一度は逃げた傀儡の王、モディ・アブドゥライ王子は、首府に再び戻った。突然で理解し難い行為だが、行動が予知しがたいアルマミはその若い簒奪者に特赦を贈り、さらに、宮廷を解放し、顧問として、格好の良いポストを振り分けた。それだけではなかった。バライを受け入れる準備をしていた。金曜日の大祈祷の折、許しと和解の大アピールを行った。フタ各地方に正式通告する前に行った。——まったく、すべてが普通でなくなった。

——当然、碩学者と偉大な長たちにチムボが常に留保しているもの、パレード、賛辞、金、コラ、とともに。

「気に入らない、イェメ、まったく気に入らないよ！」頭を抱えてアルファ・ヤヤが毒づいた。「世間は、天使は天使でいて、怪物は、嫌悪すべき怪物であるほうが良い」

「私たちは今度だけは賛成だ。それらすべてはいかがわしい、とりわけフタでは！」

「嵐と葬列が見える！　アラーはこの時代を呪った！」怒りと失望で決定的に蝕まれたイブライマの愚痴っぽい声が破裂した。

「ボカ・ビロは悔い改めると思うかい、イェメ？」チエルノが聞いた。

「動物は休息が必要、それだけさ。彼は追い詰められている。フタは我慢しきれなくなっているし、サン・ルイはだんだんと威嚇的になっている」

「休息？　私たちはすぐに攻撃すべきだ。わずかな負けでもそのたびに彼は勝ちだ」

「興奮しないで、良く考えよう！　差し伸べた手を受け入れよう。今のところは手を降ろそう。そして時が来たなら噛みつこう……」

「また？　バンティニュエルで十分じゃないのか、あなたには？」

「新たなバンティニュエルはない。今度は私の軍のすべてを注ぐ！　許しと和解のために、牛、金、マラブ、グリオたちを送ろう。あなたは彼の弟、友人、謙虚な臣民だ！　あなたは継承をあきらめ、それを最高潮の瞬間に言う。ボカ・ビロをラベに来させ、あなたの父たちの土地の上で彼をくつろがせ、あなた自身の臣民たちの前で、より信頼させ、より象徴的に、より派手にやる」

「攻撃しよう！」

「バライがチムボにいるときに？　何をたくらんでいるのかがわかるまで待とう。あのふたりの下劣なやつらは同じ穴のむじなだ。まったく安心できない」

「私は、バライが武器を渡す前に攻撃しなくてはならないと言ってるんだ」

夜半、アルファ・ヤヤが譲って、終った。

「好きなように、イェメ、好きなように！　ボカ・ビロを受け入れて使者を送ろう。だが気をつけて、今度あなたが失敗したら、私はあなたを撃つのにはしくじらない」

「なに、あなたは私を信じていないのか？」

「私はもう誰も信じていないよ、イェメ！」

翌日オリヴィエ・ドゥ・サンデルヴァルは、カヘルに戻る前に写真を取ることにした。彼は宮殿を、厩舎を、不恰好な小屋々々を、羊歯とタマリンドの木が沿って続く小道を撮りまくった。天気は良く、壁のカオリンの上の白い明かりと花咲くマンゴの木、とてもきれいな写真になるだろう。空気はシトロネールとオレンジの花の甘美な香水がかおっていた。彼は陽気になって、口笛を吹いた。市場には誰もおらず、遊びの集まりにも誰もおらず、話の広場にも誰もいなかった。エメ・オリヴィエは口笛を吹くのをやめた。彼は奇妙な、不安な雰囲気を感じた。小道は人影が無く寂しそうだった。二、三人のグループとすれ違っただけだ。彼の挨拶に答えず、ひそひそ話してから藪の影に消えた。人気《ひとけ》のないモスクの前で、物乞いがひとり彼に近づいた。

「ボウン・ロコの空き地に白人は行かなくてはならない」

エメ・オリヴィエは、その言葉を気に留めなかった。だが物乞いは五カヘル硬貨をポケットにしまいながら、消える前にもう一度くり返した。

ボウン・ロコの道端で強い匂いが鼻に不快感を与えた。彼は空を見上げた。翼の羽ばたきと叫びの陰鬱なシンフォニーの中で、ハゲワシの大群が空を裂いた。草の上に横たわった何かが彼の注意を引いた。猛禽たちが集っていたのはその不可解なもののあたりだった。パーニュが見え、そして足、手、硬貨と子安貝で飾られた編まれた髪。彼は顔のほうに屈んで見た。切り刻まれた目、青虫と蠅に荒らされた鼻孔、そして気絶しそうになった。

「タイブ！」傘と写真機を遠くに放って、やっと叫ぶことができた。

感覚が戻って、無意識にアルファ・ヤヤの家に走った。マラブたちの真ん中でコーランを読んでいた彼は、視線でエメ・オリヴィエを射すくめ、猛然として唾を吐き、歓迎していないことを示した。

「ここに何しにきたのだ、白人？」

「あなたと話しに！」

「それでは、そこのござに座って、口から出る言葉に注意して。さあ、何を私に話したいのだ？」

「そ、そ、そ、それは……ボカ・ビロ！」

「ああ、ああ、わかっていたさ、あなたは友人だ、イェメ！ よく考えて、あなたが正しいことがついに納得できたよ。絶対に正しい。週末になり次第、使者をチムボに送ろう。あなたが私の兵隊たちの弾薬を倍にしてくれることを条件に、ボカ・ビロに許しを乞おう」

「承知した！」

「私の友人、イェメに馬一頭贈るように。そして私のグリオたちがカヘルまで送っていくように」

数日後、ラベの王は空気を吸い込み、不快感で口を尖らせて示した。

「プル族たち、私たちの街で何か腐った匂いがしている」

そしてラベはあえて、秘密の場所に死者を埋葬した。その墓には、モグラ、ジャッカル、それにハイエナが体を横たえに来るだけで、守護神以外に祈りに来るものはいない。

翌週、見張り番たちが警報を鳴らした。兵隊たちの一縦列がフェロ・デムビに向かった。

「なぜ撃たないのだ？」

「彼らは大勢ではない。しかもあなたみたいな人たちだ。イェメ、白人たちと数人の遊撃兵だ！」

「なんだって、サン・ルイがフタを占領に来たのか？」

彼は望遠鏡を持って、彼のほうに向かってくる隊列を見て、総督の頭とケープを確認して唖然とした。直接はっきりと非難してやろうと、エメ・オリヴィエが待ちに待っていたバライであった。その男は笑みを湛えていつもの定規を手にしており、髭のせいでよくわからなかったが、その声でバライであることが確認できた。

「おかしなことです、バライ、私にまた会えて嬉しそうではないですか？」

「どうして、サンデルヴァル、フタ・ジャロンはフランスです。ボカ・ビロがサインしました！　あなたは私の指揮下に入ります、子爵！　このことはあなたを喜ばせないでしょう。でもそうなのです。歴史はすべての人を満足させられません」

椅子とコニャック一杯が必要だったのはむしろエメ・オリヴィエのほうだったが、彼は、バライを接待するために、中庭の真ん中に大きなテーブルをセットした。聞いたばかりのことは、当然にも、彼の生涯で最も酷いニュースだった。つまりフタの運命は封印されたのだ。したがってエメ・オリヴィエが関わった歳月、出費、腹痛、下痢、原野の道、その他、それらすべてのフタの運命はエメ・オリヴィエ不在で封印されることが決定した。彼は三杯続けてグラスを空け、死刑に処せられる者がまさに弾を受けようとするときのように、胸を張った。

しかし勝利をゆっくり味わうことを知っているバライは急がなかった。ケープ、ゲートル、長靴を脱ぎ、額を拭って、がらがら声で冗談を言いながら足をマッサージさせた。恨みは口に出さなかった！　フタ・ジャロンの問題は解決した。最終的に解決した。オリヴィエ・ドゥ・サンデルヴァルは友人に、チェスの平凡な相手に、たのしい招待者になった。カヘルの王にとってはそれこそ我慢ならないことだったのだが。総督はアニセット、アンチロープの股肉、ワインとコニャックを待ち──彼は当然祝わなくてはならなかった──そして彼のかばんを探った。

「ほら、読みなさい、サンデルヴァル、プル語とフランス語で書いてあります！」

その紙を取っても震えなかったことに、エメ・オリヴィエは名誉を感じた。読み終わったとき、彼の口から出たのは嗚咽ではなく、無意識の獰猛な笑いだった。谷と河の峡谷に長い間反響した。

「哀れなバライ、プル族を決して理解できないということがあなたにわかるでしょう！　ボカ・ビロはサインしていません、その代わり『ビスミライ』と書いてあります！」

コニャック、山々の空気、彼のフタが指の間でもてあそばれなかったことを知った喜び、この遭遇はどのように終ったのだったか？　彼の記憶のなかにはただひとつのイメージが刻まれた。プル族を、カヘルの王を、チムボのアルマミを、ポルトガルの子爵たちを、地上のすべてのうんざりするやつをできうる限り激しく呪いつつ、フタの草が茂った坂で馬を駆り立てているバライのイメージ。

その年の雨季は、雨、風、稲妻、雷が多かった。狂信者と迷信家たちは、不幸と天啓の供給者、アラーが、その激怒を偽善者で邪教のフタにぶちまけて、それらの罪を一気に罰することを決定した証拠だと非難した。

三ヵ月もの間、竜巻と轟きが絶えることがなかったので、村を地方から、地方をチムボから、フタをその他の世界から孤立させた。高地の地区でさえ河と沼は飲み込まれ、アルファ・ヤヤの使者は、歩いてではなく丸太船に乗って、戻ってくるのにほぼ三週間かかった。細心の注意を払っていたにもかかわらず、テネ河の増水のなかにそのうちのひとりが消えたが、それ以外はすばらしいニュースをもたらした。ボカ・ビロはその臣下の許しを受け入れた。彼は道が乾き次第ラベに来る。プル族が流浪の本能と氏族の喧嘩から抜け出すときだった。フタを、愛と友情、信用と分配が支配する平和の家にするときが来た。

ただ、それを待つ間、洪水は移牧中の牧童たちとサカコレのキャラバン隊を動けなくし、フタの歴史もまた中断された。橋々が壊れ、道々が泥に沈み、警戒心も、怨恨も、蜜語での約束と悪意も先送りされた。ラベもチムボも、同じに注意深く計算高いプル族だった。それぞれ、ふたつの目で、相手の笑みとりっぱな話の後ろに長い刀を隠しているのを見ていた。

災害から逃れたフォニオは芽を出し、実り、もろこしは広がり、タロイモは生り、とうもろこしはその穂を重くした。一〇月の陽気な太陽が回復し、プル族は習慣で、梳いて織り、収穫して売り、人の悪口を言って、季節移動した。

そしてある晴れた午後、ジョルジュとマンゴネ・ニャンを連れてピーナッツの収穫を監視していた畑で、スパイのひとりがエメ・オリヴィエを見つけた。

「ふたつのニュースがあります、イェメ。ひとつは良くてひとつは悪い」

「では、悪いのから！」

「ベアファダ！」

「なに、ベアファダ？」

「あなたのエージェントのボナールが暗殺されました！」

「なんということだ！」

「今度は良いほうです。あなたは元気を取り戻すでしょう。ボカ・ビロが喰いつきました。今現在、彼はラベに向っています」

彼はボナールの家族宛に長いお悔やみの手紙を認め、すぐにラベに行った。


老きつね、イブライマは軍隊を街の門に集め、すでに彼はそこにいた。彼は正しかった。今回はいかなる危険も冒してはならない。カヘルの軍隊のすべてを、同盟者たちの軍に加えなくてはならない。いかなる兵士も、ポーターも、斥候も、弾も、矢も忘れずに。

カヘルの台地の周りにフタの歴史上最も大きな待ち伏せが張られた。

アルマミの騒々しい行列の到着が告げられた。ブリアで、そしてポレダカで、サンカレラで、フグムバで、……ついにマシで、そしてカヘルの一日！

この最後の街で、アルマミは、プル族の話し方で言えば、不運を踏んだ。とても速く、明らかに、誰も予想していなかった速さで世の中は狂い、事態は混乱した。翌日、夕方の祈りの前に、フタの運命は決定的に傾いた。

村の入り口で待っていたスパイがすぐにカヘルで企てられていることを君主に報告した。そこでの宿泊を二日間予定していたが、有力者たちの動向を探り彼の軍隊を小休止させただけで、翌日の夜明け、すぐに出発することにした。ソルヤの良き戦士としては、状況を見極め逆襲を企てるためには、頭のなかのひらめきひとつで十分だった。電撃戦。彼の部下たちは正面の戦士たちに比べて十分の一であった。かまいはしない。バンティニュエルでもペテル・ジガでも同じだった。最初のケースでも逃げられたし、ふたつ目では十分に相手を殴りつけた！　今度行おうとしたのはこうだ。彼の軍を三つの部分に分ける。最も小さいのは餌としてまっすぐに進む。あとのふたつは敵を反対から捕えるために西と東に分かれて迂回する。入念に仕上げられたこの計画を彼の頭の隅に秘密に仕舞って、何もなかったように宿舎に帰り、フォニオと粟付き雌ジカの股肉のたっぷりした夕食をとった。その後祈りを捧げてからすぐに寝た。

ボカ・ビロはもはや自分が長くはないことも、先祖の王国が押しつぶされる準備がされていることも知らなかった。

夜半、アルマミの母からの伝令が彼を起こし、どのアルマミの耳にもかつて入ったことがないものすごいニュースが告げられた。フランス軍がチムボを占領した。

フランス軍の三つの遊撃隊の隊列が彼の首府に集合した。ひとつはデュブレカから、ふたつ目はシギリから、三つ目はカイから。彼の母は逃げ、有力者たちは皆捕まり、三色旗があたかもあたりまえのように宮殿の切り妻壁でなびいた。ボカ・ビロはすぐに馬にまたがってチムボに突進した。白人たちがチムボで彼を獲るのをしくじって激怒し、マシのほうに向かったのを、彼は知らなかった。そしてすぐに知らされたカヘルの同盟軍が後をこっそりとつけていたことも。

フタはそれで、とても奇妙なやり口に立ち会った。敵同士三軍の動き。三つのそれぞれが他のふたつを負かすために悪魔と共謀しようとしていた。

遭遇は、ポレダカの平原で起こった。ボカ・ビロとフランスは河の辺に。オリヴィエ・ドゥ・サンデルヴァルとフタの大軍は丘に張り出した森のなかに隠れて、戦いに介入せずに見ていた。

それはすぐだった。砲弾と大砲が数分で決着をつけた。アルマミは怪我し、長男と馬、そしてほとんどの家来たちをそこに残した。ともかく、逃れることができて森の回廊に消えた。

戦いの反響は全く消えたわけではなかった。誰かが叫ぶのが聞こえた。

「その男を捕らえろ！　ナファヤの予備軍に加わり、友人のサモリイを呼ぼうとしているのだ！　捕まえろ！　命令だ！」

彼はそこからは逃げられたが、翌々日、ある鍛冶屋のあばら家で倒れていたのを見つかった。チムボの人々の前で天然痘の痕跡を留める頭を見世物にする名誉を得たのは、かのベックマンその人であった。

「これがフタを震動させた恐ろしい顔だ！　総督の命令に異議を唱える者は皆、このようになる！」

したがって、かくも簡単だった！

五分間の戦争でフタは崩壊した！　カヘルへの道、オリヴィエ・ドゥ・サンデルヴァルは周りを悲しく眺めた。彼の心は砕かれ、丘や木々まで崩壊したように感じた。彼は希望を失った。地方の風景の鮮やかさが失われ、谷々に潜む魔力も、急流の音の詩情も乏しくなったように感じた。フタは彼から逃げ、彼のフタはもう同じではない。そして、ものすごい断絶を感じ、ひとり頭を垂れ、急がず、のろのろとカヘルに向け進んだ。

「善良なものたち、聞いたか？　彼らはアルマミの首を切った。私たちの頭上に常に太陽はあるが、フタはもう存在しない！」

今、彼はフグムバの郊外で、泣き女たちのコーラスと牛の群れの鳴き声をうわのそらで聞いていた。テネ河を渡り、ケバリの平原とディエンブリアの堆積山を横切る。

ポレダカで、皆はさよならを言わないで別れた。うまくいかなかった狩りの後のようにそれぞれの方向に。

エメ・オリヴィエは賢明に、戦いの終りを待って、森から出たのだった。ある士官が、自分のほうに向かって来た彼を見て射撃命令を出した。ベックマンが反対命令を出して、きちんと彼を救った。エメ・オリヴィエが心底から敵とみなしているベックマンが冷やかす面前で、戦場を去っていくしかなかった。ベックマンは勝った。さらに耐え難いことに彼の命をも救った。他の者たちがどの道をとったかも気にかけずに、彼はサンカレラのほうに向かった。

馬の手綱を手に、後に、服と薬と食料を持った三人のボーイだけで、悲しみに沈んだまま道を続けた。二、三日経ったがまだカヘルに着かなかった。歩行のリズムが壊れたか、カヘルの頂上がポレダカの惨事で遠くなったかのようだった。

「友人たち、フタは吹き飛ばされた！　風によって持ち去られた埃の山！　ラ・イ・ラ・イ・ララウ！　彼らはアルマミを殺し、その宝がなくなった！」

村の入り口の交代勤務の者たちは、言葉をかけることなく彼を見守った。道の曲がり角や河の土手ですれ違った者たちは、植物の下の影のように、進路を変えていなくなった。間違いなく、皆は彼に不満だ。彼もまた彼に不満だ。ともあれ彼は誰にも満足していなかった。ボカ・ビロは死に、それは皆が望んでいたことだったが、今はそれぞれが何かを悔やんでいるようだ。彼、オリヴィエ・ドゥ・サンデルヴァルから始まった何かを……皆は出口をひとつ確かに開けたが、深淵の上に開いた出口だった。きのう、物事は単純だった。今日、何も確かなことはない。協定、思考、友人、何もかも。

不安と疑いの病的な感情が、歩いている間ずっと彼に付きまとった。

「善良な者たち、知ってるか？　アルマミの宝がなくなった。彼らはアルマミを殺し、その宝がなくなった」

彼の道は幽霊がひしめき、聞こえた言葉は誰かに向けられているのでもない。

兵士たちと農夫たちに支払い、工事現場の仕事を促し、最初の収穫を監視するため、彼はカヘルの滞在を数日延ばした。その機会に、頭を整理し考えを再度まとめた。将来の不安が不眠以上に耐えがたくなった。すべてが遠ざかり、すべてが敵対するか、あるいはわからなくなった。誰も誰が信頼できるかわからず、頭には何の考えもなかった！　荒地を長いこと散歩してもヤマウズラ狩りをしても、それを変えられなかった。彼のひとり言はだんだん激烈になり、神秘性も帯びていって、長く続いた孤独から彼をぬけださせるのは大変だった。ジョルジュとマンゴネ・ニャンは今度は非常に苦労した。

「彼らはアルマミの首を切った！　ボカ・ビロの金を彼らはどうしたのだ？」

エメ・オリヴィエは、負けたままにはしない男だった。少なくとも以前は。姿も性格も雄牛だった。危険が告げられれば襲いかかることをためらわなかった。彼がラベかチムボで生まれていたなら、この動物の魂とこそ、占い師たちは手を結ぶんでいただろう。しかしながら今回はすべてが彼を無気力にした。死が彼を捕らえたあるとき、孤独な無の陶酔へ、深淵のなかに誘うとどろく流れの誘惑に答えようとした。

「ボカ・ビロの金を彼らがどうしたか誰が知っていよう？　アルマミの宝はどこにある？」

ウマル・バデムバという名のはっきりしない王子が王座に上った。ショウディエ総督が特別にサン・ルイから来て承認した。

イベントの騒音はカラオのさえずりかミツバチの羽音ほどの取るに足りない無意味なものとしてエメ・オリヴィエの耳に届いた。

ただ真実だけは長い間の無視は許さない。ある月曜日の朝、ラベから三人の騎士が突然やってきて彼を無意思症から抜け出させた。

「イェメ、アルファ・ヤヤ、チエルノ、それにイブライマがラベに集まっています！　彼らがあなたを連れてくるように言いました。」

彼は体をぶるっと震わし、一日中怠けていた後にベッドから出たように、その状態から抜け出た。起き上がり、息子を呼び、三人の伝令について行った。カヘルには決して帰らないことになろうとは思ってもいなかった。

ラベでは、皆、敵の顔つきだった。彼が到着したとき、チエルノは向きを変え、イブライマは朗唱のふりをし、アルファ・ヤヤの視線は人間的でなかった。

「ボナシエとかいうものがラベの部署の指揮をとるために到着することを知った。ラベの部署！　私は銃で迎える、イェメ！　私は白人に渡すために私の土地をチムボの爪から救ったのではない。いったい私を誰だと思っているのだ！」

チエルノも、彼には珍しく、平静さを保つのは困難だった。

「私もチムビ・トゥニで同じことをする！」

「遅すぎる、もう遅すぎる、親族たち！　そう言ったのに！」イブライマのものすごい声が軋んだ。「アラー・アクバー、私が恐れる稲妻が、それがまさに落ちたのだ！　呪われた、呪われた、呪われた時代！」

「あなたたちの遊撃兵は私たちの土地を私の意見を聞くことなしに横切る！」チエルノが再開した。

「あなたたち？　なんであなたたちなんだ！」エメ・オリヴィエが憤慨した。

無常なアルファ・ヤヤの声が答えた。

「あなたの兄弟たちだ、イェメ！　あなたのような白人たちだ！」

責め苦は一時間ほど続き、その後で言った。

「不正直で付き合いきれない牧者たち、それはバライに言ってくれ！　総督は彼だ。彼が白人だ！　私はプル族だ。あなたたちと同じプル族だ！」

「そうだとも、あなたは雨が降るときは白人、乾いてるときは黒、風が吹けば誰でもない。私はその類の動物を知っている。カメレオンという名だ。初めて会った日に私の足でつぶしておくべきだった！」アルファ・ヤヤがわめいた。

皆の様子が危険なまでに陰険になったのを感じ取ったチエルノは、エメ・オリヴィエが覚えている以前の顔つきを取り戻して言った。

「我慢、我慢、我慢！　私たちを怒鳴り合わせるのは何なのだ？　私たちは十分な暗闇のなかにいて、もういちど戸を閉めなおすことができる。それが私たちに必要なことで、それが解決法で、それはあなたの手の中にある、イェメ。コナクリに行って、バライに話してくれ！」

「バライに？　なにを言ってほしいというのだ？」

「彼に、あなたの人種の人々に、約束を守れと。友情と通商、それ以外にないことを！」

「そうでなければ私たちは銃を取る！　総督に言ってくれ。彼はコナクリに専念し、私たちは、フタに！

彼は布とパールを送り、交換に牛の皮と蝋だ！　あなたはこれを理解させられるだろう？」

「やってみよう、アルファ・ヤヤ、ただ、彼らにとって私はプル族だ」

「ほんとうにそうなのか？」

「あなたたちは決して私を信じなかった。だが、坂を駆け下りる力、フォニオと凝固ミルクをたらふく食べること、騙すこと、嘘をつくこと、警戒した貴族の見苦しい風紀を自分に浸み込ます力、……しかしそれは私だけの問題だ。あなたたちは私を信じる義務はないが、私もプル族だ！　さらに悪いことに、そのことをむしろ自分で心地よく思っている！」

チエルノは視線を戻し、イブライマは鼻を鳴らすのをやめた。アルファ・ヤヤは長くため息をついてから、怒りの垢と恨みの声を除けるように喉をこすり、白人に手を延べた。

「河の近くであなたに言ったことを覚えているか、イェメ？」

「あなたは言った『縁起のよい朝だ。友となってくれ、外人！』と」

「そのとおりだ、イェメ。できごとは起こるにまかせ、その言葉だけをずっと守ろう！」

彼らはそこで話を切って、ふたりの白人のために羊一頭を殺し、宮殿の付属建物に泊めた。翌日、コクロ河まで送った。別れのときアルファ・ヤヤは王の恐ろしい顔つきを取り戻した。

「聞いてくれ、イェメ！　白人たちがフタを占有するなら、私は彼らと戦争する！　決して忘れないでくれ、イェメ！」

彼はカヘルに寄らずにまっすぐコナクリに突進した。チエルノは正しい。バライと話さなくてはならない、できるだけ早く。この考えこそがポレダカの戦いのすぐ後で浮かばなくてはならなかった。しかしそのときの彼のぐったりした心はその当然なことを感知できなかった。それはボカ・ビロの死ほどに多くのことを中断させたままにした！　フタはフランスの保護領になるのか？　植民地にか？　自主独立か、セネガルかスーダンにならってフランス・ギニアに統合か？　そしてその結果、彼の条約はどうなるのか？　歩みを速めなくてはならなかった。バライがサン・ルイあるいはどこか遠くの地方に呼ばれる前にコナクリに着かなくてはならなかった。大惨事を避けるためにプル族の王子たちをいたわるよう納得させなくてはならなかった。今ではさらに、おろかなベックマンがしでかしたへまのせいで、豹、アルファ・ヤヤが警戒している。

「白人たちがフタを占有するなら、私は彼らと戦争する！」

アルファ・ヤヤの威嚇をけっして軽く受け取ってはならない。


ゲメ・サンガンの断崖の後の最初の宿営地のタンゲルでは、恐怖があたり一帯を支配していた。誰も夜にあえて外出しようとはしなかった。「魔法使いが出没する」とてもまじめな雰囲気の村長が彼に言った。

「ああ、あなたたちプル族、立って寝るというあなたたちの物語！」

「それは嘘ではありません、イェメ、私はこの目で見ました。髪を逆立てて、目を充血させて。葦の泉の近くで確かめられます。そのあたりで徘徊しているのを皆が見ています。」

「もっとやらなくてはならないことがあります。先の行程をきちんと決めなくてはならないし、明日の険しい行程のために私の老いた足を休ませなくてはなりません。コンクレ河は増水しているらしいし、私たちはそれを渡らなくてはなりません」

しかし翌日、小さな隊列が葦の泉の近くを通ったとき、彼は憤慨して傘を落としたのに気づかないほどだった。子どもたちの一群は興奮しきって、ぼろ着を着た傷跡だらけの鼻が鼻汁で詰まった哀れな婦人に石を投げていた。

「ここから出て行け、老いた魔法使い！」

エメ・オリヴィエは、原野の藪から鞭になる枝を引き抜いて、子供たちを散らし、振り向いて哀れな婦人が起き上がるのを助けた。そのとき、背中に電気が走ったかのように、彫像のように硬直して動けなくなった。彼は空気をいっぱい吸って、やっと叫ぶことができた。

「ダランダ！」

「イェメ！」

疑いなく、それは彼女だった！　彼女は衰えつきてはいなかった。きれいな銅色の肌、輝くまなざし、この上なく美しい体の輪郭線はそのときにも失われてはいなかった。

「私を一緒に連れてって、イェメ！　ディオン・コインは死んだわ。その異母兄弟がすべてを継いだの。王座、動物たち、婦人たち」

「君を追い出したのかい？」

「年寄り過ぎるって。子供をつくってないからって。連れてって、イェメ！」

彼は彼女のぼろ着を、血のついた鼻の穴を、額の真ん中の大きなこぶを見た。

「私を連れてって、イェメ！」

彼はポーターのほうに回って、一、二のケースを解いて、珊瑚と琥珀を取り出して、彼女の腕をいっぱいにした。

「お願い、イェメ、私を連れてって！」

混乱状態がさらに高まったエメ・オリヴィエは、またケースのほうに戻ってチョコレートを持ってきた。

「マルキーズだ」哀れな婦人の悪寒と震えに感染して、細かなことを言った。「マルキーズを今でも好きかい？」

しかし彼はジョルジュが注意を払っているのに気づき、体裁を取り繕うとし、混乱が若干和らいだ。

「その気違いはだれ、パパ？」

「それは……君の言うとおり気違いさ！　昔知っていた気違いで、さらにどんどん気違いになっていった……進め！」隊列の先頭に立って、彼はどなった。後方で叫び続けているダランダにあえて最後の一瞥も投じることはなかった。

「私を連れてって、イェメ、私を連れてって！」

彼は、息子の視線を避け、口を開くことなく一日中歩き続けた。ともすれば精神を襲い消滅させる恐れのある暗い思考の波を押し返しながら、彼の障壁はすべての側から崩れた。彼は、奇妙な存在の最も楽しい思い出にきちんとしがみついていたが、弱気になった意思には逆らえなかった。ダランダの衰徴は単に愛の不可能性を示しただけではなく、同時に夢の終りを告げた。彼式に言えば、絶対の限界だった。

河を渡る前に日が暮れた。コンクレ河は乾季の始まりにもかかわらず、減水していなかった。すでに夜になり、渡るのは不可能だった。土手のぬかるみから保護されたラテライトの斜面の空き地でキャンプした。

ソコトロの毒入りの食事のときの余波か？　長靴を脱ぐとすぐに深い眠りに落ちた。しかし、悪夢で動転し、窒息した動物のように息苦しくなって夜半に目覚めた。テントから出て手を胸に当てて肺を吐き出すかのようにうなった。

「く、……空気！　ジョルジュ……お願いだ、……空気を！」

息子は苦労して彼を鎮め、ベッドまで運んだ。額を拭い、胸をマッサージし、ドロップとローションを捜して、薬箱をいらいらして叩いた。すべてが元に戻った。奇跡の一日だった。なぜなら、彼はすぐにいびきをかいて寝たので。残りの旅は、いつもの転落、関節強直、不可避の腹痛を除いて、支障なく過ぎた。コナクリに着くとすぐに総督府のほうに行った。いつも離さない定規を片手に事務所で神経質に書類を調べていたバライを見つけた。挨拶は熱意なく、すぐに終り、すぐに言い合いが始まった。

「ああ、老サンデルヴァル！　あなたと一緒にいることは特には好みませんが、ここに、私の横にいるほうが、あちら、捕らえにくいフタにいるよりは良い！」

「それはまた、ほとんど敬意の印ではありませんか、総督！」

「それで、何があなたをここに来させたのですか？」

「なんという質問！　私があなたの招待を期待していたとでもいうのですか」

「フタの将来は、もうあなたには関りがありません、フタの将来は」

エメ・オリヴィエがわざわざやって来たことは、何にもならなかった。ふたりの男はすべての点で反対だった。対話はすぐに攻撃的になり、語調に熱気がこもった。オリヴィエ・ドゥ・サンデルヴァルは、フタは自治独立に留まるべきで、アルファ・ヤヤのような男と同盟することでフランスはここに長く定住できることを理解させようとした。フランスは、チムボの保護から出ようとしているラベの王を助けるべきで、それに反対するべきではない。バライは逆に、プル族の国を彼の植民地の中に解体させたかった。チムボの権力を減じたかった。ひとりのアルマミではなくふたり。チムボにひとりとダボラにもうひとり。ラベ地方に関しては五つの部分に割ることを考えていた。

「プル族のそれぞれが王国を持ちます。それで皆は満足です」

サンデルヴァルの条約に関してはもう決して問題にしない。気前の良い永遠のフランスは、スス族の国の、コレンテ河の谷に五千ヘクタールの土地を彼に払い下げる。

「その代わりあなたはフタ・ジャロンを忘れてください。私はあなたがそこに戻るのを禁止します！」

「フタ・ジャロンは私の家です！」

「フタ・ジャロンはもう存在ません、オリヴィエ・ドゥ・サンデルヴァル！　私たちはフランスにいます。ここはフランスで、フランスは私です！」

いつものようにバライが怒り苦しみ、定規を壊すのを見てから、彼は外に出た。

中庭でジョルジュが荷物の真ん中で待っていた。彼は、カデの所有地が荒らされたことをすすり泣きながら伝えた。彼らは行李を再度まとめて、ポーターとボーイを従えてすぐにフタへの切り立った道をふたたびとった。しかしゴンゴン付近で横柄で髭のないフランスの若い中尉に指揮された隊列にぶつかった。

「あなたを通過させないよう命令されました！　頑なにならないでください。撃たなくてはなりませんので」

「それはベックマンか、バライか？」

「フランスです、ムッシュー！」

彼は息子を見ながら言った。「私たちはオリヴィエだ。私たちの武器を使おう！　通って行こう！」だが息子は悲しげに頭を振って、彼を思いとどまらせようとした。

「譲りましょう、父さん！　またの機会に戻ってきましょう」

エメ・オリヴィエは、コナクリに戻って、彼の家に落ち着くほうが良いと思った。今度は岬の所有地に家を建てた。[10] ココ椰子の木々とマンゴの木々の真ん中に、低い石塀をめぐらしたテラスのプラットフォームに続くセメント作りの階段がある、四寝室付きのかなりきれいな瓦の家を据えた。台所となっている、丸天井の小さな独立した部屋は、プル族の小屋とアラブの立方体の家を同時に思い起こさせる。火炎樹とマンゴの木が沿って並んだ一キロメートルの街路が彼の家から総督府に通じている。彼はさらに岬を整地し、わらぶき屋根で覆われたテラスを建て、そこに毎晩植民者たちを、いっぱい飲み、チェスを指しハーモニカを吹きに来るよう、愛想よく招待した。

コナクリは、できたばかりの街路に沿って鋳物の欄干で飾られた二階建ての家々が並び、ジャングルとははっきりと区別されるきれいな小さな部落となった。ブルビネには郵便局と祝宴ホール、コロンティには刑務所、トムボには駐留地があった。税務署と公共事業局が置かれたばかりだった。墓地と戸籍事務所が開所準備中である。

10　数回壊し再建し、今日、コナクリ博物館となっている。小屋はもとのままで、地区は今でもサンデルヴァリア（スス語でサンデルヴァルの家）と呼ばれている。

テメネとバガの小集落の間にヨーロッパの街が堂々と陽に輝き、よく保全された小道を植民者たちが乳母車や三輪車で行き来した。今、ヨーロッパ人は、多くの婦人と少しの子供たちを含む、四、五百人ほどになった。この小世界は釣り、狩り、ペタンクに励み、キャラバン宿でアペリティフを飲み、絶えず夕食に誘いあった。

閉ざされた小世界の活気のない単調な繰り返しのコナクリ！　皆は毎日十回、すれ違う。それぞれはそれぞれを中傷し、それぞれが違う男の夫人と寝ていた。皆はプロット〔トランプ三二枚で遊ぶゲーム〕で悩みを解消し、マラリアはペルノーで解消した。植民地だったので、皆はさほど好きではなかったのだが、外界の敵意に対し生き延びるためにひじをつき合わさなくてはならなかった。くろんぼたちとジャングル、寄生虫と倦怠。サンデルヴァル家は熱帯の下に移動したかのようなプロヴァンス風の生活に滑り込んだ。陰険さとごった返しのすべてを見て、知って、納得した。孤独な城主たちの風習と老いた僻地人の習慣によっては、この狭い社会の生活をきちんと整えることができなかったが、チェスに、ワインをすることに、ほんとうの食事を食べることに、オペラあるいは哲学を話すことに、同郷人を見つけて大きな喜びを得た。

フタ・ジャロンが返されるまでの間、当然の権利として彼らに貸与された土地に、気晴らしのため、バナナとパイナップルを植えた。バライは、彼らがパリに働きかけたり、事務所を何度も訪ねたりしたにもかかわらず、柔軟性を示さなかった。

三ヵ月後、バライが常駐に抜擢したベックマンが、チムボからコナクリに到着した。ベックマンはボリュームたっぷりな報告書を総督に提出し、総督は怒りで煮えたぎった。オリヴィエ・ドゥ・サンデルヴァルはすぐに呼ばれた。

「ブレレでキャラバン隊が強奪されました！」フランス・ギニアの指導者はどなった。「信義にふさわしい証人たちがあなたの部下たちを訴えています。証人たちによれば、あなたの友人アルファ・ヤヤのためにあなたは非合法にお金と武器を回したそうです。あなたは自分を弁護するために何か言うことがありますか？」

「ありません、総督。カバラの神秘的解釈に対しては誰も自分を弁護できません」

「気をつけなさい、サンデルヴァル！　あなたはチムボのフランスの常駐将官を嘘つき扱いするのですか？」

「あなたのベックマンは嘘つきであるだけでなく泥棒です」

彼はバライのほうに進んで耳に何か吹き込んで、すぐに家に戻った。一時間後、ある銃撃士が訪ねると、エメ・オリヴィエはあたかも彼が来ることがわかっていたかのように、櫛で髪を梳かし靴を履いていた。

「総督があなたを連れてくるように言いました」

バライはすでにテラスでチェスと冷たいビールと一緒に待っていた。

「座ってください、サンデルヴァル！　ここで話していても、だれもおかしな疑いを抱きません」

「彼はまだいるのですか？」

「昼寝してます」

バライは、疑いの目つきの哀れなサンデルヴァルを一瞥して、歩を進め、続けた。

「では、さっき言ったことを繰り返してくれますか？　間違えないようにお願いします」

「ボカ・ビロの金を盗んだのはあなたの協力者、ベックマンであることを繰り返します。そしておそらくそれは、フランスに流すため、チムボからわからないように到着しているでしょう」

「気をつけて、オリヴィエ・ドゥ・サンデルヴァル、もしあなたの訴えが誤りなら、あなたは牢獄で終りになります」

「私と同じにチェスが好きなあなたですので、総督、小さな賭けを提案します。その男の旅行かばんを探らせましょう。あなたがボカ・ビロの金を見つけるなら私に対する訴えはすべて崩れることになります。そうでなければ私は自分を鎖で繋いであなたが牢獄につれていけるようにしましょう」

「あなたを信じない理由がふたつあります。先ず、それが現実からかけはなれた話ですので。そして、情報提供者があなただからです！」

「私は賭けを提案しているだけです、総督、お金はかからず、私たちの誤解のすべてを決済する利点がある単なる賭けです」

「良いでしょう、サンデルヴァル、良いでしょう！　それによって決着がつけられるでしょうから。哀れなベックマンではなくあなたを！　あなたの訴えが間違えならば、私はそうだと信じていますが、サンデルヴァル、私はあなたを永遠に片づける方法を見つけられるでしょう」

彼のきれいな小さな植民地で間もなく、誰にもうんざりさせられずに生きられるという考えに興奮して、バライはその日の夜に彼の協力者の旅行かばんを密かに探った。十個の旅行かばんのうち八個に金のボールが輝いていた。それは総督の望んだことではなかったが、証拠が大きすぎ、選択の余地はなかった。すぐに彼の忠実なベックマンを逮捕し、足と手首を結んで次の船で本国送還した。

ふたりの男の関係は著しく改善された。ふたたび、夕食と狩りを一緒にした。死んだ昆虫の羽根が散り積もったテラスで冷たいビールを飲み、植民地の将来を、戦争を一緒に戦った親しい老いた退役軍人のように話した。ときにはエメ・オリヴィエがくつろいだほどに打ち解けた雰囲気になった。シュリイ・プリュウドムの詩を朗読したり、『絶対』の長い金言を読んだりした。ふたりは笑い、パリや新たな発明について語り、友人になりかけた。そして、スープのなかの一本の髪の毛のような、禁じられたフタ・ジャロンという言葉が、ふたりのうちのどちらかの口から無意識に出て、新たな揚げ足取り、ののしり合いとなり、数週間の膨れ面が続いた。

ベックマンの出発は、深いところでは何も変えなかったが、それ以来むしろ良好と言えるほど互いは我慢した。倒すべき同じ敵を持ってから、共通点を見出したということだ！　それは一年以上続き、そして、ふたりの間に決して再び閉じられることがない広く深い溝が掘られた。それはふたりのいずれも予期していなかった出来事から起こった。

一八九八年、サモリイが敗れ、バライはそれに乗じてフタ・ジャロンの保護領の規約を破棄して、マンディング族の土地と一緒に、彼の植民地に統合した。彼はリベリアのジャングルの一部も抜き取って含めた。おかしな半円が現在のギニアの地図に載ることとなった。彼はモスクの、市場の、キャラバンの道の用地を見直し、先ず植民地地理学がなければ植民地の歴史がなかったであろうことを正当化し、納得させた。彼は地方を取り消し、その代わりカントン地区を創設し、以降、すべての長が平等で、彼の直属になるようにした。ラベの王は、最も到達困難な地域の代表として指名されたがさつな男と同じ地位になった。

　仕事に満足して、彼は政令を発し、それを部下たちに理解させた。

《フランス・ギニアの総督、とても高く、とても高尚なノエル・バライ博士は、彼の植民地に以下を通告する。すべての王と王子はコナクリに出頭するよう招かれた。

　サイン＝世界のこの部分でフランスを人格化する、とても高く、とても高尚な総督》

　口上師たちが市場と道々を走り、太鼓や小笛の音で、とても高く、とても高尚な言葉を繰り返した。プル族、ナル族、スス族、そしてマンディング族の新たなシーザーは彼の臣下たちの忠誠を受ける準備をした。豪華絢爛な趣味でアラブのところまでその評判が広がっていたアルファ・ヤヤは、三百人の騎士と、バラフォンとコラの音で彼の讃歌を歌う五十人のマンディングのグリオを連れて到着した。まばゆい行列は街の入り口から宮殿の庭まで皆の視線を引き付けた。怒りで顔が黒ばんだバライは事務室に駆け込み、サンデルヴァルを来させるよう衛兵に命じた。

「これは陰謀ではないですか？」

「総督、私はアルファ・ヤヤがあなたの招集に応えるかどうかも知りませんでした」

「私に残された、するべきことはわかっています、オリヴィエ・ドゥ・サンデルヴァル、無力化することです。あなたとあなたのプル族の不実な友人たちを。プル族の貴族政治主義の徒党が、扉を大きく開いたときの煙のように消えうせるためには、捕虜たちを取り上げ、通商回路を混乱させ、敵対する種族たちのところで私たちの街を建てれば十分でしょう。何と傲慢な連中でしょう！　特にそのアルファ・ヤヤは！　自分を何だと思っているのでしょう、そのくろんぼは？」

「ラベの王です。ところで、あなたは誰ですか？」

「出て行ってください！　私が咬みつく前に、ここから出て行ってください！」

そしてひとつづつ、手が届くすべての定規を破壊した。


その日から、乗り越えがたい憎しみがふたりを分け隔て、いずれも消し去る努力を少しもしなかった。一緒に狩りに行くことも、チェスをすることも、こんにちわと言うこともやめた。ひとりがキャラバン宿に行けば、他はすぐにそれを巧みにかわした。ふたりは、不幸にも道ですれ違うと、もぐもぐ毒づき背中を向けた。

そしてある晴れた夕方、岬のテラスの上で、扉のほうを見ながら婦人たちがひそひそ話した。男たちはひとりづつ帽子を脱ぎながら立ち上がった。

「淑女たち、紳士たち、誰がいらしたのでしょう？……総督その人、バライがサンデルヴァルのところに。何の用で？　何ということ！　今度は何が起こるのでしょうか？」

総督はゆっくりと扉を通過し、彼が決して手放さない定規で手のひらを叩きながら最敬礼するものたちに重々しくうなづきながら応えた。彼が進むたびに、厳粛な姿勢を保ちつつ、心配な視線を投じる皆の敬意のしるしの列が自発的に形を成した。総督は今、敵から十メートル。八、五、三メートル。彼は蹄鉄を打った長靴を軋らせ、ボーイが差し出したシャンパーニュのグラスをそっけないしぐさで辞退した。

「あなたにとてもいいニュースがあります、オリヴィエ・ドゥ・サンデルヴァル！　メクネスに五千ヘクタールのぶどう畑を見つけました！　モロッコがあなたにはとても良いことを保証します」

「私はアフリカが好きです、総督、しかしターバンと砂丘は無しの。私にとってアフリカはこうです。巨石の形の雲、入り込めない森、煙る沼地、素朴な被造物、何と言ったら、新たなローマを生成する合図を待ちながら眠り込んだ神々の……」

「私は妄想のコンサートを聴きに来たのではありません。サンデルヴァル、存在するすべての問題を片づけるためです。現実的で、しかも長く待ちすぎた……」

「私の条約を返すと言われるのですか？　より良い思いやりで戻ってきていただけるものと確信しておりました」

「あなたの条約を返しに来たのではありません。あなたに出て行ってもらうことを要求しに来たのです」

「出て行く？　私はここにあなたより前からいます。あなたがここにいるのは私のおかげです、バライ」

「私たちのうちのどちらかがここには余計です」

「あなたです、余計な男は、バライ。土地は最初の占有者のもの。バイブルを読みなさい」

「虚言症と重なって二倍うんざりさせるやつ、サンデルヴァル！　あなたがここにいる限り、私の植民地を作り上げられません。あなたが望もうと望むまいと、あなたは出て行かなくてはなりません！」

彼は定規を叩き割ると、出口に向かった。我慢できるものか、という張り詰めた沈黙を後に残しながら。最後に振り向きざま、耳を聾する怒りの声で「特に、宮殿には二度と足を踏み入れるな、エ・メ・オ・リ・ヴィ・エ！」と叫ぶと、三輪車に乗って去った。

ためらった招待者たちは、サンデルヴァルと総督を交互に見てから、激しい非難の目でふたりを一瞥してぶつぶつ言いながら小さなグループ毎に出口に向った。いつも少しほろ酔いの、だが良いやつであり、心が自由で友人たちに誠実な老いた独身者、ＴＳＦのエージェントであるペネレだけが残った。

フランス・ギニアの植民地すべてでサンデルヴァル家は、話し相手がひとりだけになった。


それで、孤独と苦悩の長い期間が始まった。オリヴィエ家の一員であったことをここでもまた思い知らされたジョルジュは、最初の月で参った。

「耐えられると思う、父さん？」

「哀れな人たちに少し時間をやろう！　きっと、戻ってくるさ。皆はバライが今度のことをどう評価するかを待っているのだ。彼らにあまり期待してはいけない。所詮彼らも人間だ。危険を前にすれば見放し、王たちには隷属する！」

季節はめぐったが、ペネレ、蚊、くろんぼたちを除いて誰もふたりの家には来なかった。皆は釣りにも宴会にも誘わなかった。七月一四日の軍事パレードも舞踏会もふたりはなしで開かれ、ひどいうわさが道々を走った。

《子爵！　でも、君、彼はその高貴な称号を盗んだのだ！　リヨンの企業の息子！　信じるかい、君は。実際はオーヴェルニュの樽職人の家族の出だ！……そして知ってるかい？　ヨーロッパ中の警察が捜していた悪党だって……どうしてここから出て行きたくないかわかったよ！》

皆はペタンクのコートからふたりを追い出し、食料品屋の扉もふたりには閉ざされた。キャラバン宿でもくろんぼたちだけがふたりに話しかけることを受け入れた。いわしと油、アルコールとろうそくを手に入れるにもペネレを通さなくてはならなかった。

彼らの哀れな住居の上に吹く不幸のアルマタン〔サハラ砂漠上空から西アフリカの海岸に向けて吹く熱風季節風〕は、数ヵ月たって和らぐどころかより強くなり、ふたりを世界に繋いでいた唯一の絆を引き抜きさえした。

ある午後、哀れなペネレは、日課の昼寝の後で彼のテラスで暑さと蝿を団扇で追いながら冷たいビールを味わっていたところ、どこからともなく来た豹が飛びかかって彼の喉を切った。

「悲しいことだ、父さん、誰もいなくなってしまった！」

「見ていなさい、ジョルジュ、彼らは戻ってくる！　このようなドラマの後でも憎しみを抱き続けるのは不可能だ！」

《死は悲しみと哀悼をもたらし、浄化の役目もする》彼は考えた。《人はそれに乗じて、一時的に怒りと狭量を排除し、新たな喜びと苦悩のサイクルを開くために、無礼を忘れ、恨みと負債を拭って、腫れ物をつぶす》

この場合は違った。

哀れなペネレの死はなにも解決しなかった。なにも！　墓を掘りながら、墓堀人は同時にサンデルヴァルと街のその他との間にけっして埋められない溝を掘った。日ごろからの敵意は増幅し、隣人たちは凶暴性を倍増させた。

教会への道で、サンデルヴァルは棺桶の左側に並び、その他は完全に右側に。こちらがコーラスを始めて口を開けば、あちらは黙った。

逆に、サンデルヴァルをすでに激しく引っ掻き回した運命は、不吉の絶頂に留まったままで、好転することはなかった。毎日、混乱を増しに誰かが来たり、あるいは何かを奪っていった。

埋葬の翌日、ジョルジュは蛇に咬まれた。コレンテの彼のプランテーションで火事があった。……六ヵ月後、痩せてお腹が膨れた老人が腰を痛々しく支えながら門を通ってきた。中庭を通って入り、ためらわずに椅子を引いて座った。

「こんにちは、イェメ！」

「おじいさん、用はなんですか？　小銭だったら台所に行けば、ボーイたちがひとつくれるでしょう。仕事だったら、遅すぎます。彼らが私のプランテーションを燃やしてしまいましたから！　それにあなたのその状態では……」

「わかっていました。あなたもまた、私のことがわからないだろうことが」

「それでは、早く何が欲しいのか言ってください。そして私をほって置いてください。すでにこの家には不幸が多すぎるのです」

「私はあなたの老マンゴネ・ニャンです。そしてこれが私に科された天命です」

「マンゴネ！　私の哀れなマンゴネ！　それがおまえだとだけは言わないでくれ！」

「二年前から病気です、イェメ。胃の病気だと言う人もいれば、悪魔のせいだと言う人もいます」

「ああ、私のマンゴネ（苦しい咳が言葉を終えるのを妨げた）……私たちのフタは？」

「私より良いとも言えません、イェメ！　アルファ・ヤヤは約束を守り、反逆に加わりました[11]」

白人は何かぶつぶつ言ってから茫然自失になった。ジョルジュは彼を起こすために二度咳払いした。マンゴネは小包を探った。

「あなたの果樹園の最後のマンゴです。猿から奪い返しました！　食べなさい、イェメ。カヘルを思い出させるでしょう！」

「哀れなマンゴネ、私に会いに来るべきでした！　でも遅すぎはしない。治療できるでしょう」

「いいえ、イェメ、私はリュフィスクに行きます。死ぬために」

「それではそこで治療しなさい。私が払います。少なくとも二年間の給与を払わなくては」

「必要ありません、イェメ。船賃だけください！」

《宇宙のなかで人間のランクとは何か？》彼はこの言葉を数回繰り返して読み、その後、夜中じゅうひとり言を言った。

マンゴネ・ニャンはリュフィスクへの死の旅路に向かい、サンデルヴァルの家は墓のようになった。白人たちの後はくろんぼたち！　コックは隣家に、庭師は総督府に、ひとりづつサンデルヴァルを見捨てて行った。見捨てるのを拒否したのは、視力が弱く、リュウマチで両足が変形しているため、超人的な努力をしても、なべを沸かし、家の入り口をきれいにすることだけしかできない、老いたナル族ひとりだけだった。

それはもう生活ではなく、カルヴァリオの丘の苦難と屈辱の長いサイクルだった。

匿名の脅迫状が、ここの雨と同じに荒々しく、ここの雨と同じ周期で届いた。

夜、皆はふたりに投石し、よろい窓を通してののしり言葉と憎しみの叫びを声高く言った。猿のふんをベランダの下に、ネコの死骸を庭に置いた。食料品屋に買い物に行くペレネはもういなかった。ふたりは古き良き昔のように、根か塊根、鳥獣の肉か野生の漿果、すべてを自然が与えてくれるもので賄った。

もうだめだ。オリヴィエ・ドゥ・サンデルヴァルは食料品屋から食料の数ケースを取り上げるために銃を取った。それで雨季二回を凌いだが、その後はまた新たに原野の食事療法。漿果、塊根、そしてときどきぼいのしし か針ねずみの魅力のない肉。

年齢と、長い間耐えた無常な試練で……オリヴィエ・ドゥ・サンデルヴァルの健康状態は危険なまでに衰えた。

11　ラベの王は数年後に逮捕され、まずダホメイに、その後モーリタニアに追放された。そこで一九一二年に亡くなった。

コンクレ河の辺で一八九六年に罹ったおかしな病気が彼の不幸な胸を焼いた。先ず月に一回、それから週に一回、そして日に一回、そしてその後毎時のリズムとなった。それはなにかを間違って飲み込んだように窒息した感じから始まった。彼は口を大きく開き、手を胸に当てて痛みに身をよじった。「く、く、空気！……ま、ま、ま、窓……開いて！」だが窓は決して十分には開かなかった。ベランダも十分に広くはなく、浜辺さえ十分には換気されてなかった。……ときには、汗にまみれて最後のため息をつく動物のように窒息して、床に三十分も横たわった。

これはさらに一、二シーズン続き、力が尽きたジョルジュは、超人間的な努力をして、ずっと前から喉のなかでせかされていたがあえて言わなかった言葉を発した。

「出発すべきときだと思います、父さん」

「そう思うか？」熱烈な、だがもう戦えない戦士の空しい視線を送りながら、オリヴィエ・ドゥ・サンデルヴァルは聞いた。

「ええ、父さんの容態から見ると、試合は釣り合いが取れなくなりました」

「君は戻ってくるよね！」

「約束するよ、父さん、戻ってくるよ！」

「百年かかっても、戦いを続けてくれ！」

「これが百年続いても、父さん！」

「誓ってくれ、ジョルジュ！」

「誓うよ、父さん！」

一九〇〇年一一月二九日、アフリカへの船に最初に乗った日から正確に二一年、オリヴィエ・ドゥ・サンデルヴァルが港の門を通っているときに誰かが呼ぶのが聞こえた。

「私の前を歩いている白人はイェメという名であることを賭けよう！」

彼は振り向き、ソコトロで毒殺されるところだった、ボカ・ビロのいとこだとわかった。

「ああ、君か、アディ？　ここで何をしているのです？」

「チュニス行きの船を待っています。メッカに大巡礼に行くことを決めました。あなたがここに来てから世界は大罪の重さに押しつぶされそうです。それであなたは？　ヴァカンスに行かれることに賭けます」

「うう、……ええ、ええ、……でも……そんなに長くは行きません！」

「戻ってきたら、コナクリに留まらないでフタに戻ってきてください。そこがあなたの家です。あなたはプル族です。けっして忘れないで！」

「見たところ、ソコトロの王ではなくなったのですか？」

「私はそこの王です、イェメ！」男は胸を大きな音を立てて叩きながら答えた。

プル族だけに属する怠け者の厳かなしぐさで、傘を広げてアディに背を向けた。

父と息子が船のタラップのほうに進んでいる間、植民者のグループがバオバブの大木の後ろから突然現れた。

「さようなら、子爵！……そして、氷化のことを考えて……着込みなさい！」

オリヴィエ・ドゥ・サンデルヴァルは彼らの冷笑を毅然として拭って、息子に支えられて、胸を触りながら甲板に達した。

やがて彼の前に景色がかすみ始めた。コナクリは、石盤の上にいっぱい落書されたデッサンを、少年のこせこせした手が線を一本一本消しているようだった。木々のこずえと家々の屋根が短くきらめき、ほたるのように消えた。

先ず、奥で、竹とマングローブのカーテンが島の後ろを取り巻き、総督府の宮殿の厳かな屋根、そして港のクレーンとマンゴの木々の枝々……

ルー群島のカッサ島、フォトバ島、タマラ島……ブランシュ島、コライユ島、プレ島、フセ島……

葉っぱが一枚ずつ、椰子の木のあとでまた椰子の木が、アフリカがゆっくりとその神秘を閉じた。

エピローグ

一九〇一年一月一六日から一九一〇年三月三日までの間にオリヴィエ・ドゥ・サンデルヴァルは一四七回植民地省に出向いた。老化と病気をおして、彼は一四八回目の訪問を試みようとして、パリに到着した。翌日、すばらしい春の陽を享受するため歩いていくことにした。

アンヴァリッドあたりに来たとき、数分後に何ということもない出来事が起こって、それがフタ・ジャロンに賭けた彼の夢を最終的に砕くことになろうとは思ってもいなかった。

植民地省の扉の前で、頭に乱暴な一撃を受けた。彼は振り返った。なんでもなかった。風船が少年の手から抜け出しただけのことだった。少年は付き添っていた老婦人を残してそのおもちゃを取り戻すために彼のほうに急いだのだった。

「気をつけて、かわいい兵隊さん、私を気絶させるとこだったよ」オリヴィエ・ドゥ・サンデルヴァルは言った。「かわいい子だね、ねえ！……お菓子を欲しくないかい、ほら、チョコレートだ、マルキーズの！」

そのとき老婦人の不快な声が怒号となってあがった。

「来なさい、ジャン・ルネ！　そのムッシューの邪魔をしないで！」

少年は風船を拾って婦人のほうに戻った。

「あれは誰、おばあちゃん？」

「来なさいってば！　さあ、そこに留まらないで……あれは、……あれは、氷化のムッシューよ！」声を低くして彼女は続けた。

彼は悲しみに沈んでふたりが遠ざかるのを見つめた。両足に力が入らなくなり、頭の中ですべてが混乱した。意向をくじかれた彼は、視線をホールと中庭に彷徨うままにして、柵につかまった。しかしすぐに、波乱に富んだ彼の存在の、老いて混沌とした映像が、士官たちと役人たちが絶え間なく行き来する曇った映像に置き替わった。深い嫌悪の感情が喉元に上がった。彼は柵の上からつばを吐き、信心に凝り固まった信者が堕落の現場から逃げ去るときのように、すばやくそこを離れた。ホテルに着き、すぐに勘定を頼んだ。そしてタクシーを呼んで次の列車に乗った。

以降、決してパリに足を付けなかった。


老いて、健康を損ない、彼は次第次第に『絶対』の執筆のなかに逃避していった。しかし彼は絶対について論じるだけにとどめず、今度はその実行に尽力しようと望んだ。人間の精神は消耗し、世界は行きづまった。新たな宗教を必要としていると、彼は自分に言った。そのために彼はまったく新しい信心会を創設した。彼が推進する「絶対の使徒たち」は、赤いケープをまとい、大聖職者の悔恨と学者の洞察力で活気づいた。マルセイユで神秘主義者と狂信家のすべてがこの奇妙な修道会に避難しに来た。交霊術の愛好家たち、無神論あるいはキリスト教の失望者たち、凝り固まった合理主義者たち、そしてヒンドゥ哲学の愛好者たち。意味のない儀式と迷信でいっぱいにすることは重要でなかった。そのときからは実証することが重要だった。

その二〇世紀初頭、神の存在をA＋Bで示せるだろうことを証明するために、科学は十分に進んでいた。絶対は、もはや想像する必要はなく、それを実現しなくてはならなかった。

これら小世界のすべてのことは、クラリーの農家の試験室のなかで起こった。脂肪質の物々を混ぜ、酸を沸騰させ、計算不能な助変数の関数で錫の比重の変化を測定した。実験の後で赤いケープの大司祭はその小世界の人々を書斎に集めた。書斎には、以下の文章が標語として掲示されていた。

《宇宙は空の中の物体のように絶対の中にあるのではなく、絶対の一部を成す。相対は空の中にはなく絶対の中にある。それは絶対から、絶対により、存在し、生き、死ぬ。存在であるその運動は絶対の中で始まり、終る。絶対は継続し、相対の中で変化し、存在の中でみずから構成する。いかなる点も絶対の空ではありえず、絶対以外のなにものでもなく、かくして、私たちの精神が、私たちが絶対より高いと考え得るところの絶対に、不可避的に劣ることが証明される……》

絶対の使徒たちは最初の月は十人毎まとまって詰めかけた。しかし急速に人員は減った。概念の難解さから師の態度から放棄した者もいたが、多くが戦争のために徴兵され、一掃された。一九一八年、ふたりしか残っていなかった。ひとりはルベ氏、中国の賢人と仏教徒の複雑な形而上学を、道理の光の規則に従わせることを期待している、東洋哲学に夢中な香辛料の仲買人だった。もうひとりはナザラ夫人、長い孤独の日々をどうしていいかわからない海軍船長の未亡人である。そして、ルベ氏もついに去っていった。

それでもサンデルヴァルは落胆することはなかった。

「私に合意しますか、ナザラ夫人、誰もが絶対に行き着くのが可能ではないことを！」

「もちろん、サンデルヴァルさん、もちろん！」

「では、昨日は何を話したのでしたっけ？……そう、相対と絶対のあいだの弁証法……わかりますか、絶対は量がなく、容積も重量も……とはいえ、相対は絶対から来てそれに戻ることを認めるなら、それらの計測された質は絶対の中に存続することが推測でき、それらは力を持っていると言うことができます。わかりましたか、ナザラ夫人？」

「全く良く理解しました、ドゥ・サンデルヴァルさん」鼻水をすすりながら、汗にぬれて、かわいそうな婦人は率直に返事した。

書斎の窓に肘をついて、彼は毎日、ただひとりの生徒が来るのを待ち受けた。その朝、昼ごろまで来るのを待ったが、新聞とミルクの配達人を除き、誰も門を通らなかった。


続く月々、胸の痛みと息詰まりは非常に悪化した。彼の呼吸の必要を満たすには世界全体の空気が足りなかった。《空気！　空気！　お願いだ、開いて……窓……》皆は窓を開いたが、まるで閉じたままにしたかのように、よりひどくなった。《城のせいだ、壁が厚すぎる……サロンのせいだ、狭すぎる……《彼はサロンを最初のプラタナスの木まで、古井戸まで、駐車場の柵まで広げた。効果なし。良き神の空気はここもまた見捨てた。

最後に鼻を外に出した日、窓に寄りかかってプラタナスの木々を飛び回る鳥たちを見て、二度の苦痛な喘ぎのあいだにつぶやいた。

《進歩はそこにある、それはその道を進まざるを得ない。なにものもそれを止められない。それらすべてに、もはや私が関与できないのは残念なことだ！》

一九一九年三月二四日、『ル・プチ・マルセイエ』紙は、失望して自殺したある男に関する囲み記事と、ボルシェヴィスムに反対する組織的な行動をポーランド政府に要求した、国会前でのルトスワフスキ神父〔Wincenty Lutoslowski, 1863-1954〕の発議を報道する記事とのあいだに、次のような記事を載せた。

《サンデルヴァル伯爵、エメ・オリヴィエ氏が彼のモントルドンの城で死去されたことを哀悼の意とともにお知らせする。彼はジャン・バチスト・パストレ氏の娘婿で、高齢のため数年前から隠居されていたが、マルセイユの上流社会で周知の人格だけに留まってはいなかった。科学者で、ＥＣＰの卓越したエンジニアたちのひとりだった。彼の探検は、フランス勢力のパイオニアたちのなかで最初の企画とされるもので、フタ・ジャロンの平和的征服、土着民の長との条約のイニシアティヴ、初期の黒人軍隊の萌芽は彼のおかげである……》

訳者後記

フタ・ジャロンのプル族は豊かな牧草地に惹かれてテクルとマシナから来た遊牧民です。一五〇〇年頃、プル族の長、テンゲラはマリのマンサに反抗し、息子のコリイ・テンゲラのときにフタ・ジャロンを解放し、デニアンケ朝を興しました。

二世紀を経て、プル族はイスラムに改宗し、聖戦、ジアドを開始し、一七三〇年頃、カラモコ・アルファがタランサンの戦いでアミニストたちに勝ち、フタ・ジャロンの王国が誕生しました。カラモコ・アルファは七年七月七日間、エラヤ山で黙想した後、アルマミの称号を持ち、チムボを首都としました。イスラム教徒の勝利の後、イスラムに改宗するのを拒否したバガ、ナル、ランドゥマそれにソソ族のアミニストたちはフタを離れ、海岸に定着しました。

一五世紀、航海法の発達と羅針盤の発明により、ヨーロッパ人たちは海洋の大旅行を企画し、一四六〇年、ペドロ・ド・サントラがギニアの海岸に達しました。一四九二年、クリストフ・コロムボが大西洋を横断、一四九八年にはヴァスコ・ダ・ガマはアフリカを南に回ってインドに達しました。

フランスはボケとボッファに支局を創設した後、一八八八年、フタ・ジャロンのアルマミに保護領条約を強要しました。

対抗したアルマミ、ボカ・ビロはポレダカの戦いで敗れ、コナクリはギニア・フランス植民地の首都となりました。ノエル・バライが最初の総督となり、大型船が接岸できる港が建設され、一九一四年、コナクリ―カンカンの鉄道が開通しました。

この間、一八二七年、ルネ・カイエがボケを出発し、フタ・ジャロンを通り、クルサ、カンカン、トムブクトゥ、その後サハラを渡りフェズに着き、フランスに戻りました。

オリヴィエ・ドゥ・サンデルヴァルは、商館の建設、鉄道施設の権利を得るため、一八七九年から数回に渡ってフタ・ジャロンに行きました。武力による植民地の統治ではなく、教育し、文明化することを念頭においていました。

一九四〇年、ドイツに降伏後のフランス、ド・ゴールの自由フランスは、戦線をブラザヴィルまで下げ、当時の植民地、海外諸県の援助とアメリカ合衆国の参戦を要求しました。その結果勝利し、その見返りが六〇年の西アフリカ諸国の独立でした。ギニアは一九五八年、フランス共和国とアフリカ共同体に関する国民投票で唯一、加盟を拒否し、他の国に先立って独立を果たしました。

初代大統領、Sékou Toure（セク・トゥレ）は、ガーナのクアメ・ンクルマとアフリカ連合を模索しつつ、フランス、ポルトガル、それにプル族に対抗し、旧ソ連に依存した政策を採りました。一九八四年からLansana Conte（ランサナ・コンテ）大統領に代わりましたが、いづれも名高い独裁者でした。

モネネムボは一九六八年、自国ギニアの専制主義体制の不自由を嫌って亡命し、セネガル、象牙海岸その他で過ごした後、現在はフランスのカンCaenに住んでいます。一九七九年、*Les Crapauds-brousse*『原野の蛙たち』で、生地の美しさと愛と、沈んでいった国の政治の恐怖と泥沼を語り、すでに高い評価を得た作家でもあります。本書*Le Roi de Kabel*『カヘルの王』は、一九〇〇年前後、ギニアの高地、フタ・ジャロンに自らの王国を建てようとしたオリビエ・ドゥ・サンデルヴァルの物語で、二〇〇四年の*Peuls*『プル族』に続いて書かれました。

モネネムボは語っています。

「アフリカの植民地主義に関する西洋との論争は五年も続けば十分だったのではないか。独立から五年後には他のものに移行すべきだっただろう。不幸にも、私たちは常にそこにいる。今、実際の歴史を持っていたことを西洋に示さなくてはならないときだがアフリカは何も証明できない。植民地の論理はどこも同じだった。アジア、アラブ、そしてアフリカで『ここには歴史がない』と言われた。だがアジアでは今、そういう論争はなく、歴史の流れを取り戻した。私たちはいまだにアフリカの歴史に関する西洋の認識を変えたいと思っている。私たちの歴史における私たちの視点こそ大事なのだ」

また、アフリカの近代性に関しては、次のように語っています。

「アフリカはいまだに繰り返しの社会、模倣の社会で、近代性を受けつけない。だが変化しなくてはならない。当然、文化を否定してはならず、変化させなくてはならない。そうでなければ他の文化を受けることになるだろうから」

三百年間の奴隷制度、その後百年間の植民地制度でアフリカの文化は壊され、アフリカの歴史はヨーロッパによって書かれたものしかない。今、その歴史を再構築することから始めなくてはならないとしてモネネムボは『プル族』を書き、この『カヘルの王』を書きました。
政治家は民衆に、大丈夫だ、すべてはうまく行くと言い、物書きは、それに対して懸念を表明し、人が精神的無気力に陥ることを批判する。物書きは物事を横断して監視する人間である。政治家は物書きが彼らに奉仕するよう望む。だが物書きは、悪しき立場に奉仕するには自由すぎる、とモネネムボは言い、耐え、許容し、共存することを学びなおさなくてはならないギニアの読者たちに、ルワンダ、シエラ・レオネ、あるいはライベリアのようには今のところなっていない状況を保つためにがんばるよう話しています。

"Ces gens, nous ferions mieux de les connaître au lieu de les combattre"（戦うより、むしろ理解するべきです）オリヴィエ・ドゥ・サンデルヴァルがめざした王国は、もしかしたら実現していた別の形の植民地でもあります。

出版に際し、現代企画室の太田昌国氏には未熟な拙訳の補填のため多大なお世話をおかけいたしました。ここにあらためてお礼申し上げます。

石上健二

【著者紹介】

チエルノ・モネネムボ Tierno Monénembo

1947年、ギニアのポレダカに生まれる。

ギニアは、他のフランス領植民地に先駆けて1958年に独立したが、独立当初から就任したセク・トゥレ大統領の独裁支配を嫌って、1969年に亡命した。その後、象牙海岸(コート・ジボワール)やセネガルで暮らしながら、創作活動を始めた。彼の創作活動を支える根底には、「アフリカの植民地主義に関する西洋との論争は五年も続けば十分だったのではないか。不幸にも、私たちは常にそこにいる。歴史がないと言われていたアジアは、いまはその種の論争はなく、歴史の流れを取り戻したが、アフリカはそうではない」という問題意識がある。ヨーロッパによって書かれてきた歴史を、自らの手で再構築することを志しながら、多岐にわたる創作活動を続けてきているが、現在は、フランスのカン(Caen)で生活している。主な作品には、以下のものがある。

1979 *Les Crapaus-brousse*『原野の蛙たち』

1986 *Les Écailles du ciel*『空の鱗』(黒人アフリカ大賞、サンゴール賞受賞)

1991 *Un rêve utile*『役立つ夢』

1993 *Un attiéké pour Elgass*『エルガスにアッチエケを』

1997 *Cinéma*『映画』

2000 *L'Aîné des orphelins*『みなしごたちの長男』(熱帯賞受賞)

2004 *Peuls*『プル族』[現代企画室より近刊]

2006 *La tribu des gonzesses*『女たちの種族』

2008 *Le Roi de Kahel*『カヘルの王』(ルノド賞受賞)[本書]

2012 *Le terroriste noir*『黒いテロリスト』

【訳者紹介】

石上健二（いしがみ　けんじ）

1949年、東京に生まれる。

高校卒業後、アテネフランセでフランス語を学び、渡仏。パリ大学文学部仏語講座に2年間在籍した後、パリ美大で美術を学ぶ。画家として、サロン・ドートンヌ、サロン・ナショナル・デ・ボザールなどに出品。

1979年以降は、フランス語圏アフリカ諸国（象牙海岸、セネガル、ベナン、マリ、ニジェール、ギニア、モーリタニア、コンゴ民主共和国など）での、繊維工場運営、学校・病院建設現場や浄水場改修計画現場で通訳の仕事に携わりながら、アフリカの作家の文学作品に親しむようになって、現在に至る。

カヘルの王

発　行　2013年4月20日初版第1刷1000部

定　価　2800円＋税

著　者　チエルノ・モネネムボ

訳　者　石上健二

装　丁　泉沢儒花（Bit Rabbit）

発行者　北川フラム

発行所　現代企画室

東京都渋谷区桜丘町15-8-204

Tel. 03-3461-5082 Fax 03-3461-5083

e-mail: gendai@jca.apc.org

http://www.jca.apc.org/gendai/

印刷所　中央精版印刷株式会社

ISBN978-4-7738-1305-0 C0097 Y2800E

*価格は税抜き表示

現代企画室の本　南アフリカへの視線

母から母へ

シンディウェ・マゴナ著　二八〇〇円

「私の息子があなたの娘さんを殺しました」。犯した罪の贖罪と、それへの赦しと和解はいかに可能なのかを問いかけるポスト・アパルトヘイト文学の誕生。峯陽一／コザ・アリーン訳

女が集まる

南アフリカに生きる

ベッシー・ヘッドほか著　二二〇〇円

詩、短編、聞書、版画などを通して知る南ア女性たちの世界。アパルトヘイト下の苦境を生きる彼女たちのしたたかさ、誇り、明るさは新しい世界を開く。楠瀬佳子／山田裕康編訳

アマンドラ

ソウェト蜂起の物語

ミリアム・トラーディ著　二二〇〇円

アパルトヘイト体制下の黒人たちは、何を考えながらどのように生きているのか。悩み、苦しみ、愛し、闘う老若男女の群像をソウェト蜂起を背景に描く。佐竹純子訳

カントリー・オブ・マイ・スカル

南アフリカ真実和解委員会〈虹の国〉の苦悩

アンキー・クロッホ著　二八〇〇円

人種とはなにか？　国民とはなにか？　アフリカーナーの著者が、深刻な暴力と分断を克服する「和解」のプロセスに向き合い、幾多の傷口から生まれた言葉で問いかける。山下渉登訳

俺は書きたいことを書く

黒人意識運動の思想

スティーブ・ビコ著　二五〇〇円

黒人意識運動の主唱者として心打つメッセージを発したビコは、一九七七年南アの牢獄で拷問死した。だが彼の生と闘いは、南アの夜明けを暗示する。峯陽一ほか訳